光文社文庫

サイレント・ブルー

樋口明雄

KOBUNSHA

JN019684

光

目次

——水はカネのあるところへ流れる

『世界が水を奪い合う日・日本が水を奪われる日』　橋本淳司・著より

序章

金曜日だった。

いつものように午前七時ちょうどに目を覚ました秋津俊介《あきつしゅんすけ》は、トレーナーズボンを穿《は》き、速乾性Tシャツの上に薄手のスウェットをはおって寝室を出た。

毎日、朝食前に二、三十分ほど軽くランニングをするのが日課だった。ネット通販で届いたアディダスのランニングシューズを昨日、下ろしたばかりで、それを履いて走るのが待ち遠しかった。

廊下を歩いて洗面所に向かっているとき、左手のキッチンのほうから妻の声がした。

――俊介さん、ちょっと！

洗面所の扉に手をかけていたが、声のするほうへと急いだ。

初秋の明るい朝日が窓越しに差し込む十畳ほどの広さのスペースに対面型のキッチンがあり、その向こうに妻の真琴《まこと》が立っていた。薄紫のサマーセーターがスリムな体型を際立たせている。頭に赤いバンダナを巻いて、お気に入りの藍色に手染めしたエプロンを細い首からかけている。

声の様子からして何かあったかと思ったが、真琴はやはり焦り顔だった。

「どうした？」

「これ、見て」

妻が差し出してきたのは透明なグラスだった。

受け取って中を見る。

「蛇口から出た水なの。変でしょ」

秋津はかすかに眉をひそめた。じっと見つめて異変に気づいた。

ごくわずかだが、水が薄茶に染まっているようだ。

中身を流し台に捨てて、蛇口から水を出し、それをまたグラスに受け取った。目の前にかざしてみる。やはりさっきと同じようにほんのかすかに茶色をしていた。

秋津は鼻先に持っていき、匂いを嗅いだ。とくに何も感じないため、口に含んでみた。

わずかだが錆《さび》のような味がしたので、それをシンクに吐き出した。

「ね」

間近から真琴が見つめてくる。

「水道管の錆が混じったかな」

コックをひねり、蛇口から水を流してみた。落ちる水流を見たところ、異変はわからない。しばらく流してから、またグラスに水を受け取り、目の前にかざす。微小な泡が無数に踊る水は、やはりかすかに茶色に見えた。

「これじゃ、お客さんを呼べないよ」

昏《くら》い顔で真琴がいう。秋津も仕方なく頷《うなず》く。

ふたりはこの家の一階の一角を小さな飲食店にしていた。店の名は〈森のレストラン〉。米や野菜など地元の食材を使い、日替わりメニューを中心にした店だった。いくつかの観光地に近いうえ、ガイドブックなどで紹介されたこともあって、行楽シーズンのみならず、土日祝日は七つのテーブルが満席になるほどの来客があった。

オーガニックの食材だけでなく、井戸で汲《く》み上げた新鮮な地下水を使っているのが売りで、コーヒーや紅茶を飲みにくる客も多い。料理にもとうぜんその水を使うから評判がいい。

「仕方ないな。今日は臨時休業にして設備屋さんに来てもらおう」

「そうね」

真琴は冴《さ》えない表情のまま、小さく頷いた。

――ママ。

翔太《しょうた》の声に、ふたりは振り返る。

ひとり息子の翔太がパジャマ姿でキッチンにやってきた。寝癖の付いた頭髪のまま、寝ぼけた顔で立っている。パジャマが着崩れていた。昨夜はボタンをかけ違えたまま、寝たらしい。

「洗面所で顔を洗ってうがいをしたら、水が変な味するんだよ」

うかない表情でそういった。

真琴がむりに笑みを浮かべた。膝を折って翔太の顔の前でいった。

「今朝は水道の調子がおかしいの。悪いけど、食パンを焼いて食べてくれる？　ジュースは冷蔵庫にパックが入ってるから」

「はーい」

翔太はけだるげに答えると、キッチンから出て行った。


不安な気持ちを抱えたまま秋津は、店の出入り口を兼ねた玄関ドアを開けた。

取り付けてあるカウベルが涼やかな音を立てて鳴った。

外に出ると、膝を折り、新しいランニングシューズの紐の結びを左右それぞれ確かめてから、秋津は新鮮な山の空気を吸った。

それからいつものように、軽く屈伸運動をする。

そうしているうちに、心の重いわだかまりが少しずつほぐれていくような気がした。

水のトラブルなんて、今に始まったことではない。今度もまた一時的なものだろう。

そう思いながら我が家を見た。

周囲は白樺林《しらかばばやし》。

彼らの家は八ヶ岳南麓《やつがたけなんろく》、標高一二〇〇メートルの高原にあった。JR小海線《こうみせん》の甲斐大泉《かいおおいずみ》駅から少し上、八ヶ岳高原線と呼ばれる観光道路の途中を少し入ったところだ。カラマツの林を切り拓《ひら》いた場所にログハウスばかりが七軒、建てられている。建築途中のものも一軒あった。

地元の不動産会社が売り出した分譲地で、在米のログメーカーと提携して木材を輸入し、ログハウス専門の地所として〈カナディアン・ログ・ヴィレッジ〉と名付けられている。住民たちは親しみを込めて〈ヴィレッジ〉と呼び、いわば小さなログハウス村となっていた。

秋津の家も築五年のログハウスだ。

ログはD型の断面、アメリカの工場でマシンカットで製材され、向こうで仮組み立てされてから日本に輸入された。それを秋津は二年近くかけて、ほぼひとりで組み立てた。業者に任せたのは布基礎の工事だけだった。

だから我が家には人一倍に思い入れがある。

在京のときの仕事は装丁《そうてい》デザイナーだった。雑誌の記事などのレイアウトや広告ページ、文芸書の表紙などを手がけていた。インフラが発達し、パソコンがあればどこでも仕事ができることになって、アトピーに悩まされ、病気がちだった翔太のためにも、思い切って都会を離れ、高原に移住することに決めた。

都内のマンションから車で通い、コツコツとセルフビルドで家を建てながら、同時に妻といっしょに料理学校に通い、やがて調理師の資格も取った。不況が重なり、デザイナーの仕事がいつまでもできるとはかぎらなかったため、少しずつ自営業に切り替えていこうといったのは真琴だった。昔から小さな店をやるのが彼女の夢だったという。

移住して五年、翔太もこの春には十歳になった。

いい空気を吸ってきたせいか、アトピーの症状は消えて、ほとんど病気もなく、今は元気に地元の小学校に通っている。装丁の仕事は前よりも減ったが、店のほうはまずまず順調で、この土地に暮らしてやっていける自信が少しばかりついたところだった。

秋津は軽快に朝の林道を走った。

八ヶ岳の主峰、標高二八九九メートルの赤岳《あかだけ》が白樺林の合間に見え隠れする。

真向かいには南アルプスの稜線が突兀《とっこつ》と続き、朝日を浴びていた。

夏場はうるさいほどあちこちから聞こえて来たカッコウやホトトギスの声が、いつの間にかすっかり消えていた。キジの高啼《な》きと母衣《ほろ》を打つ羽音が、近くの草叢《くさむら》からびっくりするほど大きく聞こえてくる。

九月が終わり、そろそろ秋が深まろうとしていた。

温暖化のせいか、夏の間はこの高原の土地も最高気温が三十度を超えた。それが今では嘘のように涼しくなり、過ごしやすい季節になっていた。

この冬に焚《た》くストーブの薪《まき》をまだ作り終えていなかった。家の横に丸太を積み上げていて、チェンソーで切って斧で割る作業をしなければならないが、多忙を理由にサボっていた。

ふと、見上げる空の高みに刷毛《はけ》で描いたような筋雲が流れている。

いつものコースを走って戻ってきた。

〈カナディアン・ログ・ヴィレッジ〉の看板の下を抜けたとき、いちばん手前に見えるレッドシダーの丸太で組まれた重厚なログハウスの前に、大柄な中年男が立っていた。

黄色いトレーナーの袖を肘までまくり、ダブダブのジーンズ、素足にサンダル履き。

でっぷりと太った体軀で丸顔に豊かな黒髭を生やしている。人なつこい顔は、独特の小さな目のおかげだろう。名前は隈井和久《くまいかずひさ》だが、それを知らない者が多い。なぜならば〝クマさん〟という渾名《あだな》のほうが周囲に通っているからだ。

年齢は四十五歳。ひとりで手作りジャムをあれこれ作り、自宅を店舗にし、近所のスーパーマーケットや道の駅などにも出している。〈クマさんのジャム〉というロゴが目立つラベルがお馴染みで、あちこちで好評だった。

「秋津さん」

挨拶しようと思ったとたん、声をかけられた。

一度、足を止めてから、彼のところに行った。

「どうされました？」

「水が……変なんですよね」

「え」

思わず、まじまじと顔を見つめてしまった。

隈井は小さな目をしばたたきながら、弱ったというふうに頭を搔いた。

「茶色く濁っちゃってさ」

いいにくそうに、言葉を押し出したようだ。

秋津は驚いた。

「クマさんのところも？」

もうしわけなさそうに頷かれて、秋津は言葉を失う。

てっきり自分の家だけの問題だとばかり思っていたからだ。


テーブルに向かい、トーストした食パンをかじっている翔太の前で、秋津は溜息をついて、コップのコーヒーを口に運ぶ。いつものようにコーヒーを淹《い》れることができないので、冷蔵庫にあった紙パックだった。

隣で真琴が頬杖を突いている。

「うちだけの問題じゃないって……まさか？」

秋津は妻の顔を見て、頷いた。「おそらく〈ヴィレッジ〉の共同井戸を使っている家ぜんぶだろうな。そうなったら、うちが何とかできるって話じゃない」

「どうする？」

「〈八ヶ岳ホームズ〉に連絡を入れてみるよ」

ここ〈カナディアン・ログ・ヴィレッジ〉の不動産管理会社である。ぜんぶで七棟ある各家庭に水を供給する井戸も、そこが一括して管理していた。

ふいに壁にとりつけていた電話の子機が音楽を鳴らしてびっくりした。

立ち上がろうとした真琴を手で制して、秋津が受話器を取った。

――秋津さん。篠田《しのだ》です。

だしぬけに女性の声が耳に飛び込んできた。ひどくあわてている様子だ。

「おはようございます」

その挨拶の言葉の途中でこういわれた。

――さっきから水がひどい色なのよ。味もおかしいし。

秋津は眉根を寄せた。真琴と目が合ってしまう。受話器から声が洩《も》れて聞こえたらしい。

篠田清子《せいこ》は秋津家の向かいに建つポスト・アンド・ビームで作られたログハウスのオーナーだ。六十を超えた年齢で、二年前に夫を病気で亡くして以来、二十八になる息子とふたり暮らしである。

――これじゃ、ご飯も作れないし、お水を飲むことだってむり。

「落ち着いてください。管理会社に連絡をとってみますから、早急に何とかしてもらいましょう」

――何とかって、本当に何とかなるの？

「とにかく、こちらから連絡を入れますので、もう少しお待ちください」

いきなり電話を切られ、秋津は苦笑いする。

「まるでうちがここを管理してるみたいじゃないの」

翔太にデザートのブドウを出しながら、真琴が肩をすぼめてみせた。

「まあ、彼女もうちにいってくるしかなかったわけだしさ」

そういって秋津が笑う。

不動産の管理会社である〈八ヶ岳ホームズ〉とのやりとりや、地元の区からの連絡などは秋津家が担当していた。連絡事項などは秋津がメールで作成して、各家に送るようにしている。そんなことをしているうちに、秋津が事実上、このログハウス村の代表のようになっていた。

「きっとポンプ周りか配管の錆だろうと思うよ。きっと何とかなるさ」

秋津は壁掛けの時計を見た。

「翔太。そろそろ学校に行く時間だぞ」

のんびりと朝食を取っていた息子があわてて食パンの残りを口に押し込んだ。

「パパも急いで」

いわれて秋津は同じようにトーストを急いで口に入れる。

朝食を終えると、息子とふたりで洗面所に向かった。

洗面台の前、翔太が自分の歯ブラシに練り歯磨きを載せて歯を磨き始める。

息子の隣に立って、秋津はいった。

「蛇口の水を出しっぱなしにしちゃダメだ」

歯ブラシを口に突っ込んだまま、翔太が父を見上げた。

秋津は栓をひねって水を止めた。

「地面の下の水は無限にあるわけじゃないんだよ。だから、節約して使わなきゃ」

秋津は息子の頭髪をくしゃくしゃっとやってから、あらためて自分の歯ブラシを取った。

第一章

1

八ヶ岳を背にして、秋津の運転するフィアット・パンダがゆるやかな坂道を下っている。窓を全開にすると入ってくる風が涼しく、秋の匂いがした。

助手席に座る翔太は眠気に襲われているようで、シートにもたれたまま薄目になっていた。それを横目で見て、秋津は少し笑った。

小さい頃から、翔太は車に乗るとすぐに眠った。揺れが心地よいのだろう。赤ん坊の時はベビーシートに座らせてハーネスを装着すると、走り出して五分もしないうちに寝入っていた。夜泣きなどに悩まされた記憶もない。とにかくおとなしくて、手のかからない子だったが、そのかわり、ひんぱんに病気になった。

二カ月に一度は風邪を引き、はしかが重症化して死にかけたこともある。アトピーもひどかった。

それがここ八ヶ岳南麓の土地に移住してから、ピタリとなくなった。

水と空気がいいせいだろうと真琴はいったが、そういえば周囲に暮らす地元民も長寿が多い。新聞の地方欄に載る訃報を見ると、享年九十代は当たり前で、百を超した人も珍しくない。だったらなるほどそうかもしれないと秋津は思った。

それにしても多忙だった。

田舎暮らしはけっしてのんびりしたものではない。

スローライフなんて夢のまた夢だと、ここに住めばいやでも気づかされる。都会であくせく働いていたあの頃が別世界での記憶のように思えたが、この土地での生活もまた別の意味でのさまざまな苦労があった。

ふとまた水道のことが脳裡に浮かんだ。

やはり漠然とした不安をともなっていた。

一過性のトラブルに違いない。そう思っても、何故か胸の奥に不快なわだかまりのようなものが引っかかっている。電気にガス、電話回線などのインフラの中でも、水はもっとも人間にとって必要なものだ。それがなければ生きていくことができない。

秋津家だけの問題だったらよかったが、〈カナディアン・ログ・ヴィレッジ〉の共同井戸そのものが原因だとしたら、これは大ごとではないだろうか。管理会社である〈八ヶ岳ホームズ〉が何とかしてくれるならいいのだが。

〈ヴィレッジ〉の各家庭は、年間水道料を一律固定料金で〈八ヶ岳ホームズ〉に払っている。その中には、こうしたときのメンテナンスにかかる費用も含まれるという契約になっていたはずだ。だから、いざというときは任せておけばいい。

秋津は自分にそういい聞かせながら、車を走らせた。

八ヶ岳小学校の正門近くに車を停めて、助手席で眠っていた翔太の肩を揺すった。目を覚ました息子が寝ぼけ眼《まなこ》で見返してきたので思わず笑う。

「着いたぞ。元気でやってこい」

「うん」

翔太が頷き、ドアを開けて車を降りた。

こちらを見向きもせずに、校庭に向かって元気よく走っていく。

ウインカーを出してフィアットを切り返した。来た道を戻り始めると、今まで目に留まらなかった反対車線の沿線に、いくつか幟《のぼり》が風にはためいているのが見えた。思わず減速してみた。

緑に染められた中にスローガンらしき言葉がある。

《拓《ひら》け、未来》

太文字でそう書かれてあった。複数の幟はすべて同じデザインだ。

しかしそれだけで他には何も書かれていない。政治団体だとか宗教だとか、ふつうなら自分たちの名を記すものだ。

少し気味悪い感じがしたが、秋津はそこから目を離した。

アクセルをゆっくりと踏み込み、フィアットを加速していく。


大野木《おおのぎ》交差点で左折し、秋津たちの〈ヴィレッジ〉に至る長い坂道に差しかかったときだった。道幅いっぱいに停まっていたミキサー車に気づいて、彼はブレーキを踏んだ。

白いヘルメットをかぶった警備員が、赤い誘導棒を振りながらあわてて走ってくる。

――すみません。ちょっとだけお待ちいただけますか？

ゴマ塩の口髭の警備員が、秋津のフィアットの前に立ってそういった。

仕方なくブレーキを踏んだまま、待った。

ミキサー車は何度か切り返して方向転換し、やがて秋津のフィアットとすれ違いながら坂道を下っていく。

その車両が出てきたのは、右手の工事現場だった。

敷地を囲むようにスチール製のフェンスが連なっているのが見えた。

そういえばふた月ばかり前から、ボーリングマシンの塔がこの敷地に立っていて、井戸の掘削《くっさく》らしい工事が行われていたのには気づいていた。井戸を掘削する独特の音が、秋津たちの〈ヴィレッジ〉まで聞こえてきたものだった。

ビットと呼ばれるドリルが岩盤を砕くガリガリという異様な音が聞こえてくるたびに、秋津は不吉なものを感じた。しかし、彼らの井戸だって同じような工程を経て水が出るようになったのだ。彼自身も〈ヴィレッジ〉の井戸工事に立ち会ったから、一部始終が目に焼き付いていた。

それにしても、やけに仰々《ぎょうぎょう》しいフェンスだった。まるで外側から目隠ししているようだ。

眼前の現場にある工事内容の表記には、ただ〈鑿井《さくせい》工事　杉山《すぎやま》エンジニアリング〉と書かれているだけだったから、新しく住居を作る土地に誰かが井戸を掘っているのだろうと思っていた。ところが今、見れば、そこに家が建つような様子はなかった。

警備員が誘導棒で「行っていい」と合図をしてきた。

フィアットを走らせ、徐行しながら車窓越しに見ていると、入り口付近にいた数名の作業服姿の男たちがこれ見よがしににらみつけてきた。秋津はあわてて視線を離し、またアクセルを踏み込んだ。

〈カナディアン・ログ・ヴィレッジ〉に入ってきた県外ナンバーの赤いプリウスが、秋津家の前を通り、入り口脇に立てられた〈森のレストラン　臨時休業〉の看板を見つけて、そのままUターンして戻っていく。ふだんなら十一時に店を開く時間から、もうこれで四台目だった。

それを白のレースのカーテン越しに見ては、真琴が小さく溜息を投げた。

秋津ももうしわけない気持ちを抱えたまま、敷地の外に出ていく車の後ろ姿を見送るばかりだ。

明日からは土曜、日曜と客が増え、店が忙しくなるはずだった。

「設備屋さんって、いつになるの？」

「十一時という予定だったが、どうも多忙で遅れるらしいって千崎《ちざき》さんが電話でいってたよ」

千崎敏哉《としや》は〈八ヶ岳ホームズ〉の社員で、ここ〈カナディアン・ログ・ヴィレッジ〉の担当者だった。黒縁眼鏡をかけた、潑剌《はつらつ》とした若者で、なかなか頭が良くて機転が利く。

頼もしい人材だと秋津は思っていた。

ログハウス村にある七軒のうち、連絡が取れたのは四軒。秋津の家を除き、残る二軒は不在のようだ。何度か呼び出したが留守番電話が応答してきた。

四軒のいずれもが、やはり水の異状を報告してきている。

ポケットの中でスマートフォンが震えた。

取り出して耳に当てる。

——千崎です。これから設備屋さんとそっちに向かいます。あと三十分ほどで到着すると思いますので少々お待ちください。

「助かります」

そういって通話を切った。

真琴と目が合った。不安な表情はやはり拭えていない。


きっかり三十分後に、社名をドアに記した白いスズキ・アルトと黒い軽ワゴン車が並んで敷地に入ってくるのが見えた。タイヤが砂利を踏む音が聞こえてくる。

真琴とともに出入り口から外に出ると、ちょうど向かいに建つポスト・アンド・ビームのログハウスの玄関ドアが開き、青いトレーナーにジーンズ姿のぽっちゃりとした体型の中年女性が出てくるのが見えた。

篠田清子だった。玄関ポーチの前に立つと、むっつり顔で腕組みをして立っている。おそらくイライラと待っていたところに、やってきた不動産管理会社の車を見たのだろう。

そのあと、二軒先に建つ大きなログハウスからは、長身痩軀の四十代の男性が出てきた。黒のTシャツに短パン。クロックスのサンダルを素足に履いている。細身の眼鏡をかけた彼は島本庄一《しまもとしょういち》という名の独身男性。〝御厨《みくりや》京《きょう》太郎《たろう》〟というペンネームでミステリ小説を書いている小説家だった。

来訪した車二台が停まり、それぞれのドアが開く。

〈八ヶ岳ホームズ〉の千崎は白シャツにネクタイ。黒のスラックス。後続の軽ワゴンから出てきた青い作業服の中年男は小柄で猫背気味。短くなった煙草《たばこ》をくわえたままだった。

「すみません。遅くなりました」

千崎が頭を下げた。

「いつもの設備屋さんじゃないんですね」

秋津が訊ねると、千崎は頭を掻《か》いた。

「実はうちがずっとお願いしていた東亜《とうあ》技研さんが、今年になって仕事を辞められたんです。だから、別の業者さんを見つけてお願いすることになりました。須玉《すたま》のフクモト設備さんです」

「とにかくすぐに見てもらえますか」

秋津がいうと、青い作業服の男がよどんだような小さな目で彼を見た。

「外水道はあるかね」

「それですが」

指差すと、設備屋の男は秋津のログハウスに歩いて行き、外壁の傍に設置された蛇口をひねって水を流した。それを掌にとってしげしげと見つめた。唇から短い煙草をむしり取ると、水を口に含んでから、そっぽを向いて吐き出した。

「どうですか」

彼は秋津に見向きもせず、ハンカチで口元を拭うと、ふたたび煙草をくわえてこういった。「ひでえ味だ」

「やっぱり錆なんでしょうか」

「いんや。錆じゃねえ」

彼は周囲を見渡した。「井戸はどこだい」

「そっちですが……」

秋津が指差すと、彼は無表情にくわえ煙草のまま、ワゴン車のスライドドアを乱暴に開いた。手提げの工具箱を引っ張り出すと、足早に歩き出す。

彼に続き、秋津と真琴、相変わらず不機嫌な顔の篠田が忙《せわ》しない歩き方で続き、少し遅れて島本がついてきた。短パンのポケットに両手を突っ込んだままだった。

七軒が使っている共同井戸は、〈ヴィレッジ〉のいちばん端にあった。

そこへ向かう途中、三軒のログハウスの前を通る。その真ん中の家の庭で、麦わら帽子をかぶった白人男性が家庭菜園にホースで水撒《ま》きをしていた。頭上から落ちてくる陽光が、小さな虹を作っている。

「ダギー、水はどうだい？」

秋津が声をかけると、彼はわざとらしく肩をすぼめてみせた。

「よくないね。こうやって畑に撒くだけだよ」

流暢《りゅうちょう》な日本語で答える。

ダギー――ダグラス・マッケンジーはオレゴン州出身で、職業はドッグ・トレーナー。今も彼のログハウスの裏手から犬たちの声が聞こえる。妻の理沙子《りさこ》はここ地元の出身だった。彼女は山岳写真で知られたカメラマンで、たしか二週間ばかり前から、アラスカのデナリにこもっていると聞いた。

「設備屋さんが来たから、きっと何とかしてくれるよ」

「OK。メイ・ザ・フォース・ビー・ウイズ・ユー」

ダギーは〈スター・ウォーズ〉の科白《せりふ》の真似をし、おどけた顔で片眉を上げてみせると、またホースで水撒きを再開した。少ししてからフォースとホースをもじっていることに気づいて、秋津は独り笑いを洩らす。

白樺林の手前にある井戸に行くと、設備屋の男性は相変わらずのくわえ煙草で、マンホールの鉄蓋のように無骨なスチールプレートで覆われたそれをしげしげと眺めていた。

「ちと、手伝ってくれるけ」

千崎に声をかけると、ふたりで二カ所の把手《とって》を持ち、重たげに持ち上げた。

向こう側に移動させて、ゆっくりと下ろした。

とたんに、ザッと大きな音がして秋津たちは驚いた。

コンクリートで四角く囲まれた中、ちょっと低い場所に、井戸のポンプなどの装置が設置されている。そのコンクリの壁いっぱいに薄茶色で斑《まだら》模様の大きな虫がいて、まるで波が引くように、いっせいに逃げにかかったのだった。

それまで閉ざされていた暗い空間に隠れていたのだろう。コオロギによく似ていて、後肢が大きく発達し、触角は体長の五倍以上ある。それぞれが、てんでにピョンピョンと跳ねながら、コンクリの囲みの中から外へと逃げていく。

一匹が篠田の足元に跳んだので、彼女は悲鳴を上げた。

「大丈夫です、篠田さん。カマドウマですよ。無害で何もしませんから」

秋津は笑ってそういったが、彼女は身じろぎしながら数歩、下がっている。

真琴も地下室などでたまに見かけるカマドウマを気味悪く思っている。虫が苦手な人間にとって、大きなアシダカグモもカマドウマも天敵のようなものだろう。

作家の島本だけは平気らしく、カマドウマの群れに囲まれながら、井戸の縁にしゃがみ込んで興味深げに中を覗いている。

設備屋の男はカマドウマだらけだったコンクリの囲いの中に入ると、樹脂製のカバーを外した。中にいた何匹かのカマドウマが跳びながら逃げていく。カバーを取り去ると、円筒形の圧力タンクや制御ユニットが剝き出しになった。それを彼はしゃがみ込んだまま、しげしげと見入っている。

「設備屋さん、どんな様子だい」

島本に訊かれ、男がいった。

「水が濁ったってのはいつからだ」

「今朝、早くからですけど」

秋津がそう答えた。

設備屋の男は気むずかしげな顔をしていたが、ふいに短くなった煙草をむしり取って、靴底で踏みつぶした。

「これは何年前に掘った？」

〈八ヶ岳ホームズ〉の千崎が持っていたファイルをめくった。

「ええと、二〇一二年の九月に掘削してます」

「七年前か。だったら水中ポンプはまだ大丈夫だな。深さはどれぐらいだい」

千崎がまたファイルを見た。「九十五メートルの掘削とありますね」

「ずいぶん深井戸だな」

「やはり、どこかが錆びているんでしょうか」

秋津が訊くと、彼は首を振る。「だから錆じゃねえつうだ」

「どうしてわかるんです？」

「昔は井戸の揚水管に黒鉄を使ってたから、長年の使用でパイプが錆びて水が濁ることがあっただけんども、今は白管つうてローバルシルバー塗装された管を使うからそんなことはなくなったんだ。たぶん地下水そのものが濁ってるだ」

「地下水が？」

「地面の下の状況が変わって、本来、砂礫層《されきそう》だけのところに泥が入り込む。よくあることだよ」

「それって何とかなるもんでしょうか」

真琴にいわれ、設備屋の男はまた新しい煙草をくわえて百円ライターで火を点けた。

「何とかなることもあるし、ならねえこともある」

突き放したようないいかたに秋津はさすがにむっとなる。

「そんな！」

篠田が悲鳴のような声を放った。「何とかならなかったら、私たちはどうやってここで暮らしていけばいいんですか」

「どうにもこうにもならんかったら、フィルターをつけりゃいいだよ」

こともなげにいう設備屋に、秋津が訊いた。

「フィルター……つまり水の濁りを濾過《ろか》するってことですか？」

男は頷いた。

「それって、〈八ヶ岳ホームズ〉さんのほうで何とかなるもんかね」

島本に訊かれて、千崎がかすかに眉根を寄せた。

「弊社に戻って上司に訊いてみないと、何とも……」

言葉を濁す千崎を見てから、秋津は妻の顔を見た。目が合った。

2

翌日になっても状況は変わらなかった。

朝いちばんに洗面所に行って、秋津は蛇口から薄茶の水が出てくるのを見て落胆した。けっきょく、家族はまた冷蔵庫の有り物で食事をし、パック飲料を飲んだ。それからいつものように翔太を小学校まで送った秋津は、家で妻を拾ってまた車を出した。

〈八ヶ岳ホームズ〉の事務所は高根町《たかねちょう》の、よく開けた田園風景のまっただ中にあった。澄み切った秋空の下に八ヶ岳が青くそびえている。

事務所は平屋で鉄筋コンクリートの建物だった。〈モデルハウス公開中〉とか〈無料相談〉などと書かれた色とりどりの幟が風にはためいている。

秋津はフィアット・パンダを駐車スペースに停めた。

午前十時の面会という約束だった。五分早いがかまわないだろうと思った。

白いアルトは千崎の社用車だった。その隣に並べて車を停め、ドアを開けると、事務所のガラス扉を開き、白シャツにネクタイの千崎が外に出てきた。

ふたりは足早に千崎のところに向かった。

ドアを開けてくれた彼の前を通り、秋津たちは事務所の中に入った。

「どうぞ」

窓際のソファに座らされた。ここに座るのは一度や二度ではなかったが、いつも腰が深く沈み込むような柔らかさに驚かされる。

千崎がやってきて、秋津たちの前にきれいなカップを並べて置いた。サーバーからコーヒーを注ぐ。ふたりともブラックのまま飲むことをすでに知っているので、砂糖やミルクはない。秋津はカップを持って少しすすった。

「すぐに社長がまいります。しばしお待ちください」

そういって千崎が背を向けた。

事務所の奥の壁に中型の液晶テレビがかけられていて、朝のワイドショーを流していた。番組のコーナーが終わってCMが流れ始める。

真っ青な空を背景にそびえる八ヶ岳。森の中を縫うように流れる清冽《せいれつ》な水。

地元に工場を持つ水企業〈シェリダン〉のミネラルウォーターのコマーシャルだった。

エコロジーを唱え、自然保全を訴えるこの会社の宣伝は、ここ八ヶ岳市のイメージアップに貢献していて、おかげで今でも移住したい土地のナンバーワンになっているらしい。

秋津は少し苛立ちを覚え、肩越しに空を流れる雲を見た。

ゆうべは風呂にも入れなかった。飲料と炊事に使う水は、スーパーから箱買いしてきたペットボトルのミネラルウォーターを使うしかなかった。

「本当に何とかなるのかしら」

「悲観しても仕方ないさ。打つべき手を打ってからだ」

秋津は向き直って、そういった。

「でも、あの設備屋さんって信用できるの？」

真琴の懸念はわかる。いかにも胡散臭い感じのする男だった。

「井戸の蓋を開けただけで、中の水を調べようともしなかったじゃない」

「今の井戸って地下に配管を打ち込んでいるだけで、中が露出するタイプじゃないから見ようがないんだ。それに配管自体は錆びない材質でできてるって、彼もいってたし」

「でも、だから地下水の濁りが原因だって、どうしてその場で即断できるの？」

「経験上の知識というか、とにかくそんなところかな」

「セカンド・オピニオンっていうか、別の業者を探してみたほうがよくない？」

秋津は答えられずにいた。

昔から、ここらの土地では〝いい設備屋に出逢えるのは幸運〟といわれてきた。それだけレベルが低かったり、手抜き業者が多く存在するということだ。どういう理由で〈八ヶ岳ホームズ〉の千崎があの設備屋を選んで連れてきたかは判然としないが、妻がいうことにも一理あると思った。

しかしこの件に関して、主導権はあくまでも共同井戸の管理者である〈八ヶ岳ホームズ〉にある。秋津がどうこうできるものではなかった。

事務所の奥のドアが開き、ベージュのスーツ姿の中年女性が現れた。

少しふくよかな顔をしていて、ウエーブのかかった豊かな髪、小さいながらも知的な感じのする目が印象的だ。片手に持っていたファイルをテーブルにそっと置いてから、秋津たちに向かっててていねいに頭を下げた。

秋津と真琴も立ち上がり、返礼をした。

「どうぞ」

ふたりにソファに座るように促してから、彼女は向かい合わせに座った。

〈八ヶ岳ホームズ〉社長の木内瑞恵《きうちみずえ》は、ログハウスを建てた土地の契約以来、千崎同様にふたりとはすっかり馴染みだった。

「このたびはとんだご迷惑をおかけしました」

そういわれて秋津は恐縮した。「迷惑だなんて、あなたのせいじゃないんですから」

木内社長は微笑《ほほえ》み、ファイルを開いた。

Ａ４サイズのコピー用紙を抜き出し、秋津たちの前に差し出す。

「井戸水のサンプルを〈環境衛生科学センター〉で検査して出してもらった結果です。通常なら三日以上かかるそうですが、今回は特別に超特急でお願いしました。で、これを見ていただけるとわかるんですが……」

秋津たちはコピー用紙を覗き込む。

一般細菌、大腸菌、硝酸態窒素《しょうさんたいちっそ》や亜硝酸態窒素など、いくつかの検査項目が列記してあった。

その中で「鉄」と「マンガン」という項目に黄色の蛍光マーカーが引かれていた。

それぞれ数値は３・９と０・１７とある。

木内は少し身を乗り出して説明した。

「本来、正常な地下水が含有する鉄の基準値は０・３以下、マンガンは０・０５以下です。だから、どちらもあなた方の井戸水には多量に含まれているということになります」

「見かけの色度も90以上とありますね。これはやっぱり鉄とマンガンのせいなんですか？」

秋津がいうと、彼女は頷く。「いずれも粘土層に含まれているものなんだそうです。それが何らかの理由で地下水に溶け出してしまったということです」

「どういう原因でこんなことになるんですか」

「それはさまざまなので、一概にはお答えできないんです。ただ、地下で何かの変動があって、地下水が変質したとしかいいようがありません。地盤に原因があるのか、あるいは水の流れにあるのか。地面の下のことは私たちの目に見えないし、わからないものです」

地面の下のことは目に見えない——なるほどと、秋津は思った。

「で、そちらとしては、具体的にどういう形でご対処されるおつもりですか」

真琴がそう切り出した。

木内は妻の顔を見た。「設備屋さんから説明があったと思いますが、地下水の濁りは厄介な問題で、基本的に経過観察しかないんです。少し時間が経てば、濁りがなくなるケースもありますし」

「つまり……現状では打つ手がないというわけですか」

険しい顔で真琴がいった。

「当面、揚水バルブ付近にフィルターを取り付けるのがベストな手段だと思います」

木内はファイルをめくり、井戸専用の濾過フィルターのカタログを出して、ふたりに見せた。

「こちらも調べてみたんですが、井戸のフィルターって凄く高価だそうですね。しかも目詰まりするたびに交換をしなければならないっていうし、かなりコスト高ですよね」と、秋津。

「もちろん、一切合切を弊社で負担します。毎年、みなさんからいただいている水の使用料にはこうしたメンテナンスの費用も含まれていますから、ご心配には及びません」

「それを取り付けていただくには、日数がかかるんでしょう?」

木内は真琴を見ていった。

「設備屋さんにはすでに発注してもらってますが、早くても数日はかかるようです」

「それまでどうすれば?」

真琴の質問に彼女は顔を昏くした。

「本当にもうしわけないんですが、しばらく〈ヴィレッジ〉のみなさまにはペットボトルの水を使っていただくしかありません。領収書をお持ちいただけましたら、そのぶんはこちらで受け持ちます。トイレはそのままでも流せると思いますが、もちろんお風呂はダメなので、市営温泉のチケットを手配します」

そういって木内社長は頭を下げ、そっとファイルを閉じた。

〈八ヶ岳ホームズ〉を出てから、いちばん近いスーパー〈たんぽぽ市場〉に車を向けた。

広い駐車場に車を停め、ドアを開いて外に出ると、すぐ近くに赤いトヨタ・ハイラックスが停まっているのに気づいた。大きな段ボール箱を抱えたオーバーオールジーンズの男が足を停めた。

「クマさん」

秋津が呼びかけると、隈井和久は急いで段ボール箱をピックアップトラックの荷台に下ろしてから、ふたりのほうへ歩いてきた。

「で、どうでしたか」

今朝、秋津たちが〈八ヶ岳ホームズ〉に行くことは、〈ヴィレッジ〉の住民の多くが知っている。

「フィルターを井戸につけるということになりました。少し時間がかかるそうですが」

隈井はやはり落胆した表情になった。

秋津とて同じ気持ちだった。今回の対策は、あくまでも応急処置だ。そもそもトラブルの根本的な解決策がないといわれたのだから。

「そう思ってね。ペットボトルをまとめ買いしたんですよ。ジャム作りに水が大量にいるからねえ」

彼のハイラックスの荷台に置かれた段ボール箱がそれなのだろう。

「うちもこれからまとめて買うところなの」

真琴がそう答えた。

「こっちは独り者だからいいけど、秋津さんところは三人家族で大変ですね」

「飲料水だけでも、ひとりあたり一日二リットルは最低でも必要だということだし、料理などに使うぶんを入れたらかなりの量になりますね」

そういってから秋津は思い出した。「ボトルウォーターの代金は〈八ヶ岳ホームズ〉が受け持ってくれるそうです。ただし領収書が必要だということで」

すると隈井は小さく笑い、財布を取り出して領収書を見せた。

「そう思って、レジでもらっておきましたよ」

「それからこれ、温泉券です」

〈ヴィレッジ〉全戸に配布するチケットを取り出した。「とりあえず、一週間分ですが、どうぞ」

七枚綴《つづ》りのそれを隈井に渡した。

「風呂ぐらい、お湯が茶色くたっていいと思ってたんですがねえ」

苦笑いする彼に、秋津はいった。

ださい」

「まあ、せっかくだからいいじゃないですか。温泉でリラックスしてストレス解消してく

チケットを受け取った隈井に手を振り、秋津たちは店に向かって歩いた。

店内の通路をカートを押しながら歩き、真っ先に飲料コーナーに向かった。カートを停めて、秋津たちは商品棚に並ぶミネラルウォーターのボトルをしげしげと眺めた。

「ミネラルウォーターって、こんなにたくさんあるのね」

傍らで真琴がそういった。

東京に住んでいた頃、秋津たちは当然のようにボトルウォーターを買っていた。都内の水道水は塩素などのカルキ臭が強くて、そのままでは飲めなかったからだ。一時、浄水器を蛇口に取り付けていたが、フィルターがすぐに目詰まりしたので、けっきょく飲み水や料理には市販のペットボトルの水を使っていた。

その頃から比べると、最近はボトルウォーターの種類もずいぶんと増えたようだ。

山梨県内のみならず、日本各地に生産工場ができているらしく、あちこちの地名をラベルに記した製品が並ぶ。もちろん外国産のミネラルウォーターも多い。

それらひとつひとつを手にして見ては、秋津たちは何ともいえない気持ちになった。

価格破壊が起こったらしく、ひと頃に比べるとずいぶん安くはなったが、それでも日常、

ボトルウォーターを購入して使うとなるとかなりの出費となるだろう。

「私たちって、凄く贅沢な生活だったのね」

彼は頷いた。「何しろ、〈カナディアン・ログ・ヴィレッジ〉を分譲していたときの〈八ヶ岳ホームズ〉の売り文句が〝蛇口をひねれば天然水！〟だったからなあ。いざ、その水が使えなくなって、初めて価値がわかるというか、すっかり当たり前だと思ってたんだなあ」

「でも、こんな田舎町なのに、どうしてこれだけミネラルウォーターがいっぱい売られてるのかな」

「俺たちみたいに井戸水を生活水に使っている家は案外と少ないんだろう。たいていは市営水道とか簡易水道の水で暮らしてるんだよ」

「こんなに素晴らしい水の里なのに？」

「井戸を使うとなると、今回のようなことが起こってメンテナンスがたいへんだし、案外とお金がかかるけど、水道なら使用料金を払うだけでいいからだろうな。トラブルはめったにないし、もし何かあれば町や市に苦情をいえばいいだけだ」

「そうなの」

腕組みをしている真琴を見て、秋津は少し笑う。

「ものの良し悪しの判断が鈍った人も少なからずいるわけだよ。でも、まあ、考え方や暮らし方も人それぞれということなんだろうね」

そういってから、彼は棚にいくつか並ぶペットボトルの段ボール箱のひとつを選んで、カートに載せた。


見覚えのある車が秋津たちのログハウスの前に停まっていた。

水色の日産マーチだった。

その隣にフィアットを並べて、秋津はエンジンを切った。マーチの助手席のドアが開いて、赤いパーカーにミニスカートの少女が降りてきた。続いて運転席からは、薄手の青いセーターにスラックスの男性が降り立つ。松井《まつい》貴教《たかのり》、東京にいたころからの友人だった。メタルフレームの眼鏡がよく似合っている。

秋津たちもすぐにフィアットを降りた。

「松井さん、お久しぶりですね」

声をかけると、セーターの男性が微笑んだ。

「こっちに来たのは二年ぶりです。ようやく時間がとれましてね。ところで、お店、今日はやってないんですか」

「それが……ちょっと事情がありまして」

言葉を濁していると、真琴が少女の前にしゃがみ込んで目を輝かせた。

「美由紀《みゆき》ちゃんも、こんなに大きくなって！」

頭を撫でると、美由紀という少女は大きな笑窪《えくぼ》をこしらえた。

「いくつ？」

「もう七歳になったんですよ。小学一年生です」と、松井が答えた。

「とにかく、中へどうぞ」

秋津たちは松井親子を自宅に招いた。

「コーヒーでも飲まれます？」

真琴が訊くと、松井がいった。「冷たいお水をいただけますか。美由紀が欲しがってるので」

「わかりました」

レストランになっている広いフロアの窓際のテーブルに、ふたりを案内する。真琴が厨房に入り、冷蔵庫から天然水のペットボトルを取り出し、コンビニで購入していた市販のクラッシュアイスを浮かべた水をふたつのグラスに入れて持っていった。

その間、秋津はフィアットに積んでいた段ボール箱を自宅に運び込む。キッチンスペースの隅に置いてから、彼らのところに戻った。

箱に書かれていた天然水のロゴに、松井が気づいたらしい。

「ミネラルウォーターなんて珍しいですね」

一瞬、秋津は真琴と目を合わせた。

「実は井戸がダメで……」

真琴の声に松井が奇異な表情を向けた。

仕方なく、秋津はふたりの向かいに座って、一部始終を話した。松井は眼鏡を光らせながら聞いていた。

松井は秋津が都内でデザイナーをしていた時代からの付き合いだった。

長らく弁護士事務所に勤務していたが、娘の美由紀が生まれた直後に独立して、自分の事務所を開設した。民事の訴訟を専門に請け負っていたが、やはり多忙を極めたようだ。それから間もなくして彼の妻が交通事故で亡くなった。以来、美由紀はさいたま市の松井の両親の家にほとんど預けっぱなしだったようだ。だから、おそらく久しぶりにとれた休暇なのだろう。

彼らの別荘は、〈ヴィレッジ〉から車で二十分のところにあった。

「田舎暮らしのリスクというか、そんなトラブルもあるんですね」

そういって彼は小さく溜息を投げた。

「でも、そのフィルターとかって有効なんですか」

「頻繁に目詰まりするから交換しなきゃいけないそうです。さいわい費用は不動産管理会社が持ってくれるそうですが、やはり先行きの見通しは暗い感じがしますね。水質だって今までのようには戻らないかもしれない」

「だからといって、安易にここを捨てるってわけにもいかないでしょうし」

秋津は頷いた。

「正直、家ごとどこかに引っ越せたらって思いますよ」

そういって苦笑いを浮かべた。

「考えてみると、電気やガスなどはなくても何とかなりそうですけど、水だけはなくては困りますね。何しろ代用できるものがない」

「そうなんです」真琴が頷き、いった。「こんなことがあって初めて、そのことに気づきました」

彼らは自然と、美由紀が小さな両手で口に運んでいるグラスを見ていた。

「何だかたいへんなときにお邪魔してしまいましたね」

松井は本当に恐縮したような顔でいった。

「いいんです。松井さんには昔から俊介さんがお世話になりっぱなしですから」

真琴はそういってから、ふと思いついたようにいい足した。「何かあったときに、またお願いするかもしれませんし」

秋津は妻の横顔をちらと見てから思い出した。

かつて都内にいたとき、一度だけ、松井に弁護士として法廷に立ってもらったことがあった。交通事故で相手の車のドライバーが示談に応じず、一方的にこちらが悪いといいがかりをつけてきた。どう見ても、相手に非があるのは明白だったし、向こうは向こうで悪辣な弁護士の口車に乗せられ、訴訟に出てきたようだ。

結果は全面的な勝訴だった。相手は控訴をすることなく、その一件は終わった。

「あれからまだ、何かトラブルが？」

秋津が笑った。「いや、さすがにあんなことはもうないです」

「いやな世の中になりましたからね」

「まったくです」

松井と娘の美由紀が彼らのログハウスを出て、マーチに乗り込んだ。

運転席のウインドウを下げて、松井が手を振り、秋津たちが振り返す。マーチが去っていくと、ちょうど入れ替わりに白い軽トラが二台、〈ヴィレッジ〉の入り口から入ってくるところだった。

松井と真琴が見ていると、二台は彼らの目の前に停車した。

ドアが開き、それぞれの軽トラから二名ずつ、男たちが降りてきた。

四人のうち、ふたりほど知っていた。痩せてひょろっとした四十代の男性は名執《なとり》といい、近くにある葛原《くずはら》という集落の住民。もうひとり、ジャージ姿の小太りの男は須藤《すどう》といった。名執の家の近くに住んでいる初老の男性だ。あとのふたりもおそらく同じ葛原地区に住んでいるのだろう。

先頭にいる名執がにこやかな顔で手を少し挙げ、かぶっていた作業帽を脱いだ。

「秋津さん、元気そうだね」

名執の後ろに須藤と他のふたりが立っている。

それを見てから、秋津が訊いた。

「みなさん、お揃いでどうされました」

名執が眉根を寄せながら笑った。

「いやいや、急なことでもうしわけないつうこんだども、ちと頼まれごとがあってなあ」

そういって振り向くと、後ろに立っていた須藤がＡ４サイズぐらいの紙片を渡してきた。

それを受け取って名執が秋津に差し出す。

手にしてみると、白井雅行《しらいまさゆき》という現職市長の名と彼の顔写真があった。彼の、行政に対するいくつかのスローガンが、大仰な書体で書かれている。あとはプロフィールなど。

「たしか、何カ月かしたら市長選挙でしたね」

「まだ告示日の前だもんで、いちおうPRつうこんだよ。稲刈りの忙しい時期にこんたらことをやらされて困ったもんだども、とりあえずチラシを配ってまわってるだ。こちとら何の得にもならねえだがな」

いやいや引き受けたふうにいっているが、こうして四人でつるんでいるのを見ると、自分たちの義務と割り切っているのは明白だった。秋津は笑いを押し殺すのに苦労した。

「つうこんで、今度の選挙のときはよろしくな」

「今回は対立候補が名乗りを上げていると聞きましたが」

とたんに名執の顔が曇った。

「元どっかの大学教授でテレビタレントだとかいう、まあ来たりもんだ。どうせ勝負にならんのは決まってるのにな」

来たりもんというのは、ここらでいわれる外来者への蔑称《べっしょう》だ。秋津自身もそうだから、面と向かっていわれていい気持ちがするはずがない。

そんな感情が顔に出てしまったのか、名執がふいに口をすぼめた。わずかに目が泳いだ。

「まあ、そんなこんで選挙のときは、ぜひ頼むわ」

そういってから、秋津の返事も待たずに踵《きびす》を返し、四人でそれぞれの軽トラに戻っていった。

「あきれた人たち」

秋津の隣で真琴がつぶやいた。

去っていく二台の軽トラをにらむように見ている。

「現職市長が再選すると本当に思ってるんなら、どうしてわざわざこんなPR活動をやるのかな」

渡されたチラシを見ながら、秋津がいった。

「汚職の噂が絶えない人みたいね」

それを覗き込み、真琴が苦笑する。「田舎にはよくあることかもしれないけど」

「少し前まで、選挙のたびに金が飛び交っていたって噂もあった。次の選挙で何を買うって、住民たちがひそひそ話をしてたってさ」

「いつの時代の話？」

「つい十何年か前まで、そうだったらしい」

真琴が肩をすぼめて笑った。

3

それから四日後、〈カナディアン・ログ・ヴィレッジ〉の井戸の給水管にフィルターが取り付けられた。作業をやったのはあのフクモト設備の男で、名前は福本泰《やすし》。相変わらずくわえ煙草のまま、馴れた様子でてきぱきと仕事をこなしていた。

彼の仕事ぶりを後ろから見ていて、この男に対して前ほど不信感を抱いていないことに秋津は気づいた。

取り付け自体は一時間とかからず、それから秋津は外水道の蛇口の栓をひねった。住人たちが見ている前で、最初はあの薄茶色の水が出ていたが、やがてそれが透明に変わった。とたんに、秋津たちの横で篠田清子がホッと溜息をついた。

ダグラス・マッケンジーが大げさに口笛を吹いて拍手をする。

秋津は水をコップに受けて口に含む。あの錆びたような独特の味は消えていた。コップをゆすぎ、他の住人たちにも水を飲んでもらう。

全員が安心したようだった。

「フィルターはだいたい月に一度ぐらいの割合で交換が必要だ」

くわえ煙草の設備屋がそういった。「忘れて目詰まりが起こると、井戸のポンプか水中モーターに負荷がかかって壊れることもあるつうだから、気をつけたほうがええだよ」

ミステリ作家の島本は、取り付け作業の様子をデジカメで撮影していた。こうしたものが小説の資料になるとは思えないから、おそらく何か不備があったときのためだろう。人付き合いがあまりいい人物ではないが、抜け目のなさだけは昔からあった。

「でも、これって根本的な解決策じゃないんですよね」

ダグラスの妻、理沙子が夫の隣でいった。

一昨日、アラスカから戻ってきたばかりだった。小柄だが、登山で鍛えられているためか、精悍《せいかん》な雰囲気の女性だ。ポニーテールに髪をまとめ、顔や七分袖から出ている腕が日焼けしていた。

「残念ながら地下のことはなかなかわからないということです」

秋津はそう説明した。「時間が経てば、あるいは水がまたきれいになるかもしれません」

「あまり悲観的なことは考えないほうがいいかもね」

理沙子とは姉妹のように仲がいい真琴がそういって笑う。

車の音がして、全員が見た。

〈ヴィレッジ〉の入り口から〈八ヶ岳ホームズ〉の白いスズキ・アルトが走ってきた。

フクモト設備の軽ワゴンの後ろに停めて、ドアを開いて千崎が降りてくる。

「いかがでしたか」

やってくるなり、スチール製の蓋を外した井戸の中枢部を見た。

「取り付けは問題なく終わって、おかげさまで水もきれいになったようです」

秋津がそう説明した。

「良かったですね」

千崎はホッとした表情でいった。「とりあえず、このままで水を使ってみてください。あとは地下水の状況がどうなるか、経過観察ということでお願いします」

彼はコンクリで囲まれた井戸の枠の中に入り、配管部分に装着されたフィルターをスマートフォンのカメラで撮影した。それから、福本といっしょに重たい鉄製の蓋を持って、ふたりで井戸の上に運んで下ろした。

千崎がハンカチで手を拭いていると、ふいに福本がいった。

「ところでこの近くの大野木交差点のところだが、もともと〈ツノダ商店〉があった土地がフェンスで囲まれて、何か工事が始まってたけんど、あそこはたしか、あんたんとこが持っていた場所じゃねえだか」

「たしかにうちが管理していた地所でしたが、少し前に〈シェリダン〉さんに売却したはずです。何でも、自社工場の資材倉庫を作るんだとかで」

千崎が答えたとたん、秋津が気づいていった。

「資材倉庫なんかじゃないですね。井戸のボーリング工事をしてましたし。まるで外から目隠しでもするみたいに仰々しくフェンスを立ててるから、いったい何が始まるのかと思ったんですが……」

もともと日本酒メーカーとして名が知られた〈シェリダン〉は、今やミネラルウォーターの生産と出荷において全国一のシェアを誇る会社となっていた。八ヶ岳の他、静岡や富山などにも工場を持っていて、それぞれから天然水と銘打ったボトルウォーターを出荷している。

「つまり、〈シェリダン〉が自社工場の外に井戸を掘ってるってこと？」

真琴が驚いてそういうと、島本が舌打ちをしてから、こう切り出す。

「あそこの前の道路が雨でもないのに冠水していたの、知ってるか？」

「冠水、だって？」と、秋津が驚く。

「俺が知っているかぎり、三日以上はそういう状態が続いていた」

「どうして、そんなことが？」

「試削井戸から水を流していたんだよ。地下にある水の量を知るために、出しっ放しにしとくんだ」

福本が当然のようにそういう。「一般家庭の井戸でもやることだが、企業の取水井戸なら、さぞかし大量の地下水を汲み上げるんだろうなあ」

「ただ、揚水して垂れ流しにするだけなんですか？　たとえばタンクにとっておいて、農業用水として二次利用するとか、そんなことはしないんですか」

秋津が訊くと、福本が当然のように笑って答えた。

「そんな面倒なことはやんないよ。水はいくらでも地面の下から出てくるもんだ。とにかく、だ。あっちこっちにああいう施設を作られると、何だかいい気持ちがしねえなあ」

あからさまに不快そうな顔だった。

「でもまあ、積極的に地域貢献もされてるようですし、とくに問題はなさそうですけど」

そういったのは、クマさんこと隈井和久だ。

いつものようにトレーナーの袖を肘までまくり、サンダル履きの姿だった。

「どこを走っても、ここらじゃ〈シェリダン〉の看板だらけだし、まるで〈シェリダン〉王国って御土地柄だよな」

そう、皮肉っぽくいう島本に嚙み付いたのは篠田清子だ。

「企業を悪役にするのは簡単だけど、別に何をしたわけでもないじゃない」

「そりゃまあ、あんたんところのひとり息子が、あそこに勤めてるから何もいえんだろうが、調べてみるといろいろと悪い噂もないことはないんだよ」

篠田はそんな島本をにらみつけていたが、ふいに彼に詰め寄った。

「あなたね、うちに何の恨みがあって——」

「まあまあ、とにかく問題がひとまず解決したわけですし、生活も元に戻りますから」

あわてて間に入った秋津がいった。「また何か問題がありましたら、うちか、千崎さんのほうに連絡をいただければと思います。それから、妻と話し合っていたんですが、今夜辺りいかがですか。水が戻ったお祝いということで、うちの店でちょっと飲みましょう」

「オーケイ」

ダグラスが破顔して、秋津の肩を叩いた。

「みなさん、お酒とおつまみ、一品持ち寄りのルールですよ。忘れないで」

真琴も笑いながら、そういった。

4

翌朝、秋津は軽い頭痛を抱えて目を覚ました。

宿酔《ふつかよい》なんて久しぶりだった。

店のテーブルのひとつを囲んで〈ヴィレッジ〉の住民の数名が飲み食いをした。篠田と息子の圭一《けいいち》が最初に辞去して、やがて作家の島本が「仕事があるから」と去っていった。真琴は明日朝の翔太の送りは自分がやるからと、九時過ぎには引き上げた。

最後まで残ったのはマッケンジー夫妻とクマさんだった。めっぽう酒に強いダギーと妻の理沙子はともかく、クマさんはまったく飲めないのに最後までつきあってくれた。

午前一時を過ぎてお開きとなったが、シャワーを浴びる元気もなく、秋津はそのまま自室で寝た。

ベッドから足を下ろし、枕元の時計を見ると、午前八時を回ったところだった。

ずいぶんとワインを飲んだ記憶がある。話題は井戸に関する話もあったが、やはり他愛のない話がほとんどだった。その大半を秋津はすっかり忘れている。

苦笑いしながら自室を出て、洗面所に向かった。

水道のコックに手をかけたとき、緊張している自分に気づいた。

そっと蛇口をひねる。

一瞬、茶色い水が出てきたような気がしてびっくりしたが、どうやら気のせいだったらしい。

水は透明で清らかだった。

鏡に映る顔を見た。無精髭が生えてひどくやつれた自分がそこにいた。

うがいをして、コップ三杯ほど水を飲んだ。

渇いた喉に染みるほどに美味かった。

〝蛇口をひねれば天然水！〟――こんな贅沢はないなと思った。

〈八ヶ岳ホームズ〉に支払っている年間の井戸水使用料は一万五千円ほどだ。都会の水道料金に比べるとはるかに安い。その上、こんなに美味しい水が飲める。そればかりか風呂に入り、トイレの水だって、この天然水で流しているのだ。

考えてみると、こんなに罰当たりな話はないだろう。

せめてトイレぐらい、たとえば雨水を溜めたタンクから水を引いて流すぐらいのことをやってもいいのではないか。そんな話をクマさんたちとしたことがあった。

都会に住んでいた頃は、蛇口からきれいな水が出るのは当たり前だった。その代わり、決して安くない水道料金を毎月、都の水道局に払っていた。

ここに移住してきても、同じように思っていた。水道の栓をひねりさえすれば、水は必ず出てくる。しかも都内の水道水よりもはるかに美味しいし、料金も破格だ。そんな状況がずっと続くものだとばかり思っていた。

ところがそんな自分の中の常識がすっかりひっくり返ってしまった。

気がつくと、秋津はガラスコップに汲んだ水をじっと見つめていた。

「地面の下のことは目に見えない、か。たしかにな」

そう独りごちると、コップの水をまた飲んだ。ゆっくりと時間をかけて飲み干した。


〈森のレストラン〉が営業を再開した。

その日は、ちょうど連休の初日とあって、観光客や別荘客たちがおおぜい店に寄ってくれて多忙をきわめたが、秋津と真琴はほっとひと安心した。中には「臨時休業」のことを訊ねてくる常連客も少なからずいて、秋津は答えに窮した。まさか地下水の変色なんていえず、井戸の不調でしたとごまかすしかなかった。

午後八時のラストオーダー間際になって、松井と美由紀の親娘ふたりが入ってきた。

地元の温泉帰りだということで、ふたりの顔はほんのりと桜色に染まっていた。父はポークソテー定食とノンアルコールビール、娘はマルゲリータのピザとオレンジジュースを注文した。秋津が調理をし、真琴がテーブルに運んだ。厨房越しに見える、親娘ふたりが美味しそうに食べる姿が微笑ましかった。

残っていた客たちが支払いを終えて出て行き、店には松井親娘だけとなっていた。テーブルに置いていたグラスの水が少なくなっているのに気づいて、秋津が冷水ポットをテーブルに運んだ。

グラスに注ぐと、松井がいった。

「水のトラブルも解消したみたいですね」

「まあ、とりあえずといったところですが」

松井の顔から笑みが消える。「根本的な解決には至ってないわけですか」

「井戸にフィルターをつけて浄化しているだけです。地下水そのもののトラブルは変わってないんです」

「そうでしたか」

「それにしても、今回の一件はちょっとしたカルチャーショックでしたね。水資源が有限なものだということを、改めて突き付けられた気がします。人間は物事が当たり前になると、いつの間にか感謝の気持ちを忘れてしまうんでしょうね」

「それはこちらとしても自戒するべきことです」

ピザを頬張っている娘の顔を見ながら、松井がそういった。

それからふと眉根を寄せた。

「ところで秋津さん。ちょっとご相談があります。本当は先日、こちらにうかがったときにお話ししようと思っていたんですが、さすがに事態が事態だけにいえなくて」

「何でしょう」

思わず神妙な顔になる。隣のテーブルから椅子を引っ張ってきて、秋津はそこに座った。

「秋津さんのところに触発されてってわけじゃないんですが、少し前からうちも市営の簡易水道から井戸に切り替えようと思っていました。やっぱりこちらにいるからには、美味しい水を飲みたいし、健康にもいいだろうって思ったんです。で、ちょうど、うちの隣の家が井戸のボーリング工事を始めていたんですが――」

いったん言葉を切って、彼は口を引き結んだ。

「まさか、うちみたいに水が？」

松井は小さく首を振る。「水質がどうとかいう以前に、ボーリングしても水が……出てこないんですよ」

秋津は驚いた。

「どれぐらいの深さを掘ったんです？」

「聞いてみたら、百七十六メートル掘削したところであきらめたそうです」

「百七十六メートル……」

「ボーリング工事を担当した井戸屋さんも、こんなことは初めてだといってたようです」

松井の別荘がある土地は、秋津のこのログハウスよりもさらに低い場所だった。一般に標高が低いほうが浅井戸で水脈に当たるはずなのだ。

「気になって近所の人々に当たってみたんですけど、みなさん、簡易水道をお使いなので、井戸のことについてはわからないと。ただ、あの辺は昔から湧水地として知られていて、水が豊富なところだっていわれていたはずなんですけどね」

「それで松井さんは？」

「迷っているところなんです。それでなくとも今は井戸の掘削がメートルあたり数万円かかるっていわれてますし、それで百七十メートル以上ボーリングして、けっきょく水が出なかったんじゃ、泣くに泣けませんから」

「それはそうでしょうねえ」

秋津は頷くしかなかった。

「でも、地下水っていうのは地上からはまったく見えないわけですから、うちの隣とは水脈が違うかもしれません。隣で出なかったから、こっちでも出ないなんて決めつけられないって、うちがおつきあいしている井戸屋さんはいうんですが」

　ふうっと溜息を洩らし、秋津は腕組みをした。

「しかしリスクが大きすぎますね」

「そうなんです。分の悪いギャンブルみたいなものです。それにいったん水が出たからって、秋津さんのところみたいになる可能性だってあるわけですし」

　そういってから、松井は苦笑いする。「すみません。傷を抉《えぐ》るようなことをいっちゃいました」

「いいんです。事実ですから」

「ゆうべもずっと考えていたんだけど、やっぱり井戸はあきらめたほうがよさそうです」

　秋津は頷くしかなかった。

「ごちそうさま」

　美由紀がピザを平らげて、ナプキンで口許を拭った。

「これ。サービスですからどうぞ」

　そういって真琴がコーヒーのサーバーとカップを持ってきた。

　カップに注ぎながら、彼女が微笑む。

「美由紀ちゃんにはオレンジジュースのお代わりを持ってきてあげるね」

「ありがとう」

松井の娘が頰に笑窪を作りながらいった。

5

前方の交差点が赤信号になっていて、秋津はフィアットを停車させた。

いつものように翔太を学校に送った帰途だった。

前は大型トラックだ。

トレーラー部に鏡面張りのように磨き上げられた大きなタンクを載せている。〈シェリダン〉という企業名がそのタンクに書かれていた。おそらくミネラルウォーターを輸送する車だろう。

楕円形をしたタンク後部には秋津のフィアットが映っていて、運転席に秋津の顔もはっきりと見えていた。

それを眺めているうちに、ふとまた不安に駆られた。

今、彼が住んでいる八ヶ岳市内には、ミネラルウォーターを売り物としている大きな企業が、知っているだけでも五社ほどある。小さな規模の会社を入れたら、もっとあるだろう。それらの会社の多くがこの地にやってきたのは、秋津自身が移住してくるよりも前のことだ。もっともそれらが最初からミネラルウォーターを生産、出荷していたわけではない。

もともとはウイスキーや日本酒などの酒類だったり、缶ジュース、パック入りジュースだったりした。それが近年になって、そうしたリカーやドリンク類よりも、水そのものを主力商品として方向転換していた。酒類やジュースにするよりも、水を売るほうが効率的だし、需要があると気づいたのだろう。

汲み上げた地下水を煮沸《しゃふつ》消毒し、それをペットボトルに詰めて出荷するだけでいい。とりわけ都会ではそれらが飛ぶように売れる。最近では水もブランド化してきて、世界各国のミネラルウォーターが飲める気取った店も出てきたという。

何よりも、水は人間にとってなくてはならないものだ。

それを秋津は身をもって知ったばかりだった。

前方の信号が青に変わって、車列が動き出した。秋津の前に停まっていた水輸送のトラックも走り出す。

彼らがこんなふうにやたらと目につくということだけではなく、水企業は地元雇用も積極的に行っているらしい。〈ヴィレッジ〉住人の篠田の息子もそうだが、秋津が暮らす土地の住民の多くが、何らかのかたちでこうした企業に雇われていることは知っていた。

のみならず、テレビをつければ頻繁に〈シェリダン〉など水企業のコマーシャルが流れる。

山紫水明《さんしすいめい》の土地にあるミネラルウォーター工場として環境保護、自然保全を訴える内容。

たしかにここは素晴らしい場所だ。

雄大な山々に囲まれて、自然が豊かで風光明媚なところだ。しかも、東京から車で二時間と、そう遠い距離ではない。おかげで観光地としてもよく知られ、ゴールデンウィークやお盆の連休は県外ナンバーの車があふれる。

当然、移住者も多い。そのほとんどが、秋津たちのように美しい自然やきれいな空気を求めてきている。

〈シェリダン〉のような水企業も同様の理由でここに工場を作っているのだろう。

ここ何日か、ずっと心に引っかかっていることがある。

雄大な自然に育まれた天然水を売り物にしているかれらにしてみれば、地下水はまさしく無料でいくらでも汲み上げることができる資源である。だから、需要があればあるだけ、大量の地下水を商品化して出荷する。

そのことで地下水への影響は出ないのだろうか。

たとえば先日の共同井戸に発生した異状が、彼らのような水企業による大量揚水の影響だとしたら？

別荘地の下にある大野木交差点に差しかかり、左折した。

ゆるやかな坂道を登り始める。

ふと、道の右側――たしか昨日まであったはずの工事現場の看板がなくなっているのに気づいた。大仰なスチール製フェンスもすべて取り払われていた。ヘルメットをかぶった髭面の警備員もおらず、そこはまったくの無人だった。

背の低い金網のフェンスだけが土地を囲んでいた。

秋津は車を停めて、ハザードランプを点灯させ、車外に出た。金網のフェンスには〈関係者以外立入禁止〉と書かれた赤い看板がかかっている。その横に小さく〈株式会社シェリダン〉と書かれたプレートがあった。

フェンスに囲まれた中に、一メートル四方ぐらいの四角い金属製のコンテナ状のものが見えた。地面にはしっかりコンクリの基礎が打たれ、何カ所か、ボルトで頑丈に固定されている。その左側側面から、直径二十センチぐらいの太い銀色のパイプが出ていて、九十度曲がってまっすぐ地面に向かって入っていた。

路面に目をやると、アスファルト舗装も直されていて、新しく盛られたスペースが道路を横切り、反対側の森に続いている。道路の下に何か埋設されていることがわかる。

ふと視線を遠くにやった。

森の向こうに四角い、無機的なデザインの大きな建物が見えている。建物の向こうには赤と白に塗られた大きなクレーンが突き出ていた。

〈シェリダン〉の天然水工場だった。

6

エプロンをつけて、昨夜のうちから仕込んでおいた鍋を冷蔵庫から出した。

いったん煮込んでからしばらく冷ましておいておくと、肉も野菜も味が馴染んでくる。地鶏肉と地元の野菜をふんだんに使ったトマトシチューは、甲州ワインビーフを使ったステーキセットと並んで秋津の店の人気メニューだ。

ご飯は地元農家の無農薬の新米を使い、七分づきで精米している。それを直火の大釜で炊き上げる。パンは完全に自家製で、そっちはもっぱら真琴の担当だ。

ひととおりの用意をすませてから、最後にふたりして生野菜を切った。

店をはじめた頃はおぼつかなかった彼女の包丁捌きも、今ではなかなかサマになっていて、トントンとリズミカルな音がしている。包丁の研ぎ方も教えたが、今でもマスターできていないため、毎朝、秋津が数本の包丁やペティナイフなどを研ぐことになっていた。刃物の切れ味が料理の味を左右するといったのは、料理学校の教師だった。その言葉がずっと心にある。

午前十一時になって、いつものように店の表に〈営業中〉の看板を出した。

駐車スペースには、すでに一台、車が入っていた。練馬ナンバーの青いＢＭＷだった。

ドアを開けて出てきたのは初老の夫婦だ。常連客で、近くに別荘を持っている崎田《さきた》夫妻という。

「いらっしゃい」

店の外に立って秋津と真琴が挨拶をする。

ドアを開ける。カウベルが鳴った。

ふたりは店に入ってきて、ホッとしたような顔をした。夫のほうが、薄手のダウンコートを脱ぎながらいった。妻もカシミヤのコートのボタンを外し始めた。

「ずっとお休みだったから、来られなくて困ってました」

ふたりのコートを預かり、ハンガーで壁に掛けながら、真琴が笑う。

「ちょっと水周りでトラブルがあったので、しばらく店をお休みさせていただいてました」

「もういいんですの？」

妻がいうので、秋津たちは頷く。

「すっかり元通りになりました」

ふたりがいつもの窓際のテーブルにつくと、真琴がメニューを出した。

秋津が冷水ポットとグラスをふたつ運んで、そこにきれいな水を注いだ。

続いて、店の駐車スペースに入ってきたのは、青と白のスズキ・ハスラーだ。窓越しに見て、秋津がよもやと思ったら、やっぱりそうだった。あわただしい様子でドアを開け、カウベルを鳴らしたのは、焦げ茶のブレザー姿の中年男。

樫尾《かしお》憲太郎《けんたろう》という名で、地方紙として知られる山梨日報八ヶ岳支局の記者である。

厨房にいる秋津を見つけて、ヨッと手を挙げると、カウンター席にまっすぐ歩いてきてストゥールに座った。相変わらずの無精髭で、髪は短く刈り上げている。煙草をやめられないので、ニコチンの臭いが染みついていた。

「コーヒー、ブラックでよろしく」

いつものようにそう注文した。

「相変わらず、忙しそうだな」

客というよりも友達なので、秋津はタメ口をきく。カウンターの向こうから水のグラスを差し出す。

それを受け取って、樫尾は一気に半分ほど飲んだ。

「朝からずっと市役所に詰めてた。やっこさん、なかなか尻尾を掴ませなくてな」

そういってスマートフォンを取り出し、画面の操作を始めた。メールかＬＩＮＥを見ているらしい。

「白井市長の醜聞《しゅうぶん》か」

「汚職の金の流れは掴んだんだが、関係者がそろってだんまりになっちまった。奴の息がかかった会派の市議たちが寄ってたかってもみ消しに走ってるんだ。談合のあった企業はともかく、入札に敗れたところもいっせいに取材を断ってきた」

グラスを取って水を足しながら、秋津がいった。「先回りされて口を塞がれたというわけだ」

樫尾は渋い顔のまま、頷いた。

八ヶ岳市に計画されている東日本横断高速道路をめぐる汚職に関する噂は、ずいぶんと前から流れていた。それ以前にも、メガソーラーの巨大事業に関して、市内では市長の血縁にあたる企業が独占していたり、いろいろと不穏な話が巷に出回っていた。

市長を中心とする不正な金の流れがあるのは間違いない。

しかし噂レベルでは記事にできない。具体的な証拠を摑みたい。

樫尾は口癖のようにそういっていた。

「そろそろ市長選も近いから、いっそう固く口を閉ざしているんだな」

「選挙といえば、今回の対立候補はどうなんだ」

電動ミルで挽いた豆にポットの湯を落としつつ、秋津が訊いてみた。

「門倉達哉《かどくらたつや》か。もともと〈週刊春秋〉の名物記者だった男だ。京南大学で政治経済の教《きょう》鞭《べん》を執《と》っていたし、辛口のコラムニストだとか、テレビ番組のコメンテーターとして有名だった。それから自分で会社を立ち上げて、実業界でも頭角を現したのは有名だよな」

「たしか〈ストアハウス〉の社長だったな。関連会社もいくつかあった」

「数年前に倒産したときは、かなりのニュースになってた」

秋津は思い出した。

「それがわざわざこっちに住所を移してきたのか？」

「自治体に三カ月以上住まないと立候補できない地方議員と違って、首長の選挙に関しては、そういう縛りがないんだ。とはいえここは未だに地縁血縁が幅を利かして、恐ろしく旧弊なところだからな。本人の出身は東京だし、ここに縁もゆかりもない。その上、まだ四十一歳と若すぎる。いったい何を考えて市長選に出馬するつもりなのかな」

「たしかに無謀といえばそれまでだけど」

「だが、ずいぶんと切れ者らしいし、何か勝算あってのことじゃないかと思うんだ」

「勝算、か。意外だな、それは」

秋津はサーバーからカップにコーヒーを注ぎ、カウンター越しに樫尾の前に出した。

それをひと口すすってから樫尾がいった。

「美味い。相変わらずだなあ、この味」

そういってから樫尾は思い出したらしい。「そういえば、何日か、店を閉めてたな？」

「水周りでトラブルがあったんだ」

「水道管でも破裂したか」

「実はな」

窓際のテーブルの老夫婦に聞こえないよう、秋津は小声でいった。

「井戸水がダメになったんだ」

これまでの経緯を明かした。

さすがに樫尾は驚いていた。コーヒーをまたすすってからいった。

「ありがたいことに、味は落ちてないよ」

秋津は頷く。「水そのものが変質したわけじゃなくて、鉄分とマンガンが多く混入しただけだ。だから、それをフィルターで漉《こ》し取って使ってるんだよ」

「うちは水道を引いてるし、こういう美味い水を日常飲めることにうらやましさを感じてたが、けっきょくそういうリスクもあるってことなんだな」

そういってから、ふと樫尾が眉根を寄せた。「そういえば思い出したんだが、八ヶ岳市は市内にある水企業五社と協議会を作ったらしい。地下水源の適正利用のためだっていうんだがね」

「そういえば、テレビをつけるたびに、やけに天然水のCMが流れてるじゃないか」

「それは今回の協議会とは直接の関係はないと思うが、〈シェリダン〉、〈アスカ飲料〉、それに〈ナチュラル・ボトリング〉……他にもいくつか、この土地での水の汲み上げ事業の新規参入をもくろんでる会社があるって話だ。とにかく今は天然水ブームといってもいい。日本どころか世界的にいっても、きれいな水は莫大な利益を生む。まさにブルーゴールド。青い金脈ってところだな」

「市長と水企業は、例のミネラルウォーター税のことで仲違《なかたが》いしてたって話だが？」

秋津がいったのは、今から十五年前、平成の大合併で七町村が合併して八ヶ岳市になったときのことだ。その最初の市長選挙で白井雅行が公約したのがミネラルウォーター税だった。市内にある水企業に対して、地下水の利用一リットルにつき〇・五円から一円程度課税する。その理由は明白で、市内にある水企業はコストのほとんどかからない地下水で莫大な利益を生み出しているにもかかわらず、地元の自治体に入るのは固定資産税だけというのは理不尽だからだ。

しかしけっきょく、市長が提唱したミネラルウォーター税は流れた。

メーカーがこぞって反発したかららしい。

「この土地における地下水全体の中で、水企業がミネラルウォーターとして使用しているのは〇・六パーセントに過ぎず、大半は半導体など精密機械を生産する工場が使っているというのが企業側の主張だった。まあ、そりゃそうだろう。だが、市長と水企業が仲違いしたという事実はないよ。むしろ逆だ」

「どういうことだ？」

思わず秋津が身を乗り出して訊いた。

樫尾は口許を歪めながらいった。「あの金権市長が水企業にそっぽを向くはずがないさ。どうやら何らかの裏工作があって、双方が手を打ったっていう噂があるぜ。つまり、この町を豊かにするよりも、自分の懐を豊かにするほうを選んだだけだ。ま、天然水だけに、それがナチュラルってわけだな」

そういって彼は笑った。

「ということは、今回の企業との協議会はいったい何のためだ」

秋津に訊かれて、彼の笑みが消えた。

「協議会の表向きの名目は、無秩序な事業拡大の防止とか地下水源の保全のためだっていうが、実のところ、官民一体でのミネラルウォーターの販売促進じゃないかっていわれてる。けっして自然保全のためなんかじゃなく、各社の利益を守り、裏金で結託した現市長との関係をよりいっそう固いものにする。ま、そんなところかな」

「何だか、いやなニュースばかりよね」

秋津の傍に立って真琴がいった。「樫尾さんには、記者としてしっかり戦ってもらわないと」

「そうはいうけどなあ。われわれ地方紙にだってスポンサーがいるからね。たまたまこんな辺鄙《へんぴ》な支局にいるから、そこそこ自由に取材ができるけど、そうかといって本社のデスクに蹴られちゃどうしようもない。それこそ提灯記事でも書いて日銭を稼いで生きてくしかない」

「樫尾さんの口から、そんな弱気な発言が出るとは思わなかったな」

彼はちらと秋津に目をやってから、また視線を落とした。

「今度の選挙で門倉さんが勝つような奇跡でも起こらないかぎり、ここは変わらんよ」

「そうか、奇跡か」

そういって秋津は妻と目を合わせた。

7

――翔太。早くお風呂に入って。

廊下のほうから真琴の声がした。

秋津はキッチンのシンクに向かって立ち、テーブル席から引き揚げてきた客の食器類を洗っていた。

いつも無添加石鹸をスポンジにつけて洗浄する。合成洗剤に使われている界面活性剤が、かなり危険な発癌性物質であることはわかっているし、浄化槽で処理しきれず土壌に浸《し》み込むと、環境へのインパクトが大きいことも彼は知っている。

レストランの窓際の席に最後の客が残っていた。

近所に住む作家、島本庄一だった。

ぼさぼさの髪を時おりかきむしりながら、ノートパソコンの液晶画面をにらんでいる。ブラインドタッチでキーボードを叩く、カタカタという音が聞こえたと思えば、たまに傍らに積んだ資料本をとってページをめくる。つまり秋津のレストランのテーブルを仕事場にしているのである。

いつも書斎ばかりで執筆するとはかどらないから、よく場所を変えるのだと彼はいっていた。

ファミリーレストランのテーブルだったり、たまに車中で仕事をすることもあるらしい。時刻は午後九時を回り、とっくに閉店時間を過ぎていた。だが、〝仕事をしている〟という島本を追い出すのもはばかられる。本人も閉店時間ぐらいは知っているから、原稿の執筆に夢中でそのことに気づいていないのだろう。

足音がして真琴がやってきた。

厨房から客席を覗き、向き直って夫の秋津に苦笑いを見せた。

「知ってる？　島本さん、うちのＷｉ－Ｆｉを勝手に使ってるみたいよ」

何気なく画面を覗いて気づいたのだという。

パソコンをネットにつながないスタンドアローン状態で使っているふうではなさそうだから、おおかたそんなことだろうと思っていた。作家にとって資料は文献だけではない。

今どきインターネットを駆使しない作家はいないだろう。

「出版不況で本も売れないから、作家もなかなか大変だな」

「そういえば、いつだったかしら。いっそ御厨京太郎っていうペンネームを捨てて、別の名前で出したいっていってたわ」

「いい筆名だと思うけどなあ。いかにもミステリ作家っぽくて」

秋津がそういったときだった。

――ママ。お湯が出ないよ。

翔太の声にふたりは振り向いた。バスルームがあるほうからだった。

とっさに真琴が急ぎ足で向かった。

それから間もなく、彼女の声がした。

――ちょっと俊介さん。来てみて。

驚いて秋津が廊下に走った。バスルームの中に裸の翔太がいた。髪の毛にシャンプーの泡をつけたまま、小学生らしい細長い手足でシャワーの下に立っている。そのシャワーのコックを真琴がしきりにひねっていた。

「おかしいわね。どうして？」

シャワーから湯が出てこないようだ。

「仕方ないから、とりあえずバスタブのお湯で頭を洗って」

真琴にいわれ、翔太が頷いて、足元の洗面器を拾った。

秋津はシャワーのコックを切り替えて、蛇口のほうから湯を出そうとした。だが、まったく出てこない。

「これは……」

ふいに嫌な予感が胸の奥から突き上げてきた。

厨房に取って返すと、シンクの蛇口の栓に手をかけた。胸がドキドキしていた。不安がこみあげている。

水が——出た。

蛇口から落ちる透明なきれいな水を見て、秋津はホッと安心した。

が、つかの間だった。

その水が見る見る細くなっていった。

そして数滴、ポタポタと落ちたかと思うと、まったく沈黙してしまった。

秋津は焦っていったん栓を閉め、ふたたび開いた。

まるで溜息のような、空気が抜ける音がした。

それきり水道の蛇口からはまったく水が出る気配もなかった。

「俊介さん」

妻の声に振り向く。

厨房の入り口に立ち尽くし、真琴が唇を咬んでいた。

彼女が何をいいたいか、よくわかった。しかし秋津は言葉もない。

窓際のテーブルにいた島本が、ふたりの様子に気づいたらしい。秋津と目が合ったとたん、椅子を引いて立ち上がり、厨房のほうへとやってきた。

「どうしたんだい」

「水が……」

いいかけたとたん、島本の顔が曇った。カウンター越しに手を伸ばし、シンクの蛇口の栓を何度か動かした。

「何てことだ。今度は出なくなったのか？」

ふいに電話が鳴り始めた。

五回、六回と鳴って、仕方なく秋津が歩いて行き、壁掛けの子機をとった。

名乗るよりも先に、金切り声が耳朶《じだ》を打った。

——秋津さん。ねえ、何が起こってるの。今度はいきなり水が出なくなったのよ。

予想通り、篠田清子のヒステリックな声だった。

8

フクモト設備の福本泰は相変わらずくわえ煙草だった。

ワゴン車に乗ってやってきたときから運転席で煙草をくわえたまま、作業を始めても、短くなったものを唇の端にはさんでいる。重たい井戸の鉄蓋を秋津とふたりで外し、それからひとたびワゴン車に戻って、スライドドアの中から機材を持ってきた。

井戸本体の横にある小さなハッチを開き、ロープ式の水位計を傍に置いた。リールに巻かれたロープの先端は長い金属の棒になっていて、それを井戸の中に垂らして伸ばしていき、先端が水面に接すると通電し、ブザーが鳴る。それで地上から井戸の水面までの距離が測れるという仕組みだ。

コンクリの壁に四角く囲まれた中にしゃがみ込み、福本はロープを中に垂らしながらリールのハンドルを少しずつ回していった。

秋津は福本の作業を食い入るように見ている。

すぐ傍には真琴とクマさん、島本と篠田も立っている。全員がまさに固唾《かたず》を呑んでいる。

福本は慎重にリールを回しつつ、ロープを井戸の中へと送り込んだ。

ロープには一センチ単位で目盛りが刻まれている。メートル単位の部分は色が赤く書かれている。

しばらくして、彼は「うん?」とつぶやいて、手を止めた。

「どうしました?」と、秋津が訊ねた。

福本はしかめ面のまま、ロープを少し上下させた。

「何かに引っかかっちまった」

何度か上下させて、何とか外れたらしい。またロープを下ろしながら水位計のハンドルを慎重に回す。

50mと赤く書かれた部分が、井戸の小さな孔の中に吸い込まれるように見えなくなった。さらに目盛りがどんどん進んでいく。60mから70mへ。そして80mを過ぎた。

「おかしいな」

福本がつぶやいた。

秋津にはもうわかっていた。

去年の〈八ケ岳ホームズ〉からのレポートだと、自然水位は地上から七十二メートルだった。それをはるかに超えてしまっているのに水の反応がない。それがどういうことを意味するのか。

ふうっと息をついて、福本が顔を上げた。

かすかにかぶりを振るのが見えた。

クルクルとハンドルを回しながら、測定器のロープを巻き上げていく。

「ちょっと、設備屋さん。どうしたんです。何があったんですか？」

秋津の後ろから篠田が声を放った。

福本はフィルターギリギリまで短くなった煙草を指先で口からむしり取り、傍らのコンクリに押しつけて消した。

「地下水がポンプの高さに届いてねえだ」

「それってどういう……」

島本がいいかけて、ハッと気づいたらしい。

福本がしかめ面でボサボサ頭を掻いた。「水位がめっきり下がっちもうただな。これじゃ、いくら水中ポンプが回っても水を汲み上げられねえ」

「そんなことって――」

島本が声を失った。

「秋津さん。何とかしてよ」

ふいに腕を摑まれた。篠田だった。

彼女の顔を見たが、返す言葉がなかった。

「松井さんの隣のおうち、何メートルのボーリングだっていってたっけ」

テーブルに頬杖を突きながら真琴がつぶやく。

「たしか百七十六メートルだった。それだけ掘っても水が出てこなかったって」

向かい合わせの椅子に座って秋津が答えた。

「松井さんとこって、うちよりも少し標高が低い場所よね」

「百メートルぐらい下だね」

「この付近の土地の地下水に何か異変が起こってるんじゃない？」

秋津は頷いた。「それを考えていたところだ」

「何か思い当たることがあるの？」

また頷いた。

「〈シェリダン〉だ」

真琴が目を合わせた。「まさか、それって……」

彼女も気づいたようだ。

「〈ヴィレッジ〉の少し下に新しい井戸が掘られていた。あれはきっとミネラルウォーターを揚水するための社外設備だ。ずっと工事をやってたが、少し前に完成したらしい」

揚げられた地下水は道路工事で埋設されたパイプを通って水工場へと運ばれている。アスファルトが掘り返されて補修されていたのは、そのためだと思われる。

「ここの井戸水が出なくなった時期といっしょね」

「設備屋の福本さんがいってたが、地下水というのは低い場所で取水したほうが有利なんだそうだ。上のほうに溜まっている水が引っ張られてしまうらしい。だから、標高が高い場所から水が涸《か》れていくということなんだ」

そういって、秋津は目の前のテーブルにあるペットボトルを見つめた。水が濁ったときに買い込んでおいたミネラルウォーターだった。巻き付けられたビニール包装には八ヶ岳を描いたイラストとともに〈クリスタル天然水〉と書かれている。〈シェリダン〉でもっとも売れている人気商品らしい。

「会社に抗議する?」

「ここは〈八ヶ岳ホームズ〉に一任するべきだろうな。井戸の管理を任せているんだし」

「そうね」

真琴が頷いた。不安の色は拭えなかった。

9

「大変申し上げにくいことなのですが……」

そう前置きしてから、木内瑞恵社長がわずかに視線を逸《そ》らした。

「現時点において最も現実的な解決策は、水道を引いてもらうことだと思います」

それはあらかじめ予想していた答えだった。

というか、覚悟をしていたといったほうがふさわしいかもしれない。しかし実際に目の前でそれを口にされると、やはり胸が塞がれるような気持ちになる。

「他に何か手段はないんですか」

悲しげに真琴がいった。「たとえば〈シェリダン〉に抗議を申し入れるとか」

〈八ヶ岳ホームズ〉の社長は眉をひそめ、口を引き結んでいた。

その後ろに千崎が立っていた。やはりいつものような明るさがなく、誰かの葬儀に参列しているときのような昏い表情だった。

もしや今までこのふたりが見せていた笑顔と親切は、すべて社交辞令だったのではないか。そう思えるほど、今日の彼らは何かが違っていた。

「たぶん無駄だと思います」

木内社長はそういった。

「なぜですか」

秋津が訊ねると、彼女はようやく顔を向けた。

「今回のことと、企業の取水との因果関係が証明できないからです。すべては地面の下で起こっていることですから」

「そんな……」

真琴が声を洩らした。かすかに眉根を寄せていた。

「だって〈ヴィレッジ〉の井戸水が渇水したのと、〈シェリダン〉の新井戸の揚水が始まった時期がほぼいっしょなんですよ。あの企業がどれぐらい地下水を汲み上げているかはわからないけど、おそらく個人の家庭のレベルなんかよりもはるかに大量に取水していると思うんです。だから私たちの井戸が涸れてしまったんでしょう。これが因果関係じゃなくて何だっていうんですか」

「お気持ちはわかります。でも、物理的にというか、法律的に証明ができないんです。それはつまり――」

「地面の下は目に見えないからですか」

秋津がいうと、彼女は頷いた。

「簡易水道なんか引けるわけないですよ。ここに移住してきて、いまさら塩素消毒された水を飲めっておっしゃるんですか。そもそもわれわれの〈ヴィレッジ〉は天然水が売りだったはずです」

「おっしゃるとおりです。しかし、現に井戸の水位が下がって水が出なくなったわけです。不可抗力だったし、想定外のことでした。だからといって、みなさまがたに水なしの生活をしていただくわけにもいきません」

「水道といっても、少し離れた場所の地下水を汲み上げているんです」

木内社長の後ろから千崎がいった。「水道法の関係で多少の塩素消毒は義務づけられていますけど、都会の水なんかに比べたらまだましですよ。うちも実は市営の簡易水道を使ってますけど、とくに何の問題もありません」

「ちょっと、話を逸らさないでいただけますか」

声のトーンが高くなった真琴を、秋津は制した。

「とにかく、われわれとしては自分たちが享受すべき地下水を強引に盗まれたという気持ちでいます。だから、泣き寝入りはしたくないんです。〈八ヶ岳ホームズ〉さんが〈シェリダン〉に掛け合ってくださらないというのでしたら、われわれが個人的に訴えるまでです。門前払いを喰わされるようだったら、裁判に持ち込むつもりでいます」

「それはそちらのご自由です。ただ、我が社としてはお助けできないと思います」

「だけど――」

そういいかけた真琴の手を秋津が取った。

「行こう」

そういって立ち上がった。


山梨日報八ヶ岳支局は市役所近くの雑居ビルの二階にあった。

そこにフィアット・パンダを停めた。

車の外に出ると、すぐ近くの側溝に沿って緑の幟が並んで風に揺れていた。

《拓け、未来》

そう記された言葉の幟の向こうに、別の青い幟が立っている。

そこにはこう書かれていた。

《吹き込め、新風！》

秋津はじっとそれを見つめた。相変わらず、幟のどこにもそれを作った組織あるいは個人の名は見えなかった。奇異に思った。少し気味悪くも感じた。

向き直り、歩き出した。

狭い階段を上る。グレーにペンキを塗られたドアに、少し色褪せた支局の表札があった。インターフォンを押すと、すぐにドアが開き、樫尾憲太郎が顔を出した。

「早かったな。電話をもらって十五分だ」

「押っ取り刀という奴だ。とにかく切羽詰まった状況でな」

「まあ、入って」

事務所に招かれた。

新聞社の支局なんかに入るのは初めてだったが、想像通り雑然とした印象で、壁際の本棚にはスクラップブックがギュウギュウ詰めに押し込まれているし、広いデスクの上は資料などが積み上げられている。

樫尾は煙草を吸うので、大きな陶器の灰皿に吸い殻があふれていた。

窓際のブラインドを上げてから、樫尾はインスタントコーヒーをふたつのカップに入れて持ってきた。壁際の汚れたソファに座った秋津はそれを受け取った。向かいの椅子に投げ出してあったコートを取り、それをハンガーにかけてから、樫尾が座った。

テーブルの隅に置いていたメビウスと書かれた煙草のパッケージから一本抜いてくわえ、ライターで火を点けようとして、ふと正面の秋津を見た。

「いいか？」

「どうぞ。君のオフィスだし」

それを聞いて苦笑いすると、ライターの火を点けた。煙草の先端を赤く光らせてから、横向きに煙を吐いた。

「喫煙者は肩身が狭くなったよ。あんたも昔は吸ってたんだろ？」

頷いた。東京にいた頃、煙草は仕事の必需品のように思っていた。

それがこちらに移住してきてからすっかりやめた。妻にいわれたからだが、息子の翔太のためにはそうするしかなかった。

それにホタル族をやるには、この土地は冬があまりに寒すぎた。

「昨日、電話をもらってからすぐに市役所の担当にコンタクトしてみたんだ。これ、向こうから届いたファックスのコピーな」

そういってA４サイズの紙を秋津の前に置いた。

彼はそれをとって見た。八ヶ岳市建設部まちづくり推進課、担当は藤原《ふじわら》とあった。

内容は企業による井戸掘削と地下水採取に関してのいくつかの質問に対して、担当者が箇条書きで答えるかたちになっている。

「電話に出たときの様子じゃ、かなり口が堅そうだったな。今回は新聞社の取材ってことで通ったようだが、一市民じゃ、こういう答えを引き出すのはむりだったと思うよ」

秋津は頷いてコピー用紙を読んだ。

大野木交差点近くに〈シェリダン〉が作った施設は八号井戸と呼ばれているらしい。つまり、あの会社は敷地の内外にそれだけの取水井戸を持っているということだろう。

この新井戸は八ヶ岳市の地下水条例によるガイドラインに従って作られていると、まず書かれていた。

市が定める土地利用計画に反しておらず、また制定された地下水採取の規制地域外であり、正式な届け出をして市長の許可を得て建設された。さらにガイドラインにのっとって、設置場所の行政区長および、半径二百五十メートル以内の既設井戸設置者に対して事業の説明を行い、同意の有無については書面で市に報告している。

秋津は顔を上げた。

「半径二百五十メートル以内?」

灰皿の上で煙草をトンと弾いてから樫尾が頷いた。

「適当に決めた数字って感じだな。水企業の取水の影響がそれっぽっちの面積の水源だけにとどまるわけがないんだ」

今回の新設井戸の位置から秋津たちの井戸がある場所まで、おそらく五百メートルぐらいの距離があるだろう。

「しかも、同意の有無について書面で市に報告とあるが」

「そこも突っ込んだよ。担当がいうには、半径二百五十メートル以内に井戸を持つ家の人間が承諾しようがしまいが、ようするに通達して、事業の説明をすりゃあいいってことらしい。かりに何軒かが拒否をしても、新井戸掘削の障害にはならないってことだ」

「それって民意不在もいいところじゃないか」

「まさに企業優先だよ」

秋津はふたたびコピーに目を戻した。

今回の〈シェリダン〉が新設した八号井戸に関して、周辺の水源への影響は今のところ見られないが、かりに何らかの申し立てがあった場合、新井戸の揚水による既設井戸への影響の根拠を明らかにした上で、新井戸による揚水の中止勧告を〈シェリダン〉の担当部署に通知すると書かれていた。

秋津は何度か、その部分を読み直した。

「新井戸の揚水による既設井戸への影響の根拠を明らかにした上でって、これは……」

「むりな話なんだよ。地面の下のことはいくら土を掘ったところでわかるはずがない。どんなにえらい学者さんでもできっこないだろう。まあ、いわば行政の建前ってところだな」

彼はコピー用紙を置いて、吐息を投げた。

「つまり、市役所は俺たちの味方にはなり得ないってことか」

「むしろ企業寄り、というかベッタリな関係だろう」

指の間に挟んだ煙草から立ち昇る紫煙を見つめながら樫尾がいった。「今回の水企業五社との協議会が怪しいって話をしたばかりだが、やっぱりミネラルウォーター税を取らなかった裏側に、何かあると俺は見てる。そこんところは市長自身の口をむりにでも開かせるしかないが、それにつけても汚職の噂にまみれたやっこさんのことだから、何を訊いても貝のように口を閉ざすっきりだろうがな」

「周辺の水源への影響は今のところ見られないと書いてあるが」

「それはこっちで調べてみないと何ともいえんな。秋津さんのところみたいに、いきなり水が止まった家もあるかもしれない。くだんの担当に聞いてみたが、今のところ、住民からの苦情のようなものは役所に届いていないってことだった」

秋津は小さく頷いた。

「いろいろとありがとう。感謝してる」

「いいんだ。こっちだって水問題は市長の切り崩しのひとつだと思ってるし、おかげでいろいろと勉強もさせてもらった。これからも何かわかったらすぐに報告するよ」

秋津は立ち上がり、樫尾と手を握り合った。

ふたりとも、表情は冴えないままだった。


大野木交差点を折れて、坂道にさしかかると、自然とフィアットの速度が落ちていた。前方に〈シェリダン〉の井戸があった。

前にそうしたように、金網のフェンスに沿って車を停めてハザードランプを点滅させた。ドアを開けて外に出る。フェンスにかかった〈関係者以外立入禁止〉の赤い看板を見つめた。

近づいてみると、四角いコンテナ状のボックスの中から、かすかに音が洩れていた。よほど耳を澄まさなければ聞こえないが、電気機器が発する音のようだ。何も書いてないが、ここは〈シェリダン〉が掘削した深井戸である。おそらく百メートル前後の深さだろう。つまり、秋津たちが暮らす〈カナディアン・ログ・ヴィレッジ〉の共同井戸と同じ深度であり、同じ地下水系から揚水しているはずだ。

それも大量に――。

因果関係が明らかにできない。

何度となくいわれた言葉が、脳裡にリフレインしている。

設備を見つめていると、何ともいえない心の重さがのしかかってくるようだ。

いつだったか、島本がいっていた。

この施設の前の道路が三日以上、冠水していたことがあると。

試削井戸の水の調査のために、長時間、地下水を揚水したまま、ただ垂れ流しにしていたらしい。そのことを思い出した秋津は、胸の奥に怒りがこみ上げてきた。

こうして見れば、道路の両側にはグレーチングがはまった側溝がある。それが誘水できないほど、大量の地下水が汲み上げられて、ダダ洩れに流されていたというのだろうか。

あとで秋津が調べたところによると、水企業はたんに飲料だけのために水を利用するのではない。その何十倍もの地下水が、工場で稼動するライン上にある幾多のマシンの洗浄や、ペットボトルや紙パックといった容器そのものの洗浄に使われ、そしてそれらはすべて流され、棄てられる。

秋津たちは家庭の水も大切に使ってきた。

水資源は有限であり、けっして無駄には使えないと思ったからだ。

それなのに――。

怒りを鎮めてから、車に戻ろうと踵を返した。

ふと、道路の斜め向こうにある二階建ての家に気づいた。赤っぽいトタン屋根で2×《ツーバイ》4《フォー》建築だった。その玄関の脇に、青いレクサスと白い軽トラックが並べて停めてあった。

秋津は道路を横切ると、その家に向かって歩いた。

ちょうど玄関のドアが開き、エプロン姿の中年女性が箒《ほうき》を持って出てきて、せわしげに掃き始めた。

「失礼。ちょっとよろしいでしょうか」

秋津が声をかけると顔を上げ、驚いた表情になった。

「つかぬ事をお訊きしますが、お宅は井戸をお使いになってますか」

女性は唐突にいわれたことの意味がわからなかったのか、あっけにとられたような顔で秋津を見ていたが、目をしばたたき、いった。

「あ……うちは前々から水道を引いてもらっていますが、何か？」

「そうでしたか」

秋津はわざと笑みをこしらえていった。「ご心配なく。何かを買ってくださいとか、そういった話じゃありませんから。実は、この少し上にあるログハウス村に住んでいる者なのですが、井戸水でトラブルがありましてね」

女性はまだ驚いたような顔をしていた。

白髪交じりの頭髪が少しほつれて、風に揺れている。

「ところで、ここらで井戸をお使いの方って、ご存じありませんか」

そう訊ねると、女性は困ったような顔でかすかに眉根を寄せた。

「さあ、ちょっと……」

そういったきり、口をつぐんでしまった。

「お忙しいところ、すみませんでした。失礼します」

頭を下げて、秋津は車に戻った。

フィアットのエンジンをかけて車を出そうとしたとき、くだんの家の前では女性がまだ箒を手にして彼のほうを見ていた。秋津は頭を下げ、アクセルを踏み込んだ。


「新井戸の周囲二百五十メートルの範囲内に井戸の使用者はいないようです」

秋津がそう説明した。

その日の夜、〈森のレストラン〉のテーブル席のひとつに、〈ヴィレッジ〉の住人が集まっていた。秋津夫妻と作家の島本、マッケンジー夫妻、それからクマさんこと隈井。向かいの篠田は用事があるからと出席を断ってきた。

真琴がペットボトルの水で淹れたコーヒーをサーバーで持ってきて、全員のカップに注いだ。

「地区の区長に聞いた話だから、正確かどうかはわからないんですが、何代か前の住人が使っていた古い井戸が残っている家も少しあるという話はありました。ただ、どこも閉鎖しているようです」

秋津がそう報告する。

「せっかく水の美味しい土地に暮らしているのに、あっさりとそれを見限るんですね」

マッケンジーの妻、理沙子がそういった。

秋津は頷く。似たようなことを真琴とも話したことがある。

「井戸を維持するのは、けっこうたいへんだからね」

夫のダグラスがそういった。「今回みたいなトラブルもあるわけだし」

「でも、そうやって苦労してでも、守るべきものがあるんじゃないかな。前々から思ってたんですけど、ここの人たちって自分たちの周囲にあるいろんなものの本当の価値に気づいていないというか、意図的に目を背けてるような気がするんです」

「たとえば?」と、島本が訊いた。

「みんながみんな登山やハイキングをしろとはいいません。でも、こんなに美しい山がいくつもあって、それらに囲まれているのに、ここらの人たちはまるで銭湯の壁に描かれた絵みたいに風景の一部のようにしかそれを見ていない。当たり前すぎてまったく興味がないから、けっきょくはそれらをないがしろにする風潮になってるんじゃないかしら」

カメラマンとして海外経験が豊富な彼女は、歯に衣着せずにいう。

「無秩序な水企業の誘致も、そこに原因があるのかもしれませんね」

秋津はそういった。「本当はいちばんの観光資源である自然を守っていかなければならないのに、それを無残に破壊してまで刹那《せつな》的にお金にしようとするようなところはたしかにあります。今度、計画されている高速道路にしたって、せっかくの景観を台無しにして便利さを求めようとしてるとしか思えない」

「ま。仕方ないってことだな」

腕組みをしながら島本がいった。「俺たちは自然の豊かさにあこがれて、ここに暮らしている。だが、もともとの住民にとって自然は不便さの代名詞でしかない。だから近所のじっちゃん、ばっちゃんに会うと、やれスーパーができて便利になったねとか、道ができてよかったねとか、そんなことばかりいわれて、こちとら辟易《へきえき》してるよ」

「体に流れてる血が違うみたいに思えることがあるわ」と、理沙子。

「まあ、田舎の悪口はそのへんにしておいて、この先、どうするべきかを話し合いましょうよ」

真琴がそういった。「何かいい案はないのかしら」

「〈シェリダン〉に直談判するしかないさ」

腕組みをしたまま、島本がいった。「やっこさんたちがバックレるなら裁判も辞さんっていってやるんだ。何しろ、自然保全を売り物にしている企業だし、奴らは風評被害に弱いからな」

「最初から喧嘩腰になることないと思うよ」

そういったのはクマさんだった。「こちらの事情を話してみたら、意外に理解してくれるかもしれないし。とにかく連絡をとってみて、話し合いの機会を作るべきだよ」

ダグラスが指を鳴らした。「それがいいね」

「交渉に当たっては、篠田さんにお願いするとかできないの？」

真琴がそういった。

篠田の息子の圭一は〈シェリダン〉の正社員として、工場に勤めていた。

「むりだろうな。あれきり、篠田さんはピタリと口を閉ざしてしまったし、今日の会合にもなんだかんだと都合を付けて顔を出さなかった」

秋津がいうと、島本がニヤニヤ笑った。

「当初はあれだけ火が点いたように憤っていたのに、息子の会社が絡むとわかって、まるで掌《てのひら》を返したようだな」

「まあ、彼女のことはいいじゃないですか。あちらの家庭の事情なんでしょうし」

クマさんがそういうと、島本は少しムッとした顔になった。

「とにかく」

咳払いをして、秋津がいった。「〈シェリダン〉に関しては、みなさんの連名で書簡を送るつもりです。先方の渉外担当者との面会を求めたいところですね」

「内容証明付きで送ってやればいいんだ」

そういった島本を見て、秋津はまたいった。「クマさんがいうように最初から喧嘩腰になるのはよくないですし、ここはまず穏やかに行きましょう。トラブルもなく、この問題が解決できれば、それでいいわけですから」

そういって秋津は資料のコピー紙をトントンと揃えた。

会合が終わって解散したあとも、理沙子が残って後片付けを手伝ってくれた。

秋津はテーブルの上にパソコンを置いて、インターネットでいろいろと調べ物をしている。対面式になった厨房の流し台に、真琴と理沙子が並んでいる。

ふたりの会話が聞こえていた。

水が相変わらず出ないため、シンクの上に蛇口付きの大きなポリタンクを載せて、そこからの水で食器を洗っている。洗い物やトイレを流したりする水は、もちろんペットボトルのミネラルウォーターではなく、〈八ヶ岳ホームズ〉事務所の外水道から汲んできた水を使う。

当初は近くの集落にある多目的集会場の外水道を使わせてもらうはずだった。しかし、区長に掛け合っても首を縦に振ってもらえない。何度か〈ヴィレッジ〉の住民たちが事情を話し、直訴したのだが、けっきょくむだに終わった。

区民が有料で使う水を、区外者に分けるわけにはいかないのだという。料金は払うと折衝してみたが暖簾《のれん》に腕押しの状態だった。

集落の多目的集会場なら車で五分とかからないのに、〈八ヶ岳ホームズ〉に行くには二十分近くかかってしまうが、仕方ないことだった。

ポリタンクの容量は二十五リットル。およそ二十五キロの重量となるから、軽トラでの積み卸しは重労働となる。それをほぼ毎日、秋津夫妻は行き来しては家庭用の水として使用しているのである。

汚れ物はあらかじめ新聞紙などでよく拭き取ってから、最低限の水で洗う。もちろん蛇口のコックは小まめに開け閉めする。

それでも二十五リットルのポリタンクの中の水は、どんどんなくなっていく。

「それにしても、いままで水がこんなにも貴重なものだって考えたことなかったわ」

理沙子が布巾で手を拭きながらいった。

「そうね。蛇口をひねれば当たり前に出ていたから、そのことに気づかなかったわね」

布巾を渡されて真琴が手を拭いた。

それからエプロンを外して、ていねいに折りたたんでいる。

「俊介さん。〈シェリダン〉との交渉は大丈夫そう?」

いわれて秋津は顔を上げた。

「なるべく早急に手紙を書くよ」

「島本さんがやればいいのに。作家なんだから文章は得意でしょうし」

理沙子がいうと、秋津が肩を揺すって笑う。

「前のゴミ出し問題のときにもいったんだが、あらたまった文章は苦手なんだそうだ」

「まあ、頼りないこと」

真琴が笑い、理沙子もつられて笑う。

10

〈株式会社シェリダン　八ヶ岳工場代表理事長〉あてに書簡を出した二日後の朝、秋津のところに電話がかかってきた。

製造事業本部業務課長の細野《ほその》と名乗った。

落ち着いた中年男性の声だった。

秋津が書いたこれまでの経緯と、〈シェリダン〉が新しく作った井戸との関係について、話し合いの場を持ちたいので、〈ヴィレッジ〉を訪問したいということだった。秋津はそのレスポンスを予想していたので、あらかじめ住民たちと決めてあった日時を細野に知らせた。

二日後の土曜日午後二時、秋津の自宅店舗である。

こちら側は秋津夫妻と島本、マッケンジー理沙子の四名だ。

当日の約束時間より三十分近く遅れて、四台の車が〈カナディアン・ログ・ヴィレッジ〉の入り口からゆっくりと入って来た。その慎重な運転の様子を窓越しに見ながら、秋津がつぶやいた。

「また大勢で押しかけてきたな」

車はいずれも白のワゴン車だった。車体側面に〈シェリダン〉のマークと社名が描かれている。

それらはまるで葬列のように一列になって、ゆっくりとやってくると、秋津の家の前に縦に並んで停まった。

それぞれのドアから背広姿や作業服姿の男たちが出てきた。

「驚いた。八人もいるじゃないか」

秋津の隣に立って、呆れた表情で島本がいう。

男たちは歩いてきて、秋津のログハウスの前に集まった。ひとりがチャイムを押した。

秋津がドアを開く。

「〈シェリダン〉の細野です。遅くなりました」

そういって頭を下げたのは、ゴマ塩頭でメタルフレームの眼鏡をかけた中年男性だ。電話に出た担当者だった。パリッとしたスーツに紺色のネクタイを結んでいる。

「どうぞ」

秋津は彼らを招き入れた。

男たちが床板に靴音を鳴らしながら入ってくる。

予想外の人数なので、秋津と真琴はフロア中央に縦長にくっつけたテーブルに追加の椅子を運んできた。八名の男たちはその間、無言で立っていたが、さっきの細野が懐から名刺入れを抜き出し、渡してきた。

「改めまして。〈シェリダン〉製造事業本部の細野と申します」

秋津も店の名刺を渡す。経営者として彼の名が印刷されていた。

それから男たちがひとりずつ名刺を差し出してきた。

業務課からはさらに二名、課長補佐と渉外担当。そして事業開発部や製造管理課からも来ていた。

のみならず、〈シェリダン〉以外からも三名。

取水井戸の調査および掘削工事を管理する地元の鳳来《ほうらい》建設からひとり、役職は専務取締役とあった。さらにボーリング工事を直接担当した杉山エンジニアリングという会社から、営業部長と営業部主任。スーツではなく、作業服姿で来ているのはこの三名だった。

「とにかく、お座りください」

秋津がいうと、彼らは黙ってテーブルの同じ側に一列になって座った。

それに向かい合うかたちで、秋津、島本、理沙子が座していた。真琴が厨房から人数分の湯呑みに茶を淹れて運んできた。それから秋津の隣に座った。

細野が足許に置いた黒い鞄から何枚かの用紙を取り出した。

ホッチキスで留めてあるそれらを、秋津たちに配った。あらかじめ送った意見書のコピーと、それに対する回答のようだった。秋津たちはしばしそれを読んだ。

思った通りの内容だった。

こちらからのいくつかの質問に対しての返答が箇条書きのように記されているが、ことごとく否定的な返答ばかりとなっていた。

咳払いが小さく聞こえて、秋津は顔を上げた。

「われわれがこちらにお邪魔することになったのは、みなさんからの誤解を解いて、御理解をいただきたいからです」

細野がそう切り出した。「詳しくはその回答用紙に記してありますが、弊社は八ヶ岳市の自然保全を理念として、環境に配慮して地下水の揚水をしております。そのために他水企業および八ヶ岳市と合同で協議会を発足させ、地下水の監視と適正な管理を維持しながら取水をしているということです」

「そんなお題目を聞くために、わざわざあんたらに来てもらったわけじゃないんだ。理解ったって何を理解すりゃいいんだ？」

島本がぶっきらぼうにそういったため、細野が口をつぐんだ。

明らかに不快な顔で島本を見ていた。

「あんたらの八号井戸とやらが稼動したとたんに、俺たちのところの井戸が涸れた。その因果関係を認めるのか。もし、認めるのなら、この先、どう対処してくれるのかを聞きたいんだよ」

細野は左右にいる〈シェリダン〉の担当者や他社の男たちと顔を見合わせた。

しばし経ってから、細野がいった。

「単刀直入に申しますと、弊社といたしましては、因果関係を認めるというわけにはいきません」

とたんに島本が唸った。

答えは予想できたが、やはり秋津もがっかりした。

これで話し合いが平行線になることが決定したようなものだ。

「市の《地下水採取の適正化に関する条例》の第七条には、こう書いてあります。〝隣接する既設井戸に支障を及ぼさない程度の採取量であること〟。これについて御社はどうお考えですか」

資料のコピーを持ったまま、理沙子が訊いた。

細野は彼女をチラと見てから、手元の書類に目を落とした。

「弊社の採取量は部外秘ですので、ここで明らかにすることは出来ません。が、既存の揚水井戸の稼動状況から見て、適切な量の揚水をしていると判断しております。ですから、このたび新設した八号井戸が過剰に地下水を採取しているということには当たらないと思います」

「それはあくまでもあなたたちの判断であって、現実にここの井戸水の枯渇が起こってしまったんですよ。そのことについてまったく無関係とおっしゃるんですか」

細野の目がかすかに泳いだのが秋津にはわかった。

が、わざとらしく咳払いをしてから、彼はいった。

「正直いいまして、地下水の状況というのはさまざまな環境要因によって絶えず変化しているんです。ふつうに使っていた井戸が、ある日、突然、水位が低下したりすることはよくあります。地面の下のことですから、なかなかわれわれには判断がつかないんです。たまたま弊社の八号井戸の稼動と、こちらの井戸の枯渇が重なったということは大いに考えられます」

「それはあくまでも可能性の問題ですよね」

秋津がそういうと、細野が視線を移してきた。

「失礼ですが？」

「つまりですね。八号井戸の稼動とここの井戸の枯渇が重なったことが、まったくの偶然である可能性があるとしたら、双方が関係あるという可能性だってあるわけです。そのことについて、細野さんはどう思われますか」

とたんに細野が目を細めた。

「可能性でいちいち企業が動いていたらキリがないんです。何でもかんでも賠償問題の対象となれば、それこそありとあらゆることが押しつけられてしまいます」

やはりこの手の交渉に馴れているらしく、落ち着き払った物言いだった。

それにしてもと秋津は思った。彼らの前に並んで座る八名。その中で会話をしているのは細野ひとりだ。あとの男たちは口を閉ざしたまま、ただ壁のようにそこに存在しているだけだった。

威圧という言葉が思い浮かぶ。

「じゃあ、百パーセント関わりがあるって証拠がなければ、あなたたちは知らん顔ってこと？」

理沙子がいうと、細野は即答をひかえ、少し考えてからいった。

「むろん弊社としましても、住民のみなさんの不安は理解できます。さいわい、調べたところによりますと、この一帯には市営の簡易水道が通っています。およそ二百メートルほどの配管工事でこちらの〈カナディアン・ログ・ヴィレッジ〉にも水道が引けます。個人の井戸と違って安定した水源ですし、こちらが費用の助成もいたします。いかがでしょうか」

「ちょっと待てよ！」

島本が中腰になった。

「自分たちで地下水を取るだけ取っておいて、それかい。あんたらは好き勝手に地下資源の天然水をあさるだけあさって暴利を得ていながら、住民の俺たちには塩素臭い水を飲めってか？　ここら一帯の空気は我が社が使いますので、息苦しくなったら、この酸素ボンベを使ってくださいっていうのと同じ理屈じゃねえか、それは」

細野の表情はいっこうに変わらなかった。

左右に居並ぶ男たちも、つとめて冷静を装っているように見えた。

「たとえばあなたたちの取水井戸から、この〈カナディアン・ログ・ヴィレッジ〉に配水していただくっていうのはどうかしら？〈シェリダン〉さんがどれぐらいの量の地下水を揚水しているかはわからないけど、たかが数軒に配管するぐらいなら微々たるものじゃないかしら？」

理沙子が提案したとたん、細野の眉根がかすかに寄った。

「それはできません」

「なぜなの」

「地下水の揚水量や水の成分は、あくまでも企業秘密です。それを個人であるあなた方に提示することになります。ですから、それはさすがに認めるわけにはいきません」

理沙子はあからさまな溜息を洩らした。

そのとき、秋津は気づいた。

水道を引く助成金が〈シェリダン〉から〈八ヶ岳ホームズ〉に出されるということは、すでに双方の間で話し合いがあったに違いない。先日の木内社長の態度の変化には妙な違和感を覚えたが、つまりそういうことだったのだ。

二社の間ですでに協定のようなものができていたとすれば合点がいく。こちらはすっかり蚊帳の外だったわけだ。

秋津の顔に狼狽《うろた》えの表情を見つけたらしく、真琴が腕にそっと手を当ててきた。

「どうしたの？」

「何でもない」

妻の顔を見て、秋津は答えた。

島本は激高したままだった。

「あんたらはな、いわば水泥棒なんだ。市民が公平に使う権利のある地下水を勝手に独占して商売にしてる。そのために周囲がどれだけ迷惑をこうむっても平気の平左だ。そればかりか、こんな不利な条件を押しつけてきて、まるで上から目線もいいとこじゃないか」

そういって彼は〈シェリダン〉から渡されたコピー用紙をくしゃくしゃに丸めて傍らに投げ飛ばした。

「こうなったら裁判に持ち込むまでだ。お前らの悪行を白日の下《もと》にさらしてやるよ」

しかし細野は動じる様子がなかった。島本の反応も当然のように織り込み済みだったのだろう。

「弊社としましては、できるかぎりみなさんに対して適切と思われる条件をお持ちしたつもりだったのですが、御理解いただけずに残念です」

そういった細野の顔はまるで残念そうではなかった。

頭の中に用意していたシナリオを読み上げただけなのだろう。

秋津のログハウスの前に停めていた白いワゴン車に、彼らは次々と乗り込んでいった。

たしか製造管理課と名刺に肩書が書かれていた中年男性が、ワゴン車のリアゲートを上げて段ボール箱を取り出し、それを抱えて秋津のところに持ってきた。

「それは？」

いっしょに立っていた細野がこういった。

「弊社からの 志《こころざし》です。みなさん、現状で水にお困りだということなので、少しでもお役に立てていただこうと――」

段ボール箱の表面には〈クリスタル天然水〉とロゴが読めた。

「なめてんのか！」

言葉の途中で島本が怒鳴りつけた。

「そんな姑息な賄賂みたいなものを俺たちが喜んで受け取るとでも思ってんのか？」

細野の表情が少しこわばった。

段ボール箱を抱えていた中年男性は、ちらと彼の顔を見た。

細野が顎を振った。

仕方なくまた、段ボール箱をワゴン車に持ち帰った。

島本は憤懣やるかたないといった様子で、〈ヴィレッジ〉を去っていく車列をにらみつけていた。

理沙子は腕組みをしたまま、冷ややかな顔で立っている。

「さて、予想通りの結果だが、困ったことになったな」

秋津がいうと、島本が振り返った。顔がまだ紅潮していた。

「さっそく法的手段に訴えようじゃないか。まず、弁護士に相談しよう。あんた、たしか知り合いにいたよな？」

松井のことを思い出して、秋津は頷いた。

「いるにはいるが、彼も多忙だ。とにかく急《せ》いては事を仕損じるというし、まず落ち着こうじゃないか。じっくり作戦を練らないと、なにしろ相手は大企業だ。われわれのような個人なんて、ひとひねりでつぶされるぞ」

「しかしな……」

島本が言葉を失う。

「マスコミに訴えるってのはどう？」

理沙子がいった。「さすがに新聞はむりだとして、雑誌とかテレビのワイドショーの類いなら、こういう話題に飛びついてくれるかもしれない」

「けれども、彼らだってスポンサーあっての商売だからなあ。水企業がバックについていなくても、ああしたブランドを叩くのは、よっぽどのスキャンダルじゃないと、なかなか反応してくれないと思う」

秋津がいったときだった。

「私たちでブログを立ち上げてみたらどうかしら」

真琴がいった。

「世間に出回っているミネラルウォーターの裏側にこんな話があるなんて、ほとんどの人が知らないでしょうし、もしかしたら反響を呼ぶかもしれない」

「それはいいかもな。とりあえず手近なところからやってみよう」

「ツイッターとかフェイスブックとか、いろんなＳＮＳでこういう話題をどんどん拡散していくってのもいいかも」

そういったのは理沙子だ。「私も手伝うよ。ダギーも自分のアカウントから海外発信に協力してくれると思うし」

「いいね」

秋津は笑う。

ようやく笑みがこぼれたと自覚した。

第二章

1

その日は朝から雨だった。

ビニール合羽を着た郵便局の配達員のバイクが去っていくのが窓越しに見えた。

秋津はドアを開き、傘を差さずに雨に濡れながらポストに投函されていた郵便物などを回収し、急いで屋内に飛び込む。

ダイレクトメールの類いはそのまま屑籠に。年金事務所からの督促状を見て苦笑いをし、それを店のテーブルに放ったとき、その下にあったA4サイズのカラー印刷のチラシに気づいて手に取った。

今度、八ヶ岳市長選挙に出るという噂の門倉達哉のものだった。

秋津はテーブルに置いてあった布巾で、表面にいくつかついた雨滴をそっと拭った。

それから椅子に座ってチラシを眺めた。

表には本人の写真といくつかのスローガンなどが書かれ、裏面には詳しい彼の履歴などが表記されていた。慶明大学法学部を卒業し、大手出版社に入社、週刊誌の名物記者として知られ、テレビ番組のコメンテーターなどをするようになり、やがて京南大学に引っ張られて客員教授として政治経済を教えるようになった。

のちに〈株式会社ストアハウス〉を立ち上げて社長におさまり、出版や映像、不動産など、多角的な経営で知られるようになった。

当年、四十一歳。

ここ八ヶ岳市には五年前から別荘を持ち、足繁く通っているという。〈ストアハウス〉グループが倒産したのが、ちょうどその頃だったと秋津は記憶していた。

市長選挙の告示は二カ月後と決まっていた。

告示があれば立候補の届け出となり選挙運動がスタートして、市内各地を選挙カーが走り回ることになる。

今のところ、候補予定者は二名。現職市長の白井雅行と、今回、新たに市長選に打って出るという門倉達哉。他に出馬という話は聞いていない。

白井市長の顔は馴染みだった。

市から配布される広報に、毎号、彼の顔が載っているし、新聞やテレビのローカルニュースなどでもすっかり有名だった。秋津たちが移住してきたとき、白井はすでにここの市長だった。二〇〇四年の平成の大合併で成立した八ヶ岳市は、以来、三回の市長選挙を迎えたが、いずれも対抗馬がなく、自動的に彼が引き継いでいた。

それがこの年の選挙で、初めて白井は別の候補者と雌雄を決することになりそうだ。

市長選に対抗馬が出たと聞いたとき、白井陣営は寝耳に水だったという――山梨日報の記者、樫尾憲太郎はそういった。

まったく予期せぬ相手の出現だったようだ。

しかしながら、秋津の家を訪れた地元民たちがいうように、門倉はまったくこの地にコネがなく、いわば無関係な人物だった。出生地も違うし、長らく住んだわけでもない。ただ、この八ヶ岳市に彼の別荘がある。それだけのことだ。

それでなくても地域の閉鎖性があり、地縁血縁が濃いといわれるこの地において、新参者がこのような行動に打って出ることは無謀だというのが、おおかたの意見だと樫尾はいっていた。

秋津自身もそう思っている。

たかだか、この地に暮らして五年ぽっちだが、地域的な独特の閉鎖性のようなものは感じていた。新住民と旧住民との間には見えない壁のようなものがあり、どうしてもそれを取り去ることができずにいた。

郷に入れば郷に従えとよくいうが、秋津たち新参者がそこに入ろうとしても、なかなか受け入れてもらえず、またむりに入っても溶け込めない。悪くすれば狭い社会の中で孤立してしまったりもする。

ここらの行政の最小単位として区というものがある。ひとつの地区を指す言葉なのだが、回覧板の閲覧やゴミ当番などといった日常の決まり事は必ず区単位で行われる。

たとえば、その区の住民は、自分たちの定住場所近くの指定場所にあるゴミステーションに一般ゴミや不燃ゴミ、資源ゴミなどを出せるようになっているが、他の区のステーションには絶対に出せない。ただ、ゴミを出せるだけではなく、一方でステーションのカギ開け当番などのノルマがあって、それは区にある複数の組単位で回されている。

ところが、同じ区の中にあっても〈カナディアン・ログ・ヴィレッジ〉の住民たちは、ステーションにゴミを出せないのだった。秋津たちはたびたび交渉を続けたがどうしても拒否されてしまうため、当初は市役所の出張所にゴミを出しにいっていた。

それが二年前になって、ようやく〈ヴィレッジ〉の中に住民専用のゴミステーションが設置されることになった。さんざん行政に嘆願書を出したりしたあげくのことだった。

けっきょく、よそ者であるがゆえに地元の区に入れないのだろうと秋津たちは話し合った。

地元民と中途半端な関わりを持つよりは、いっそ独自にやったほうが気楽でいいと、島本などはいうのだが、秋津の中にはどうにも釈然としない気持ちが残っていた。本音をいえば、地域と仲違いせずにやっていきたい。とりわけ子供たちは地元民も移住者も同じ学校に通っているし、彼らが親のように対立したり、仲間外れにされることもない。母親同士は立場を超えてコミュニケーションができている場合が多い。

それなのに住民ということでは、どうしても疎外されてしまうのである。

そんなふうに閉鎖的な土地にあって、この門倉というまったくの新参者が市長選挙に打って出る。これはたしかに暴挙というか、愚挙といってもいい。

はなっから勝算なんてないのだから。

秋津は窓際のテーブルに向かい、門倉のチラシをじっと見つめていた。

いかにもインテリらしい、涼やかな目をした男だった。スキャンダルのことはいろいろ耳にしているが、自信家なのだろうと思った。

足音がして、真琴が厨房から出てきた。

「ブログを立ち上げてまだ三日だっていうのに、かなりのアクセス数よ」

薄っぺらなノートパソコンを秋津の前のテーブルに置き、液晶を開いた。

〈ウォーター・サンクチュアリ〉

それがブログのタイトルだ。水の聖域とでもいうべき意味である。

真琴はそこに日記形式で、この〈カナディアン・ログ・ヴィレッジ〉の井戸水について起こったことを詳細に書き綴っていた。コメントも多く付いた。そのほとんどがブログの趣旨に理解を示し、賛意をくれていた。

ミネラルウォーターという当たり前にある商品の裏側に、そんな話があるとは知らなかったという声が多かった。

「三日間のトータルで四百人以上がこれを見ているの」

「よかったね」

秋津はそういって頷いた。

「それから理沙子さんのツイッターもけっこう反響があるみたい。フォロワーがずいぶん増えたっていってた」

「この調子でどんどん広まってほしいな」

大きなネットの世界の中の小さなブログやツイッターだが、それが少しずつでも広がれば、いずれは〈シェリダン〉や他の水企業の関係者の目に留まるかもしれない。

「山梨日報のほうは？」

樫尾記者からまだ色よい返事がないので首を振った。

「地方紙といえども、スポンサーを抱えた新聞はさすがに動きづらいようだ。それに、これは大きな事件や事故じゃないし、あくまでも個人レベルの出来事だからね」

「そうね」

真琴は彼の隣の椅子に座って頰杖を突いた。

「もう少し大きなうねりみたいなものにしないと、私たちはいつまでも〝個人レベル〟のままよね」

妻の言葉に同意するしかなかった。

それから秋津は何気なく、厨房を振り返った。

水の気配が途絶えたそこは、何だか死んだ空間のように思えた。

屋外の雨音が静かに聞こえている。

外にはこんなに雨が降っているのに、どうして自分の家には水がないのだろうかと、秋津はふと思った。

2

翌朝、午前十時。

〈森のレストラン〉で、また住民たちの会合が開かれた。

オーナーの秋津夫妻、作家の島本、マッケンジー夫妻、それからクマさんが主なメンバーだった。篠田清子は、いつの間にか会合には参加しなくなっていた。やはり彼女の息子が〈シェリダン〉に勤めているということが、忌避する理由なのだろう。

「あれだけヒステリックに何とかしてとくり返してたってのに、嘘みたいな話だな」

そういって島本が笑う。

「地元雇用は地域に根を張る企業の基本戦略だから」

そういったのはマッケンジー理沙子だ。

それは秋津もよく知っていた。昔から企業はそうやってその土地に居座ってきたからだ。地元雇用を促進し、地域への寄付金を惜しまず、いつの間にか取り込んでしまう。そうして企業の悪口をいう者はいなくなる。

「まあ、地方行政としても、雇用が多くなればありがたいし、とりわけ〈シェリダン〉のような大企業は大勢の従業員を必要とするからな」

そう秋津はいった。

「〈シェリダン〉の中には運送専門の会社なども入っているそうだし、仕事はいくらでもあるでしょうね」と、真琴。

「それに口止め効果もある。篠田さんみたいにだんまりになっちまうわけだ」

皮肉っぽくいってから、島本が笑った。

「それにしても……」

ダグラスがふいにいった。「われわれは孤立無援の状態だね」

「え」

真琴が彼の顔を見た。秋津もだ。

「〈八ヶ岳ホームズ〉がこっちについてくれないとなると、支援も断たれるかもしれない。おまけに新聞とかのマスコミが味方についてくれないとなると、僕たちはワンマンアーミーみたいなもんだ」

「たとえ裁判に持ち込むとしても、相手は訴訟馴れした大企業だし、有能な弁護士をいっぱい抱えてるに違いないわ」

理沙子がそういった。

訴訟となれば何としても勝ちたい。だが、相手があまりにも大きすぎることは重々承知していた。弁護士は松井を立てようと思っていたが、企業を相手にした民事訴訟を担当した経験がないため、勝てる自信がないと最初からいわれていた。

「勝ち負けじゃないよ。このことを世間に注目させることが目的なんだ。大企業のいちばんの弱点は風評被害だからね。とりわけ〈シェリダン〉みたいに自然保護や保全をアッピールの材料としている相手にしてみれば、今回のことが世間に知られたら、それこそかなり打撃になると思うよ」

秋津がいったとき、彼の向かいに座っていたクマさんがポツリとつぶやいた。

「いつまでこんなことが続くんだろうね」

彼は目の前に置かれたペットボトルを見ていた。

秋津の視線も否応なしにそこに行く。

「こんな苦しい生活、いつまでなんだろう」

そうくり返すクマさんの声に、秋津は返す言葉もない。

彼の仕事はジャム作りだ。そのためには大量の水が必要となる。たかだか一本二リットルのペットボトルでは無理な話で、けっきょく、近くにある道の駅に通っては、天然水を求めて行列を作る観光客たちに交じって、大きなポリタンクをいくつも持って並ぶことになった。秋津は何度か、彼のそんな姿を目撃している。

そのとき、表に車の音がした。

窓越しに見える水色の日産マーチ。ドアを開いて出てきたのは松井貴教だ。

秋津と真琴が立ち上がり、ドアを開く。玄関先に立っている松井は、薄緑のパーカーにジーンズ。片手に黒い鞄を持っていた。服装はラフだが、荷物を持つだけで何となく引き立って見える。

「お待たせしました」

快活にいって、松井はメタルフレームの眼鏡を少し指先で上げた。

住んでいるさいたま市から、直接、駆けつけてきてくれたのだ。


「訴訟に踏み切るのは、ひとまず待ったほうがいいと思います」

松井はまずそう切り出した。

「トラブルが始まったばかりですし、あちらも今、みなさんの出方を待っているところだと思います。当然、訴訟は織り込み済みでしょうから、すぐにそれなりの対応をしてくるでしょうね。だからといって、これ以上、直接つつけば、相手の態度を硬化させてしまう可能性もあります。逆にスラップ訴訟という手に出てくるかもしれない」

「スラップって、国や企業が個人を訴訟するってあれ？」と、真琴が訊いた。

「そうです。権力側による脅しや口封じのようなものですよ。けっこうあちこちであるって聞きました」

いわれてみればそうだ。〈シェリダン〉のような大企業から秋津たちが告訴されたら、いかに優秀な弁護士を立てても太刀打ちできるものではない。相手は金を惜しまず、情け容赦のない圧力をかけてくるだろう。

「だったらどうすれば？」と、理沙子が訊いた。

「あくまでも私自身の考えなんですが、怒らないでください」

そういってから松井はまた眼鏡を指先で押し上げた。「向こうの条件を少しだけ飲んでください」

「条件って？」と、真琴。

「簡易水道を引く件です」

「何で今さら？」

あからさまに不快な顔で島本がいった。

「いずれにしても地下水は出てこない。しかしこの場から逃げ出すことは難しい。だからといって、いつまでもペットボトルの水を飲み続けるわけにもいかない。となると、どうしてもその選択肢しかないんです。〈八ヶ岳ホームズ〉さんも、それを承知でみなさんにオススメされたんだと思います」

島本が眉間に皺を刻み込み、腕組みをした。

「水がないと人間は生きていけません。やはり水道は必要です」

「だったら、最初から負けを認めるというわけ？」

理沙子も少し声が荒かった。

「その代わり、それを条件に企業に示談を持ち込むんです。水道の布設費用の一部あるいは全額をあちらに出してもらう。互いに譲歩し合うんですよ」

「そんなことかい」

島本が落胆の声を洩らす。

「ところが、そこで終わりじゃないんです」

松井は少し笑ってから、いった。「水企業が今後、好き勝手に取水井戸を掘れないように、何とか行政を動かす方向を目指します」

「どうやってですか」と、秋津が訊いた。

「あなたたちがやっているブログやツイッターは、少しずつ世間の注目を浴び始めています。他の掲示板に話題が飛び火しているのを確認しましたし、そのことで〈シェリダン〉

を始めとする水企業が動じないはずがない。彼らにとってクリーンなイメージは何よりも大切なもので、それを少しでも突き崩されると大きな損害となりますから」

「しかし、それだけじゃなあ」

顎の無精髭を撫でながら島本がつぶやく。

「ダメ元で市長や市議会議員に呼びかけてみるのは？」

秋津が隣の真琴を見た。

「あいにくと選挙前だから、今はそれどころじゃないよ」

「そうね」

すると松井がいった。

「今回の市長選、あの門倉という人はどうなんでしょうね」

「みすみす負け戦とわかって出馬するってんだから、よっぽどの莫迦か、閑人《ひまじん》だろうな」

島本が笑ったとき、彼の隣に座るクマさんがいった。

「ところが予想に反して、われわれみたいな移住者を中心に少しずつ支持者が増えてるって話ですよ」

全員の視線が彼に集まった。

「それ、初耳だけど？」と、真琴。

「柄にもなくフェイスブックやってんですけどね、門倉さんの応援ページを立ち上げた人がいて、みんなで盛り上げようって、けっこう八ヶ岳市の住民たちが集まってるんですよ」

「マジ？　ちょっと待って。見てみる」

理沙子が傍らに置いていたノートパソコンを開いて起動させる。ブラウザからフェイスブックにアクセスし、ログインした。秋津たちは立ち上がり、中腰になってその画面を見る。

〈吹き込め　新風！〉

そんなタイトルで門倉の写真が目立つページだった。

秋津は驚いた。

車で走っていて、道路沿いに立ち並ぶ幟と同じスローガンだったたからだ。

「〝いいね！〟やコメントが凄い数ですね」

松井がそういった。

「ずいぶん前から講演会だとか辻立ちだとか、けっこうな回数をこなしてるみたいね」

マウスを操作しながら理沙子がつぶやく。「市長選に出馬することは、何年も前から決めていたみたい。この人、けっこう策士というか、計算高いところがあるみたいよ」

「フォロワーが千四百人以上いる。凄いな」

秋津の声に島本が身を乗り出す。

「マジかよ。俺のページなんて三百人ぽっちだぜ」

本心から口惜《くや》しげだ。

真琴が吹き出しそうになって、あわてて口を押さえた。

「選挙がチャンスになるかもしれませんよ」

松井がいいながら、眼鏡の奥の目を細めた。「門倉って人に一度、会ってみたらどうです？」

「でも、誰が？」

理沙子が顔を上げると、真琴が秋津をつついてきた。

「うちの亭主なら、お誂《あつら》え向きだと思うよ。人当たりがいいし、何よりも聞き上手」

「奥様のお墨付きかよ、羨ましい」

島本がそういって笑い、なぜだか照れくさそうに頭を掻いた。

3

翔太を送った朝、秋津はそのまま帰らず、車を自宅とは逆方向に走らせていた。

助手席には真琴が座っている。

行き先は清里《きよさと》の別荘地にある門倉達哉の別荘だ。

八ヶ岳南麓をまっすぐ山頂方面に向かう八ヶ岳高原線を辿っていく。車内に入る風が冷たくなって、秋津はサイドウインドウを閉めた。周囲の木立は黄金色に染まり、カラマツの枯葉が風に舞っているのがよく見えた。

「松井さんって、昔から頭のいい人だと思ってたけど、アドバイザーとしては適格ね」

「というか、まさに軍師って感じだな」

「いっそのこと、こっちに移住してくれたらいいのに」

「弁護士事務所はさいたま市だし、仕事の地盤もあちらだ。それはむりな願いだろうな」

「そうね」

昨日、会合を終えてから、秋津はさっそく門倉に連絡をとってみた。

電話の声はすこぶる好印象だった。さすがに有名人だけあって、流暢な話しぶりで、言葉の選び方もセンスがあった。

しかも驚いたことに、向こうからもコンタクトを取りたかったといってきた。真琴が綴っているブログを見て、水問題に興味を持ったのだという。まさに渡りに船だった。

「ね。ブログのコメントでね、同じ市内で井戸を使ってた人からこんな話が届いたの」

彼女がいうには、やはり同じように数軒で共同井戸を使っていたらしい。それが数年前に関西からやってきた企業が取水を始め、とたんに井戸が涸れてしまったという。彼らは同じように企業に交渉したが、やはり因果関係が認められなかったという。

「それで訴訟に踏み切るとか、何かしたのかい」

秋津が訊くと、真琴が首を振った。

「個人単位で大企業を相手に裁判に持ち込んでも勝ち目がないって、けっきょく泣き寝入りになってしまったそうよ。四軒あった家のうち二軒は家を捨てて移っていったそう。残りの二軒は高いお金を払って簡易水道を引いてもらったって」

「そうか」

「他にもそんな話があるっていってた」

「彼らといっしょに戦うのはむりかな」

真琴は昏い顔で小さく首を振る。

「その人たちにとっては、もう終わってしまったことなのよ。だから、なるべく思い出したくないみたい。私のブログにコメントを入れるのだって、ずいぶんと迷ったらしいし」

「何だか救いようがない話だな」

「そうね」

真琴は口をつぐんでから、またいった。「同じ轍を踏まないようにしなきゃ」

川俣川《かわまた》を渡る橋を越えて清里に入る。

カーナビの声に従って、秋津は幹線道路を離れて、狭い道へと車を乗り入れた。

カラマツ林の間を抜ける道は、右へ左へと何度かカーブする。樹間にログハウスなどの別荘らしき建物が見え隠れしている。

五分ばかりそんな道を走ってから、カーナビが「ルートガイドを終了します」といい、目的地への到着を告げた。

カラマツの木立に囲まれたログハウスだった。

材はおそらくレッドシダーで、重厚な太いログを組み上げたハンドカットの家だ。その前の砂利が敷かれたスペースに灰色のＢＭＷが停まっていた。

その横に並べてフィアット・パンダを停車させた。

エンジンを切ると同時にドアが開き、白っぽいワンピース姿の女性が姿を見せた。三十代後半ぐらいだろうか。思い切ったショートカットの髪型だった。

秋津と真琴が車外に出ると、女性の後ろから焦げ茶のジャケットを着た男性が現れた。秋津たちに向かってふたりが頭を下げる。秋津と真琴もならった。

「秋津さん、ようこそ」

昨日の電話と同じ、よく通る声で門倉が挨拶してきた。

ふたりは招かれるまま、屋内に入った。

三和土《たたき》で靴を脱いだ。ふたつ目のドアを開くと、広い居間があって、アラベスク模様が刺繍された、ふかふかの絨毯が敷かれていた。

高級そうなソファに案内される。

「妻の美和子《みわこ》です」

門倉の隣でショートカットの彼女が微笑む。女優かモデルにでもなれそうな整った顔だった。

「コーヒーはいかがですか?」

美和子に訊かれて秋津が頷いた。「ありがとうございます」

彼女が対面式の厨房に向かうと、門倉がソファを指さした。

「ご遠慮なくどうぞ」

秋津たちに向かって彼が座る。ふたりも腰を下ろした。

「驚きましたよ。こんなに早くお会いできるとは思いませんでしたから」

門倉はそういって微笑む。

「われわれのことをご存じだったとか」

彼は頷き、いった。「実は前々から水問題に関して興味を持っていたんです。日本は世界に類を見ないほど水に恵まれた国です。それもこんなに狭い国土でね。いまや世界のあちこちで深刻な水不足になる国があって、そのために戦争が起こっても不思議ではない。今や水は石油よりも価値が高まっていて、各国で争奪状態となり、ブルーゴールドなんていわれているそうですね」

「その話は少し勉強しました」

秋津は姿勢を正し、いった。「だから外資が日本の天然水を狙っているなんていう噂も、かなり真実味を帯びていると思います。そこに来て、水道の民営化を政権が強行してしまったのは理解に苦しむところですね」

門倉がまた笑う。

「同感です。水道、地下水にかぎらず、水はみんなが等しく共有するべきもので、一部の利権の種にしてはいけないと思います」

　彼の笑みには不自然さがまったくなく、素直で飾り気のない印象があって、秋津は少し緊張をほどいた。

　わざわざこんな土地で市長選に立候補しようなんて人物だから、それなりに奸智《かんち》に長《た》けたり、小賢《こざか》しさを匂わせるような人物かと思っていたら、正反対のイメージだった。

「私がここの市長選挙に出るつもりであることを、秋津さんたちはおそらくご存じだと思います」

「もちろん。だから、こうしてお会いしにきたんです」

　門倉美和子がトレイにコーヒーを載せて運んできた。

　それぞれの前に置くと、彼女は夫の隣に座った。背筋がしゃんと伸びたきれいな座り方だった。

「どうぞ」

　美和子にいわれ、秋津たちはコーヒーカップを手に取った。

　門倉はいった。

「無謀だとはさんざんいわれました。でも、いちばんの動機は現市長を何とか今の座から引きずり下ろしたいという気持ちがあるからです。彼に恨みがあるわけではありませんが、いろいろと黒い噂がつきまとう人物ですし、実際、いくつかの証拠はもう摑んでいる。〈シェリダン〉など、市内にある水企業との癒着も、あるところからのリークで確証を得ています」

秋津は驚き、隣の真琴と目を合わせた。

「むろんそのことを世間に明らかにして、彼を断罪することは可能でしょう。でも、私としては、正々堂々と戦ってみたかったんです」

「失礼ですが、勝算あってのことなんですか?」

思わず身を乗り出しそうになって、秋津はそう訊ねた。

「私はよそ者です。ここらでは来たりもんなどといわれるそうですが、だから孤立無援となって勝機はゼロに近いと思ってました。でも、少しずつわかってきたんですが、市民はそろそろあの市長に辟易しているようですよ」

「しかし……」

自宅に市長のチラシを持ってきた地元の男たちのことを思い出し、つい口を挟みそうになる。

「もともとここの土地は地縁血縁の濃い場所だといわれてました。とくに彼には地盤があるし、市内の企業の多くを味方に付けていて、選挙となれば大量の組織票が動くことはわかっています。でもね、秋津さん。それは前回までの話で、だんだんと風向きが変わってきているんですよ」

「どういうふうにですか」と、真琴が訊いた。

「今まで市長側についていた企業がいくつか、彼に背を向け始めたんです。選挙のたびに大勢を動員したり、キャンペーンに賛同して水面下で動いてきたりしたわりには見返りが少なすぎた。けっきょく周囲がそういうふうに動いているから、いやでも同調せざるをえなかった。そんなところだと思います」

「そういう情報をあなたがどうやって得たのか、興味がありますね」

秋津がいうと、門倉はかすかに笑った。

「もちろん、ありとあらゆるコネクションを駆使しました。が、多くはここ何年かの地道な努力です。つまり足を使って聞き込みをしてまわった結果なんです」

「そこまでして？」

門倉は笑顔で頷いた。

「ということはあなたはずっと前から、選挙に立候補するつもりだったんですか」

「この土地を愛してます。だから、私はここに家を建てた。生活の場を移そうと、昔から考えていたんです。しかしここの市政は傍目《はため》から見てもひどすぎました。土建業を中心としたいくつかの企業と行政が癒着し、汚職が蔓延してる。市議会も一部議員をのぞいて、それを正そうともしない。市民の間にもあきらめムードがあって、政治とはそういうものだと割り切ってる感じがしますね」

「おっしゃる通りだと思います。まさに今の日本という国の縮図ですよね」

「だったら誰かが曲がった軌道を修正していかなきゃいけない。いきなり国政に打って出るのはむりかもしれない。でも、この人口四万の市なら、もしかして――」

「もしかして市長になれるかもしれない？」

「ギャンブルは嫌いなんですが、悪運は強いほうなんです」

そういって門倉はまた笑った。「まあ、冗談ですが」

「でも、運だけじゃダメです。何か奇策を考えてらっしゃるんでしょう？」

隣に座る真琴がそう訊いた。

門倉の顔から笑みが消える。

「三国志の話は好きですよ。しかし、あいにくと自分は諸葛孔明《しょかつこうめい》ほど頭が良くない。ただ、地道に活動を続けていくだけです」

「それじゃ、私たちの問題に関しても、あなたのその活動の一環なんですか」

わざと意地悪な質問を投げるのは真琴の癖だ。

門倉は動揺しなかった。隣に座る美和子も無表情だった。

「そう思っていただいてけっこうです。ただし、私には信念があります」

「信念って、どんな？」と、真琴。

「子供っぽくいえば正義感かもしれない。悪い奴をやっつけたい、それだけなんです。大きな敵に勝つには、こちらの兵力を少しでも増やす。そのためなら手段を選ばないぐらいの覚悟が必要です。だから、こうしていろいろな市民の方々にお会いするんです」

「つまり私たちは駒のひとつってわけね」

「そうではなく、共闘だと思ってください」

「え？」

「互いの利害関係が一致しているなら、いっしょに戦ったほうがいいという意味です。あなた方がこうむっている地下水の被害には大いに同情します。企業に良心がないとすれば、これは何らかの規制をかけるしかない。そのために私は市長になりたいのです。どうか力を貸していただけませんか。こちらもあなた方を理解して、バックアップすることを約束しますよ」

「でも、私たちはごく平凡な一市民に過ぎない。何の力もありません」

そう秋津がいうと、彼はかすかに首を振る。

「最初から力を持つ者はいない。でも、目的を持って前向きに生きていけば、それはいずれ大きな力になります。あなた方にはその素養があると思います。失礼ながらブログを拝見して、そう思いました。同じように私のほうにも、あなた方を苦しめている大きな企業をどうこうできるような力はありません。でも、ひとりで戦うよりもふたり。十人で戦うより百人のほうがいいに決まっています」

「おっしゃることは理解できますが、あなたのサポーターにはなれません。今は自分たちの生活の問題で手いっぱいですし」

「それは承知しています。こうしてお互い、知り合えただけでも良かったと思います」

「こちらこそ」

それから少しの間、雑談を交わし、面会が終わった。

秋津たちはコーヒーのお礼をいい、立ち上がった。

「また、ぜひお会いしましょう」

そういって手を出してきた門倉を見て、秋津が頷く。

握手をした。真琴も彼の手を握った。

踵《きびす》を返そうとして、秋津はふと思い出し、向き直った。

「ところで、あの……あの幟は？」

門倉がふっと眉を上げて秋津を見た。

「あれって、門倉さんが市内のあちこちに立ててらっしゃるんでしょう？」

ふいに門倉が相好《そうごう》を崩した。

「ご明察です。私たちがあれをあちこちに立てています」

「名前も組織名も書かれていないのは？」

「むろん、事前活動ということで公選法に抵触するからです。が、実は作戦のうちでもあるんです」

「作戦……」

「さっき奥様が奇策っていわれましたよね。もしかしたら、それは当たっているかもしれません。たしかに奇策といえば奇策なんです。いずれ、そのことはお話しできると思います」

納得がいかないまま、秋津は頭を下げた。

そして真琴といっしょに彼の家を出た。

「何だかんだいって、俺たち、うまく丸め込まれた感じだな」

フィアットのステアリングを軽く握ったまま、秋津がそうつぶやいた。

「私……あの人を応援してみるわ」

ふいにいわれ、助手席の真琴を見てから、彼はまた前を向いた。

「マジかよ」

「嘘をついたり、人をだますようなタイプじゃなかった」

「ま、そりゃ、俺もそう思ったけどさ」

「それに今度の選挙、どっちを選ぶの？　今の市長に投票するわけないでしょ」

「たしかにそれだけはあり得ない」

「だったら同じことじゃない。彼には何としても勝ってもらわないといけない」

「どうするつもりだ」

「門倉さんと共闘するのよ。それしかないと思うの」

「共闘か」

門倉がそういったことを思い出した。

ふいに脇腹を肘で軽くつつかれた。

「ところであなた。あの奥さんばかり見てたわね」

「え」

秋津が狼狽《うろた》えた。

とたんに真琴が肩をすぼめて吹き出した。「男って単純」

「そんなつもりはなかったけどなあ」

「だけど、ホントにきれいな人だったわね。あのコーヒーはいただけなかったけど？」

秋津は思い出して笑った。

「そうだな、たしかに」

「一度、うちに来てもらって、俊介さんが淹れるコーヒーを飲んでいただいたら？」

秋津は頷いた。

「だけど、まず水問題が無事に解決してからだ。この先、どうなることやらだけどね」

「どっちにしたって、けっきょく、水道の水で我慢することになるのかしら」

「いや。〈シェリダン〉が大量取水をやめてくれたら、きっとすぐにでも水位が上昇して、また飲めるようになるよ。それを取り戻すための戦いが始まったばかりじゃないか」

「そうね」

「それからな。働き口を探すよ」

助手席の真琴が振り向いた。「マジ？」

秋津は頷く。

「店が開けられないんじゃ、いつまで経っても収入にならない。預金を切り崩して生活しても、そのうち底を突くだけだ。こんな歳だし、それでなくても雇用の少ない田舎だけど、何とかするしかないと思う」

真琴が前を向いた。

「そうね。私も当たってみることにする」


〈ヴィレッジ〉の入り口から敷地に車を入れると、ふたりの自宅前に青と白のハスラーが停まっているのが見えた。その横にフィアットを停めて降りると、車内からいつもの焦げ茶のブレザー姿の樫尾憲太郎が降りてきた。

「よっ」といって、いつものように小さく手を挙げた。

秋津たちが破顔する。

玄関を解錠し、中に入った。

樫尾をテーブルに座らせ、秋津は向かいに座る。真琴が厨房に入った。

「どうした、久しぶりじゃないか」

「ちょいとネタ探しに寄らしてもらったよ」

「なかなか記事にならないから、ずっといらいらしてたぞ」

とたんに樫尾の笑みが消える。

「すまんな。やっぱりスポンサーとの兼ね合いがあって、なかなか通らないんだ。今や新聞はあっちからもこっちからも圧力を受けっぱなしだよ。にっちもさっちもいかない状態だ」

「やっぱりダメなのか」

落胆していると、ふいにいわれた。

「別路線で考えてるんだ」

樫尾は目を細めた。「奥さんがブログやってるだろ。けっこう話題になってるよな」

「ああ。そうだけど？」

「その方向から記事にして突っ込んでみる」

「なるほど」

ちょうど真琴がコーヒーを載せたトレイを持ってきた。

「え。何？」

ふたりの前にコーヒーを置きながら真琴が訊いた。

「君のブログのことを記事にするってさ」

秋津にいわれ、途端に真琴の頬がかすかに染まった。

「新聞も売れなくて、生き残るのに必死なんだよ。ネットの世界ともうまく連携していかなきゃならないし、だからあれこれ見て回ってるうちに、奥さんの〈ウォーター・サンクチュアリ〉ってブログを見つけた。そんなわけで、今日は客じゃなくて取材ということで寄らしてもらったんだ」

そういいながら樫尾は小型の録音機とメモ帳を取り出し、テーブルの上に置いた。

「何を話せばいいの？」

真琴は秋津の隣に座り、少し緊張した顔でいった。

「これまで秋津さんからいろいろとうかがってたが、まずおさらいとして、水騒動の発端から今に至るまで、もう一度、教えていただけますかね。とりわけ、真琴さんがどうして今のブログを立ち上げることになったたか」

彼女は秋津の顔をちらと見てから、やがて話し始めた。

4

朝、起床して洗面所に行く。

出ないとわかっていても、やっぱり水道のコックをひねってしまう。蛇口の先から何も出てこないのを見て、仕方なく傍らに置いてあるペットボトルの水をコップに注いで飲む。

それがいつしか秋津の習慣のようになっていた。

ミネラルウォーターのペットボトルは中身がほとんどなかったが、ちょうどコップ一杯分あった。

傾けたペットボトルの先から、ポタポタと雫が落ちる。ずっと傾け続けていて、それが落ちなくなるまで、秋津はじっと見つめていた。

最後の一滴という言葉が頭に浮かぶ。

水が無限にある資源だと思っていた頃、こんな気持ちでいたことはなかった。

このひと雫が集まって、コップ一杯の水となり、ペットボトルの水となる。さらに地下数十メートルに蓄えられた地下水となる。それは川を流れる水にも、地球の表面の七割を占めるという海にもいえる。もとはたった一滴の水から成り立っている。

いつだったか。水を出しっ放しにして歯を磨いていた息子を叱ったことを思い出した。

あのときは、翔太にそんなことをいいながらも、ここまで水という資源が大切なものだという実感はなかった。ただマニュアル通りというか、よくあるようなエコロジー的な思考で子供に説教を垂れただけだった。

しかしこうして大量生産される天然水が、都会ではあちこちの店の棚を占め、当たり前のように大量消費されてゆく。

一方で、その裏側に、こんな苦労をする人間がいるとは、誰も知るよしもない。

だからこそ、真琴が続けているブログが注目されたのかもしれない。

水は有限なのだという事実。

そのことに気づく人間は少ない。

いや、誰かがそれを人々に知らせないようにしているのではないか。そんなことまで考えてしまう。

水だけではない。

毎日のように消費される食べ物。飲食店や家庭から大量に出る残飯。売れ残りの食品。

出版業界に関わっていたとき、毎年、ホテルの豪華な広間で行われた立食形式のパーティ。たった二時間の間に、それらが食べつくされるはずもなく、料理の多くが残されている。家畜の飼料にしたり、有効に再利用されるならともかく、たいていは廃棄されるのだろう。

節分のシーズンに流行り始めた巻き寿司のメニューも、当たり前のように大量に売れ残り、廃棄処分となる。

人々が飢餓にあえいでいる国からすると、信じられない光景だろう。

秋津とて、こんな経験をするまで話には聞いていても実感がなかった。それまで自分たちがどんなに恵まれた生活をしていたか。考えてみたこともなかった。

その裏には経済優先の政治論理があり、大企業中心の大量消費システムがある。

市民は消費者として企業が送り出す商品に関わるが、企業そのものにコンタクトすることはまずない。

ところが秋津たちはその大企業のひとつと、こうしたかたちでたまたま関わることになった。それも敵対する者同士として。


翔太を助手席に乗せ、秋津はフィアットを出した。

車窓を下ろすと吹き込む風が冷たく、冬の到来を感じさせる。ウインドウを閉めると、いつもの道を時速五十キロで走った。

三つ目の信号を折れたところに、門倉のものらしい幟を見つけた。

歩道の白い金属製ポールに五本ほど立っている。

《輝け！　明日の八ヶ岳市》

黄色い地に黒い文字で、そう書かれていた。

新しい文言だが、相変わらず個人名や組織名はない。

それまで〈ヴィレッジ〉から翔太が通う小学校までのおよそ五キロの道のりのうち、二カ所に幟がひるがえっているのを知っていた。これで三カ所目だ。

市内各地にはもっと広まっているのだろう。

なぜ、門倉がこれほど多くの幟をあちこちに立てているのか。秋津にはどうしてもわからない。

専門店に大量注文するのだろうから、多少は値引きがあるかもしれない。だが、おそらく単価で二千円、いや三千円以上はかかるだろう。市内各地に展開しているとすると、総数で千本以上になるかもしれない。

となると、軽く三百万円はかかる計算になる。

ネットで調べたところ、市長選に出馬するには供託金などを含めておよそ一千万円の資金が必要らしい。ビラを印刷するだけでも最低二、三十万はかかるようだ。ボランティアなどの協力者の力があるとはいえ、やはり貧乏では市長選に臨むべくもない。

門倉は経歴からいって富裕層なのかもしれないが、個人による出資だとすれば、かなりの負担になることは間違いないだろう。

「パパって最近、何だか笑わないね」

ふいに助手席からいわれ、翔太の顔をちらと見た。

「そうかな」

「いつも難しそうな顔ばっかりしてる。それに、ママもだよ」

秋津はかすかに眉根を寄せた。

そうかもしれないと思った。

「お水のこと?」

「うん。たぶんな。おかげでお前にも苦労をかけてる」

「ぼくはそうでもないけど、うちは大変だね。でも、パパとママにはまた明るくなってもらいたいな」

ふと込み上げてくるものがあったが、秋津は堪《こら》えた。

「いいよ。そうなるよう努力する。ママもね」

さらに一カ所、幟を立てた場所を見つけた。

〈西谷自動車〉と看板を出した車検工場の前だった。ここの社長は個人的に知っていて、移住者ではなく、もともと地元に住んでいた人物だったので、秋津は驚いた。

《拓け、未来》

《吹き込め、新風!》

そして先ほど見つけた新しいスローガンの《輝け! 明日の八ヶ岳市》もある。

緑、青、黄色の三種類の幟が風に揺れていた。

かすかに眉根を寄せていた。

ふと、隣席から息子の視線を感じて、彼は緊張をほどいた。

家に戻ると、真琴が山梨日報を店のテーブルに広げていた。

秋津は彼女の傍に立った。

「載ってる？」

「うん」

真琴が指差した。かがみ込んで読んでみる。

ブログの表紙の写真があり、秋津家の水問題に関する個人的なブログが今、あちこちから注目されているという内容の記事だった。むろん企業の名前もなく、この家や〈ヴィレッジ〉にどういうことが起こったかということも書かれていない。だが、地下水はかぎられた資源であり、それをめぐって大企業と一般家庭の対立があることは、うまくまとめて記されてあった。

文末には記者である樫尾の名もある。

「さっき入ってみたらね、アクセスの数が一桁多くなってたの」

嬉しそうに真琴がいった。

だよ」

「〈シェリダン〉の幹部たちも当然、これを読むだろう。向こうがどう出てくるか見もの
「謝ってくるはずがないから、なにか懐柔策をいってくるんじゃない？」

「松井さんがいったように歩み寄りというかたちになればいいんだけどね」

そのとき、電話が呼び出し音の音楽を鳴らした。

秋津は壁掛けの子機をとった。

「秋津です」

――門倉です。山梨日報の記事、拝読しました。

だしぬけにその声を聞いて、秋津は驚いた。

テーブルに向かって座る真琴と目が合った。すかさず、彼女にも聞こえるようにスピーカーモードにした。

「ありがとうございます、というか、書いてくれたのは友人の記者なんですが。ともあれ、地下水に関する実情がこれで少しでも広まったかと思います。妻のブログのアクセスもずいぶんと増えているようです」

――ブログといえば、奥さんは私のこともたびたび書いてくださっていますし、有権者の目が少しでもこちらに向いてくれるのではないかと期待してます。

そうだった。真琴は〈ウォーター・サンクチュアリ〉に何度も次回の市長選挙に関して書いている。市政に新風を呼び込むはずの門倉に期待しているという文章も多い。

——そこで提案があるのですが、よろしいでしょうか？

いわれて少し緊張する。

「提案といわれますと？」

——実は選挙を迎えるにあたって、私を支えてくださるスタッフを募っているところです。すでに地元の移住者などを中心に十名以上が集まってくれていて、幟を立てたり、チラシ配りなどに奔走してくださっているんですが、今回、思い切って〈チーム門倉〉と銘打って、本格的な組織作りをすることにしました。

「本格的な組織……ですか」

——呼び名ばかりは立派ですが、いわば後援会に相当するものです。とにかく選挙が終了するまでの暫定的なものですし、それでなくても多忙なみなさんにはなるべく迷惑がかからないようにと考えています。だから、幟を立てたり、チラシやポスターの配布、電話でのお願いなどは旧来のスタッフにやってもらうことにして、あとはフェイスブックなどのSNSの管理を、もしよろしければ秋津さんたちにお願いできないかと思っています。

秋津は無言で真琴を振り返る。

彼女はふっと笑みを浮かべ、傍にやってきた。

「私、やります。というか、ぜひやらせていただきます」

だしぬけにいった言葉に、さすがに驚いた。

真琴の横顔を見つめていた。本気のようだ。

「はい。そうなんです。だから、門倉さんには今度の選挙で何としても勝っていただきたいんです」

彼女は何度も頷きながらいった。「告示日以降は、公選法でSNSとかビラ配りなんかできないんですよね。そのときになったら、私、選挙カーのウグイス嬢だってやりますから」

——秋津さん。何というか、とても感激してます。

門倉の声が少し興奮しているのがわかった。

——それでなくても井戸水のトラブルに巻き込まれてらっしゃるし、他にもいろいろとご多忙でしょうけど、奥様にそこまでおっしゃっていただけて本当に嬉しいです。こうなると、もう何としても選挙には勝たないといけませんね。

秋津はもう一度、妻の顔を見てから、いった。

「私も応援してます」

そういうしかなかった。

——他のメンバーとの顔合わせや、打ち合わせをやりたいと思いますので、近くなったら、またご連絡差し上げますね。

「お待ちしてます」

電話を切ってから、小さく溜息をついた。

「えらく入れ込んでるな」

苦笑いしながら真琴にいった。

「こんなに高揚しているのって、久しぶりなの」

嬉しそうに彼女が答えた。「〈チーム門倉〉って、なかなかいいじゃない」

秋津は頷く。

「まあね。悪くないよ」

真琴は少し不服そうな顔でむくれた。

5

すぐ近くから犬たちの声がする。

ドッグ・トレーナーをしているダグラスの家の庭先だった。彼はいかにもアメリカ人らしく、陽気で快活な男で、犬たちと遊ぶのが大好きだった。

そんな声を聞きながら、秋津は朝から薪割りをやっていた。

十月も終わろうとする時期、もうとっくに薪棚がいっぱいになっていなければならないが、何かと多忙もあって、なかなか野良仕事ができずにいた。

ログハウスといえば薪ストーブがつきものだし、実際、〈ヴィレッジ〉にある七軒のうち、五軒にそれがあった。

薪の運搬に使う軽トラは五軒で共同購入したスズキ・キャリイで、後ろの荷台が可動するダンプ式になっていて、積み込んだ丸太を一気に下ろせる利点がある。その代わり燃費が少し落ちるが便利さには代えられない。

もう半年も前に、森林組合から購入した広葉樹の雑木を運んできていた。

割って薪にしなくても乾燥はするが、やはり乾く速さが違う。だから、本当は一刻も早く薪にして、薪棚に並べておくべきだった。

チェンソーで四十センチの長さに玉切りし、それをひとつずつ斧で割っていく。

五年も同じ作業をしているが、なかなか板に付かない。

気温は低く、もうすぐ十度を切りそうだったが、肉体労働のおかげで秋津は汗をかいていた。二時間かけて、薪割りをし、ひと山を築いた。斧を薪割り台に叩き込んで立てておき、それから近くに置いていたペットボトルを取りにいく。

〈クリスタル天然水〉

しばしそのラベルを見てから、蓋を開けて喉を鳴らしながら飲んだ。

水が止まって最初の頃は、意地になって〈シェリダン〉の製品を購入しなかった。ところが、近所のスーパーでまとめ買いをすると二割以上値引きがある——つまり地元特典のようなものがあって、背に腹は替えられなかった。

一気に半分近く飲んでから、またペットボトルのラベルを見つめた。

登録商標の下に、こう書かれている。

《山々と豊かな森が生み出したナチュラルな味》

気がつくと、眉間に皺を刻んでいる。

ふっと力を抜いて、ペットボトルを傍らの地面に置いた。

斧をふたたびとって、薪割りを再開した。

しばらくすると、車の音がして斧をふるう手を止めた。

〈ヴィレッジ〉に入って来たのは白いスズキ・アルト。〈八ヶ岳ホームズ〉の千崎が運転している。

斧の刃先を台に立ててから、秋津は革手袋を脱いだ。

目の前に停まったアルトの運転席のドアが開き、薄手のスーツ姿の千崎が降りてきた。

その表情が昏いのが気になった。

水が出なくなって以来、〈八ヶ岳ホームズ〉との関係が何となくぎくしゃくしたものになっていた。

水面下で彼らと〈シェリダン〉が示し合わせていたのではないかと疑いを持ったせいもあって、あれから秋津たちはあえて少し距離を置いていた。ひとたび疑心暗鬼におちいるとなかなかそこから抜け出すことができない。

千崎の訪問は久しぶりだった。

ジーンズの尻ポケットから引っ張り出した赤いバンダナで額の汗を拭いていると、彼が歩いてきた。眼鏡越しに見える目は、やはり昔のように生き生きとはしていない。

「お久しぶりです、秋津さん」

よそよそしい感じで挨拶をしてきたので、秋津も頭を下げた。

「その様子じゃ、あまりいいニュースじゃなさそうですね」

機先を制していったつもりが、図星だったようだ。

「実は……」

千崎は秋津の前で悲しげな顔をした。「水道のことでご相談があるんです」

暗い気持ちがさらに沈み込むようだった。

これでいい話題が彼の口から出てくるはずがない。

松井のアドバイスに従って、〈ヴィレッジ〉に水道を引く件は、一応の住民の承諾が得られたということで、〈八ヶ岳ホームズ〉に手続きを任せているところだった。

「どうしました」

「水道の布設における権利金と初期費用、それから月々の水道料金が、前もってお知らせしていた額よりもかなり高くなってしまうことがわかりました」

意外なことをいわれて驚いた。

「何故です？」

「この町では、区という行政単位が基本であることをご存じだと思います。簡易水道などの行政によるサービスは、すべてがその区を相手にして行われているわけです。しかしあなた方は——」

「区に入っていないから？」

言葉をさえぎって秋津がいった。かなり怒りがこもっていた。

千崎はつらそうな顔で頷いた。

「で、どれぐらい高くなるんですか」

「まず加入費用といって給水装置の新設工事費と量水器つまり水道メーターの取り付け工事費がかかります。区民ならおよそ二十一万円ですが、区外ですと、三十二万円となっています。水道料金は十三ミリ口径の場合、基本料が区民は九百五十円ですが、区外は千三百円。それから月々の水道料は使用料によって違いますが、およそ三倍程度高くなります」

「三倍！」

あっけにとられて秋津がつぶやいた。

「どうしてそんなに格差をつけられているんですか」

千崎は弱り切った顔をし、視線を少し逸らした。

「市役所のほうにも問い合わせましたが、どうしても決まり事だということで」

「決まりって……」

「つまり、別荘料金ということなんです」

「しかし我々は住所をこっちに移しているし、別荘じゃなくれっきとした定住者ですよ。他のみなさんと同じ市民のはずです」

「それは承知していますが、どうしても役所側が区を基本単位に考えて、料金を想定しているのでそうなってしまうんです」

「〈八ヶ岳ホームズ〉さんは工事費用とメーターの取り付け料金は負担してくださるんですよね」

「それが――」

千崎は依然、つらそうな表情でいった。「想定していた予算に上限がありまして、今回の設定ですと三分の一程度の助成となります」

「残りは我々の自己負担ですか？」

「申し上げにくいのですが……」

そういって千崎は視線を足許に落とした。


「珍しくダギーが怒ってるのよ」

店のテーブルでアイスコーヒーを飲みながら理沙子が笑った。

秋津と真琴が向かいに座っている。

三人でブログやツイッターのことを話し合っていた。

「これだから日本の行政は信用ならないってね」

「彼の気持ちはよくわかるよ」

秋津はそういった。「ここまで見下されたら、ハイハイと条件を飲むのが莫迦らしくなるからね」

「けっきょく、水を引くっていうのは水利権ってことでしょ」

真琴がストローから口を離して、そういった。「ひとたび配管すれば、それをどう使おうが使用する人の自由なわけだし、水の使い方で格差を付けるなんておかしいと思う。水道料金だってメーターで使用量を測って、それに応じて支払うわけだから、料金体系そのものに格差を付けるなんてまったくナンセンスだと思うの」

「考えてみると、俺たちがいま、入っている温泉だってそうだね。市内在住者の料金が安くて、市外から来る人は高額に設定されている。それって何の意味があるんだろう」

秋津がいうと、理沙子が頷く。

「それって逆にすればいいのにって思うわ。市外からのお客さんを割引すれば、どんどん来客が増えると思うの。サービスってそういうことでしょ」

「けっきょく、身内優遇っていう根本思想があって、そこから離れられないのよ」

腹立たしげに真琴がいう。「だから新旧住民の壁とか対立がどうしてもなくならない」

「そもそもどうして私たちは地元の区に加入できないの？　おかげで、ここにゴミステーションを作るまで、ゴミ出しだって苦労したじゃない」

理沙子に訊かれて、秋津は腕組みをした。

「ひとつには財産区の問題があるそうだよ」

「地元の人たちの共有財産としての土地や物件とか、そんな意味だったわね？」

「それだけじゃなく、山林や灌漑《かんがい》のため池とか、あるいは温泉とか。まあ、昔ここが村だったときの村民たちの生活のための共有財産だね。それが合併をくり返したりして、今の八ヶ岳市になっても、特例で残されているんだ。そうした旧来の人たちの共有物があるところに、なかなか新参者が入ることはできない」

「回覧板だって回ってこないし」

真琴がそういうと、理沙子がまた頷いた。

「とにかく松井さんには簡易水道を引いておけっていわれたけど、また考え直す必要があるね」

秋津がいい、隣で真琴が小さく溜息を投げた。

「だけど、このままずっとペットボトルの生活なんてむりだわ」

「だとしたら条件を飲んで水道を引くしかない」

「門倉さんが市長になったら、そうした問題の是正は可能だと思う」

真琴がいったので、秋津と理沙子が彼女を見た。

「彼が勝てる可能性はあるの？」

理沙子を見てから、彼女が頷いた。

「私、信じてるから」

6

週末、土曜日の午後六時から、市内にあるグリーンホールという公共施設を借りて行われた〈門倉達哉　決起集会〉には大勢がつめかけていた。

ホールの広い駐車場には、車がびっしりと並んでいた。さらに次々と入ってくる車を、警備会社の男性が誘導している。

フィアット・パンダを何とか空きスペースに停めた。

助手席には真琴。後部座席には理沙子と島本が座っていた。

コンクリの階段を上り、エントランスから中に入ると、ロビーには人々があふれている。

窓際のカウンターには揃いのスタッフジャンパーらしきものを着た若い男女のスタッフたちがいて、来客たちがパンフやチラシなどを受け取っていた。秋津たちも受付をすませ、それらを手にしてから場内に入った。

ここは三百人が入れる大ホールだったが、それが満杯になるほどだったため、秋津と真琴はさすがに驚いた。年寄りから若者まで、まさに老若男女といった聴衆だ。

マスコミの姿もあった。

山梨日報の樫尾が腕章を着けてカメラを持ち、秋津を見て手を挙げた。

彼の話だと、他にも地元のケーブルテレビの取材班や、山梨県のローカル放送局二社も報道スタッフを送り込んでいたし、大手新聞社の甲府支局の顔ぶれもあった。

秋津たちは最前列の席になった。四人が横並びに座れるのは、そこしかなかったためだ。できれば決起集会が始まる前に門倉に会いたかったが、それはできなかった。ロビーのスタッフの話だと楽屋にこもっていて、直前まで準備をしているのだという。

まず、ゲスト二名によるスピーチが始まった。

ひとりは東京の私立大学教授。政治学を専門としていて、よくテレビのニュース番組などにも出ていて有名な人物だった。もうひとりは辛口トークで有名なバラエティの男性タレント。もちろん人気があって、よく知られた存在なので、彼の登場とともに会場全体が拍手に包まれた。

それからいよいよ主役の登場となった。

司会者による紹介のあとで門倉が舞台袖から姿を現す。

ベージュのスーツに薄緑のシャツ。青いネクタイを結んでいる。胸には大きな赤い花をつけていた。何しろ顔立ちが整っていて、スリムで長身だから、さながら俳優のように見えた。それでいて独特の理知的な雰囲気をまとっていた。

彼が壇上に立つと、満場から拍手がわき起こった。

ステージ真ん中で手を挙げて挨拶をし、それから演台のところに行き、マイクの前に立って話し始めた。

テレビ出演などに馴れているだけあって、門倉の話しぶりはさすがに流暢で、立て板に水という言葉が似合う。声が若々しく、よく通るため、アナウンサーの話を聞いているようだった。

スピーチは意外にも身近な内容から始まった。

好きな花の話。鳥や野生動物の話題。最近、観た映画のこと。

そんな一見、とりとめもないような雑談が、いつしか政治の話になっている。

しかしそれは国政に関することで、なかなか本題である八ヶ岳市の行政に話題は移行しない。それなのに聴衆は苛立つどころか、ときおり笑いを交えながら聴き入っている。

気がつけば門倉は壇上を離れ、ステージの真ん中でマイクを持っていた。

——八ヶ岳市のみなさん。お尋ねしたいのですが、ここにお住まいになって、いちばん良かったことってなんですか？

ふいに聴衆に向かって質問を投げてきた。

会場は静まり返った。

門倉はマイクを持ったまま、にこやかに立っている。

――えっと、そこの御婦人。いかがでしょう？

秋津たちの少し後ろに座っていた地味なセーター姿の中年女性が、驚いたように立ち上がった。

若いスタッフの男性が走ってきて、彼女にマイクを渡す。

――あ、あの。やっぱり美しい自然がいちばんじゃないでしょうか。

しどろもどろな様子で彼女がいう。

――ありがとう。

壇上から門倉がいった。

――そうですね。美しい自然。たしかに大切なものです。私もその自然の魅力に惹《ひ》かれて、この地に別荘を建て、思いきって移住を決意しました。自然の美しさはたしかに素晴らしい。ここ八ヶ岳市の財産だと思います。他には何があるでしょう？

別の場所で若い女性が手を挙げる。別のスタッフがマイクを持っていった。

ジーンズにポニーテールの彼女が、そのマイクを持っていう。

——都会にない安らぎだと思います。

壇上の門倉が頷いた。

——では、その自然の美しさとか、都会にない安らぎを維持するためには何が必要でしょう？

秋津たちからだいぶ離れた場所で、ジャンパー姿の中年男性が手を挙げた。

スタッフが走り、マイクを渡す。

——けっきょく金じゃねえか。経済がしっかりしてなきゃ、何もできねえだろ。

秋津は少し驚いた。

会場が一瞬、引いたのがわかった。

男は悪びれもせずマイクを持って立っている。周囲の視線が集まっている。

——その通りです。

ふいに門倉がいったので、秋津はさらに驚いた。

——美しい自然を保全することも、みなさんが安らぎを共有できるような町にするのも、すべては経済が潤うことが前提です。お金がない自治体は何もできない。為政者がどんな素晴らしいことを思いついたり口に出しても、たんなる空理空論になってしまいます。

彼はマイクを握ったまま、落ち着いた様子で笑みを浮かべた。

――理想ばかりを求めて現実に背を向けるのは愚かなことだし、逆に拝金主義、功利主義という現実に走って挙げ句の果て、政治と金儲けを混同するのは為政者がいちばん陥りやすい罠だと思います。要はですね、バランスの問題なんです。そのバランス感覚こそが政治家には必要であり、能力を決定する要因じゃないかと思うんです。

秋津はふと横を見た。

妻の真琴が潤んだような目で壇上の彼を見つめている。

――いいですか、みなさん。

門倉はマイクを持ったままいった。

――よくある政治家の特権意識。そんなものは百害あって一利なしということです。為政者であっても、いや、為政者だからこそ市民感覚を持つことです。みなさんと同じ気持ちでここに暮らし、生活をしてゆく。そうして市民の視線で常に政治を見る。そして何よりも大事なことは市民を上から目線で見下ろす政治ではなく、むしろ縁の下の力持ちになって滅私奉公をするような政治でなければならない。それが私の理想なのです。

その言葉が終わって、しばしの沈黙があった。

門倉は口を閉ざしていた。

突如、客席の一角に拍手が起こった。

それは他でも始まり、会場全体に広まっていった。

秋津の横で真琴も拍手をしていた。頬を紅潮させながら、惜しまぬ拍手を門倉に送っていた。


それからさらに一時間以上、門倉のスピーチは続いた。

原稿用紙もメモ用紙もなく、ひたすら自分の言葉で話し続けていた。ときおり話題を聴衆に振り、市民との対話を巧みに演出する。

場内に拍手が起こり、たまに合いの手のように声援が聞こえもした。

たったひとりの主役に三百人の視線が集まったまま、その独特の熱気というかエネルギーが持続していることに秋津は驚いた。

テレビなどでお馴染みだから話し上手なのはわかっていたし、エンターテイナーだろうとは思ったが、彼がここまで大勢の人を惹き付けるカリスマ性のようなものを持っているのだということが理解できた。

スピーチが終わってからの質疑応答も活発だった。

聴衆はさかんに挙手し、マイクが回される。壇上の門倉にいろいろな質問が投げられる。

そのたびに門倉は迷いもなく、自分の考えを口にした。

二時間があっという間に経過して、門倉を中心にゲストの二名とスタッフたちが壇上に立ち、全員で拳を突き上げて気勢を上げ、イベントが終わった。

門倉が舞台の袖に消えて、聴衆たちが立ち上がり、退出を始めた。

秋津と真琴、それに島本と理沙子は彼らに交じり、行列となって会場の外に出る。

ロビーにはすでに黄色のスタッフジャンパー姿のスタッフたちが立っていて、人々に頭を下げている。門倉もその中にいた。背が高いのでひときわ目立っていた。

場内から出てきた人々がまだ行列になっていて、秋津たちは少しずつ彼に近づいた。

腰の曲がった老婆に向かって、門倉は自分も背を曲げて話し込んでいた。老婆が頭を下げて去ると、ふいに手を挙げてきた。

——秋津さん！

向こうから声をかけてきたのでびっくりした。

さらに人波を掻き分けるように門倉は歩いてきて、秋津と握手をし、真琴の手を握った。

「いいスピーチでした」

上気した顔で真琴がいったので、門倉は優しげな笑みを浮かべた。

「ありがとうございます。思ったよりもお客さんがいっぱいで、ずっと緊張していたんです」

「緊張だなんて、そんなふうには見えなかったですよ」

真琴が相変わらず興奮を露わにいった。

「三百名の聴衆を見事に魅了されましたね」

秋津がいうと、視線を移して頷く。

「これからですよ、秋津さん。この三百名が三千人となり、さらにそれが三万人に伝わっていかないといけません。戦いは始まったばかりです」

「スピーチのときに話題を客に振ってたけど、あれはもしかしたらサクラなんじゃないか」

唐突に島本がいったので、秋津は驚いた。

ほんの一瞬、門倉の笑みが消えたのがわかった。しかし、彼はすぐに相好を崩した。

「詳しくはまあ、いずれお話ししますが、いかがですか。そちらのコーナーに後援会〈チーム門倉〉への参加申込書があります。ぜひ、仲間に入って戴きたく思います。みなさんのお力をお借りできたら、それこそ千人力ですから」

「ええ。もちろん」

真琴が真っ先にいい、秋津も頷いた。

「私も入らせてもらうわ」

理沙子がそういった。

「島本さんは？」

真琴にいわれ、彼はわざとらしくそっぽを向いた。

「俺はいいよ。そういうのって苦手なんだ」

ズボンのポケットに両手を突っ込んだまま、島本は猫背気味に後ろ姿になった。

後援会の申込書に記入を終えると、女性スタッフに訊かれた。

「秋津さん、上着のサイズはMでよろしいですか？」

「え。上着って？」

「〈チーム門倉〉のスタッフジャンパーをお配りしているんです」

彼女は自分が着ている黄色いジャンパーを指さした。胸のところに彼の似顔絵がデザインされている。

「だったら、Lでお願いします」

「そちらはMサイズですね」

真琴と理沙子が頷いた。

受け取った紙袋にはナイロン製のスタッフジャンパーが折りたたまれてビニール梱包さ

れていた。秋津は取り出して、Lというシールを確認した。他に大きめの缶バッジとステッカーも入っていた。

「これは？」

彼女は自分の胸元を指差す。

「このデザインと同じ、門倉さんの似顔絵で作ったんです。缶バッジはピンやクリップで服につけられるようになっています。ステッカーは車に取り付けるためにマグネットになってます。シールと違って車体が汚れたりしませんから便利ですよ」

若い女性スタッフがにこやかにそういった。

カウンターを離れ、また門倉を探そうと視線をめぐらせた。窓際付近に彼は立っていて、テレビカメラの前でインタビュアーと会話を交わしているところだった。

「行こうか」

名残惜しげに彼を見ている真琴の腕を軽く叩き、秋津がいった。

理沙子と島本もふたりに続き、会場を出た。

「島本さんは彼がお嫌いみたいね」

秋津が運転するフィアット・パンダの後部座席で理沙子が笑いながらいう。

隣の席でむくれたような顔をして、島本は窓外の景色を見ている。

「好き嫌いじゃねえんだな」

相変わらずのむっつり顔で島本がいう。「ああいうのを俺は信じないことにしてんだ」

「ああいうのって?」

興味深げに理沙子が訊いた。

「なんだかさあ、優等生過ぎるんだよ。それに一点の曇りもないようなところが気にくわない」

「ひねくれてるのかしら」

助手席から真琴にいわれ、彼は口を尖らせた。

「俺はよくそういう人物を小説に出すんだよ。たいていは悪役だがな」

「同じインテリでも極端にタイプが違うのね」

「悪かったな」

島本が隣の理沙子にいうと、彼女がまた笑った。

「ごめんなさい。良し悪しだとか、優劣のつもりじゃなかったんだけど」

「それにしても……」

真琴が紙袋からステッカーと缶バッジをとりだした。「この似顔絵ってどこかで見たような」

同じイラストがスタッフジャンパーの胸元にも描かれていた。

「あ。鳥川《とりかわ》ヒロシのイラストじゃない？」

理沙子にいわれ、真琴が驚いている。

「ええ？　あの〈ドラゴンファイヤー〉とかを描いた売れっ子マンガ家の？」

「パチモンじゃねえのか」と、島本。

「本物よ。ほら、下のところに小さく©とローマ字で名前が書いてあるわ」

理沙子がそこを指差した。

「しかし、鳥川ヒロシにデザインさせるなんて凄いというか、大胆だな」

秋津がつぶやくと、隣で真琴がいった。

「よっぽどのコネがないとむりよ、こんなの」

「ギャラだって凄いだろう？」

島本がいうと、理沙子が頷く。「そりゃそうでしょう」

「門倉さんはよほど大金持ちなのか、それとも他の理由で資金潤沢なんだろうなあ」

「そりゃ、有名人だし、スポンサーだってついていそうね」

真琴がそういうと、後ろから島本が声をかけた。

「そこが怪しいところだ」

「何が怪しいのよ。そんなのってふつうじゃないの？」

そういって真琴が少しむくれてみせた。

7

脱衣場で服を脱いで裸になると、秋津はタオルを持って浴室に入る。

おぼつかない足取りで翔太がついてくる。相変わらず貧弱な裸体だ。

ふたりで体を洗ってから、外に出る扉を開いた。冷たい空気に包まれて身をすくめながら歩き、岩に囲まれた露天風呂に足を踏み入れる。

湯気の中に数人の影があった。

彼らから少し離れて、秋津と翔太はややぬるめの湯に体を沈めた。

秋津は折りたたんだタオルを後ろの岩に載せると、そっと足を伸ばした。

思わず吐息が洩れた。

〈滝の湯〉は秋津の家から車で二十分ばかり走ったところにある公共施設の温泉だ。行楽シーズンは観光客でいっぱいだが、オフになると地元民ばかりとなる。秋の収穫で疲れた農家の人々や林業関係者などが来る。だから、駐車場には白い軽トラがたくさん停まっていた。

井戸水が出なくなってからというもの、秋津たちは二日から三日おきにこの温泉にやって来る。〈八ヶ岳ホームズ〉からもらった温泉チケットのおかげである。

隣の女湯には真琴が入っている。

いつも出る時間を決めて待ち合わせたが、たいていは真琴が遅れて出てくる。女性のほうがどうしても長湯になってしまうのは仕方がなかった。だから、翔太に自販機のジュースを飲ませたり、自分はマッサージチェアにかかったりして待っていることが多い。

露天風呂に肩まで浸かりながら、秋津は目を閉じていた。

いろいろなことが思い浮かんだ。

蛇口から出る水が濁り始め、フィルターを付けて何とかなったと思ったら、今度は水そのものが涸れてしまった。たったそれだけのことだった。それがこれほど生活に支障を来すとは。

水というものが、当たり前のように手に入るうちは、これほど危機的状況になるとは思ってもみなかった。水は無限の資源であり、蛇口をひねりさえすれば必ず出てくるはずだった。

広大な山脈に降った雪や雨が染みこみ、岩盤層や砂礫層を抜けて、長い時間をかけながら地下水となって流れてくる。人々は井戸を掘り、それを汲み上げて生活用水として使う。人間の生活は自然の循環の中にうまく組み込まれ、何の支障を来すこともなく、連綿とその歴史が続いていた。

そんなサイクルが壊れてしまったのは、大企業による大量取水のせいだ。

家族単位が使う地下水はたかがしれているが、強力なポンプによって地下にある水を一時間に何百リットルというすさまじい勢いで引き抜いていく。

その企業もひとつやふたつではない。

そこに清冽な天然水があると知れば、他からもどんどんやってくる。

材料も原料も必要なく、ただ地面の下にある水を吸い上げ、多少の消毒を施してペットボトルに詰めて出荷すれば、全国で飛ぶように売れる。企業にとってこれほど旨い商売もない。

それによって周囲の井戸がどれだけ涸れようとも、企業は知らん顔を決め込む。

地面の下で目に見えないから、因果関係が立証されない。

住民は泣き寝入りをするしかない。

そんなことが、この土地のあちこちで起こっているのだ。

「パパ」

ふいに声をかけられ、目を開けた。

「どうした」と、翔太を見る。視線が合った。

「また悲しそうな顔してるよ」

「パパが……？」

息子に頷かれ、少し笑った。

「すまんな。つい」

そういって両手でお湯をすくい、顔にかけた。

「どこかに引っ越せないの？」

いわれてまた笑う。

それは何度も考えたことだし、真琴とも話し合った。

けれどもそんな資金もなかった。ログハウスを建てたローンもまだ返済しきっていないのだ。

「パパとママはこの土地が好きになって、だから東京からやってきたんだ。水が出なくなったぐらいで逃げ出したりしたら、山の神様に笑われるよ」

そういったとき、近くで湯に浸かっていた男たちの会話が耳に飛び込んできた。

——あのブログとかっつうの、ちと読んだけんども、自分勝手ばかりでひでえもんだな。甲州弁。地元民らしい。

別の男がいった。

——よそ者が好き勝手に書いてるだけだつうこんだ。読まんでええよ。

——ま、ようするにお互いに常識が違うっつうだな。

——だけんどな、夢を持って移ってくるのは勝手だども、現実を知らんとどうにもならんよ。

——なんだかんだいって、あいつらは役立たずだ。

三人の中高年。いずれも濁声《だみごえ》だった。酒が入っているらしい。

同じ露天風呂に浸かっている秋津にわざと聞こえるようにいっているのかと思ったが、どうもそうではないようだ。近くにいる秋津のことを知らないまま、酔った勢いで高らかに会話を続けているらしい。

——俺らにとっては〈シェリダン〉や〈アスカ飲料〉様々っつうこったよ。おかげで子供らの雇用はあるし、区に寄付金も惜しまずにくれる。テレビのコマーシャルでイメージアップして観光客もいっぱい来るようになったし、神様みたいなもんだ。

——岸谷《きしたに》のとっつぁんは去年、山の土地をずいぶんと〈シェリダン〉に買い取ってもらったよ。

——ほうけ。ほら、いらん土地は売っ払うにかぎる。あんなもの持ってたって税金を取られるばかりで莫迦莫迦しくてなんねえ。金になるなら、なんぼでもくれてやりゃあええだ。

聞いているうちに怒りがこみ上げてきた。

だからといって口を挟む雰囲気でもない。そのうちにだんだんと居づらくなってきた。

秋津は息子に「出るぞ」と声をかけようとした。

そのとき、別の男の声がした。

——お前ら、自分らのことがちっともわかっとらんのだな。

男たちの会話が止まっていた。

秋津は見た。

三人の男たちから少し離れたところに、色黒で無精髭を生やした七十ぐらいの男が浸かっていた。後ろの岩に肘をかけて、目を閉じたままでいる。筋肉質で、鍛え抜かれたような体だった。

——何をいうとるだ、清二郎《せいじろう》さん。俺らが何をわかっとらんつうだよ。

三人組のひとりがそういった。

馴染みらしい。

清二郎と呼ばれた男が薄目を開いた。

左眉の横に斜めに走る白い傷がくっきりと浮き出てみえた。ヤクザ者のように見えたが、雰囲気はまるで違った。

——お前らの先祖が大事に育ててきた山や森をよ、さんざん勝手にほったらかしにしてきて、今さら厄介モノ扱いか。そんたらことだから、しょーもねえ貧乏神に取り憑かれるだよ。

しばしの間、沈黙があった。

秋津は湯気の向こうにいるその男を見つめた。

清二郎というその名に覚えがあるような気がしたが、なかなか思い出せない。

——いいか。本来ならな、お前ら自身が手入れをして、ずっと守っていかにゃならん山だぞ。きちんと子孫に伝えて受け継がせていくべき山だろうが。それを自分勝手に面倒がったうえに、安易に売り飛ばすだか。そんたらこたぁ、罰当たりもいいところだ。

野太い声でいいながらも、じっと目を閉じたままだった。

三人の男たちは、彼を見たり、顔を見合わせたりをくり返していたが、ひとりがいった。

——時代が変わったんだよ、清二郎さん。それにたかだか山じゃねえだか。放っといても、どうなるもんでもねえだよ。

——森はな、人が手ぇ入れねえと朽《く》ちていくだけだ。俺らがきちんと育ててやらんと山は死んでいくんだよ。

——あんたはわかっとらんなあ、清二郎さん。企業に譲ってやったら、ちゃんとあっちが手入れしてくれるだよ。俺やあんたらに代わって、何倍も時間と金をかけて、森を守ってくれるんじゃねえだか。テレビのコマーシャルを見てないずら?

——わかっとらんのはお前らだ。そもそも自分とこの山に入って、森を見てきたことがあるのか。あの会社に売った山を歩いてみたのか。そったらこと、何もしとらんで、よくも知ったかぶりをいえるもんだ。

——何でそんなことをいうだね。

——企業つうのは見てくれだけだよ。あいつらが自分で買った山をどうしてるか、自分で見てみにゃわからんだ。親から受け継いだ山を、一度きりとてめえの目で見たこともねえくせして、いっぱしにいうでねえ。

ふいに清二郎と呼ばれた男が立ち上がった。

思わず身を引いた三人の前を悠然と歩き、露天風呂から上がった。日焼けした背中に稲妻のようにジグザグに走る大きな傷が見えた。そのまま、悠然と浴室へ消えて行った。

しばしてから男たちがポツポツとまた話し始めた。

――相変わらずの頑固者だな。

――箸にも棒にもかかんねえ人だ。

――林業つうたって、この先の担い手がいねえじゃ、跡取りもクソもねえだ。

男たちはブツブツといい合っていたが、やがてひとり立ち、またひとり立ちして、三人とも露天風呂から去っていった。

入れ替わりに旅行者らしい大学生風の若者たちが四人、タオルで前を隠しながら小走りにやってきて、乱暴に露天風呂に浸かった。たちまち騒がしい会話が始まった。

「パパ、早く出ようよ」

ふいに翔太にいわれた。振り向くと、困ったような顔で父を見ている。「ぼく、のぼせそうだよ」

「悪かったな」

秋津は少し笑った。「出ようか」

8

秋津と真琴が〈チーム門倉〉に参加して以来、にわかに多忙になってきた。

秋津は二週間ほどかけて仕事を見つけた。地元の警備会社の準社員となり、契約先のパトロール、警報が届いた場合の現場への急行などの業務である。通常のパトロールは規則的な時間で行えるが、警報が届いた場合は時間に関係なく、その場にゆかねばならない。

夜中に電話で起こされることも何度かあったが、たいていはネズミなどの小動物が警報器に悪戯したり、風で揺れた枝が窓ガラスを壊していたりした。

そんなわけで事件に遭遇したことはまだ一度もない。

しかし、新しい仕事のおかげで彼は多忙になったし、翔太の送迎はもっぱら真琴の担当となっていた。車が一台しかなかったため、秋津がフィアットを使っているときは、〈ヴィレッジ〉で共同所有する軽トラを使うか、それがないときはクマさんの家から彼のトヨタ・ハイラックスを借りていた。

もちろん、門倉に関わる時間も多い。

ほぼ毎日のように秋津は彼の家を訪れ、話し合いをし、あるいは他のスタッフたちと打ち合わせをした。

最初は、元デザイナーとしての手腕を買われ、チラシやポスターのデザインに参加していたが、いつしかメインのメンバーとして重用されていた。当初、妻ほど門倉に入れ込んでいなかった秋津も、気がつけば当たり前のように彼のサポートをするようになっていた。また、そのことが心地よかった。

真琴は主にパソコンでネットワークでのアッピールを担当し、今までの自分のブログにくわえ、門倉を応援するためのホームページを立ち上げた。それまでの〈吹き込め　新風！〉というタイトルのウェブサイトを完全に取り込み、〈TEAM　KADOKURA〉というタイトルで新しくスタートさせた。

大きな浮動票である若者の意識をこちらに向けるには、インターネットの駆使は必須といえた。彼女のおかげでアクセス数は日増しに増えつつある。

サイトでは、門倉自身のアッピールにくわえ、もちろん自分たちの水問題を巧みに取り入れることも忘れない。井戸涸れ問題に関しては依然、あちこちからコメントが入るし、同じように井戸を使う人々から相談事も持ち込まれていた。

門倉自身もこの問題に関して、積極的に彼らを支援し、世に問うていくと明言していた。手探り状態で始めたことが、だんだんと目的が明確になってきた。秋津たちと門倉たちが目指すものが、同じゴールのように思えてきた。

だからこそ、秋津と真琴はこの選挙に賭けようと思ったのだった。

大事なのは選挙運動と政治活動の区別である。

投票一週間前の告示以後は選挙運動となるため、候補者の名前を記したポスターを掲示したり、ハガキを発送することができる。また電話による投票依頼も可能である。

しかし告示以前はあくまで政治活動でなければならず、具体的に候補者の名を掲げてのアッピールはできない。ただし戸別訪問での挨拶は可能で、逆にこれは選挙期間になると禁止される。

市内各地に立てられていた幟に、門倉の名がなかったのも、けっきょく公選法に触れないための措置だった。

市長選の告示まであとひと月となっていた。

三日前、門倉の出馬表明が正式に出されて、地方紙などの記事に載った。

各新聞社にくわえ、山梨日報の樫尾もひんぱんに門倉の自宅を訪れ、インタビューなどをしている。東京からは週刊誌やネットニュースの記者も来たようだ。

八ヶ岳市の次期市長選挙は全国的に注目されつつあった。

保守と革新の対立が明確であるのはともかく、やはり今回の選挙の彼我の立ち位置だろう。現職市長の白井は国政との繋がりが深く、保守政党からの支援を積極的に受けていた。土建業、運送業を中心に市内の各企業ともパイプがあって、まさに絵に描いたような旧来の地方政治を進めていた。一方で門倉は野党を始め、どの政党とも無縁であり、まさに孤立無援、孤軍奮闘のスタイルで市長選挙に臨む。

当初は無謀だとか、道楽選挙と揶揄《やゆ》されていたのが、門倉がだんだんと支持層を増やしていくにつれ、いつしか世間の耳目を集めるようになっていった。

テレビを点けても、ワイドショーで八ヶ岳市の選挙のことを取り上げていたりする。

やはり話題の中心は門倉達哉だった。

つまり彼は有名人なのである。現職市長の白井などよりもよほど。

そのことに秋津は今さらながらに気づいた。


八ヶ岳南麓、市内でも一等地になる長坂駅近くのテナントビルの二階に、〈チーム門倉〉のオフィスができた。

もともと鍼灸院だった借り主が引っ越しをし、たまたま空いたためだったが、オーナーがかなりの家賃をふっかけてきたらしい。それでも門倉は即断でここを借りることにしたという。

北側の窓から八ヶ岳が望めて、ときおり中央本線を行き来する列車が見下ろせる、素晴らしいロケーションだった。

ここにいくつかのテーブルと折りたたみ式の椅子、それに数台のパソコンが持ち込まれ、光ファイバーケーブルが引き込まれてネット環境が整った。ホワイトボードが正面に立てられ、大きなカレンダーが壁に張り付けられている。

選挙事務所の開設は、告示日に立候補の届け出をしてからということになっている。が、後援会の事務所であれば、いつ開いてもかまわない。とにかく早いうちから拠点を作るべきだと門倉はいっていたが、選挙告示の一カ月前になって、ようやくここを借りることができた。

名称は〈チーム門倉オフィス〉となっている。が、看板は表に掲げていない。もちろん選挙期間が始まると、正式に選挙事務所として開設し、堂々と看板をかけ、また出陣式を行う予定である。

主に出入りするスタッフは十名程度。秋津と真琴もそのレギュラーに入っているし、理沙子もである。もともと写真家である彼女は、愛用のキヤノンの一眼レフを必ず携えていて、門倉やスタッフたちの写真を熱心に撮影していた。

もうすぐ出来上がる選挙ポスターの門倉の写真も理沙子による撮影だった。

門倉本人は昨日から東京に行っていて、戻りは明後日の予定。しばし留守になる。が、オフィスの運営はメインスタッフに任されているので、いちいち門倉本人にうかがいを立てずに自由にやれる。

オフィスが整うと、さっそく主要メンバーでポスティングの打ち合わせをする。

さらに門倉の写真やプロフィールなどを載せたミニパンフとチラシが、それぞれ五千枚ばかり印刷されている。いずれも写真は理沙子によるもの。門倉の笑顔をアップにしていて、裏側は八ヶ岳を背景に立つ姿、子供たちに囲まれている写真など。経歴や挨拶文は短めに、政治的スローガンもあまり堅苦しくないものを秋津が考案したものが採用された。

重要なのは選挙への出馬や、それを匂わせることを現時点で記載しないことだ。

あくまでも選挙とは無関係に門倉のアッピールをしなければならない。さもなければ事前運動ということで公職選挙法違反になってしまう。同様に、門倉自身による辻立ちなどの街頭演説や、戸別訪問に関しても、立候補には触れず、自分の意志のアッピールや政治論などの話題に徹しなければならない。

門倉は特定政党に入っておらず、バックボーンもないため、そこが難しいところだ。

チラシはＡ４サイズ、ミニパンフは少し小さくなっていて、三つ折りで縦長になったものがデザインされていた。それぞれをスタッフたちが市内の各家庭にポストインする。

地区ごとに配布計画を立てた。

もちろん配布にあたっては、メインのスタッフだけではとても足りないので、サポートしてくれる二次スタッフを募ることも必要だ。チラシやパンフが足りなくなれば追加印刷も可能ということで、とにかくできるかぎりの数を配ろうということに決まった。

選挙管理委員会から預かってきた有権者名簿を元に、それぞれの地域で配布していく。あちこちから持ち込まれた同窓会名簿や電話帳なども活用する。

それらはすべて真琴と理沙子がデータベースとしてパソコンのソフトに打ち込んでいく。

門倉に票を入れそうな移住者の多い地区を中心にしたほうがいいのではないかという案も出たが、新旧住民の分け隔てなくアッピールしたいという門倉の言葉を重視した。足りなくなれば、また印刷すればいいのだ。

ただし新旧住民の人口が逆転した地域は、とくに念入りにポスティングする。実際、市会議員選挙などでも、そういった地区のほうが革新派の議員が多く当選しているという実績があるためだ。

それから門倉の顔をコミカライズしたステッカーや缶バッジをどうするかを話し合った。

こちらは無作為に配っても効果がないため、後援会への入会者やとくに申し出のあった者に配布する。車載ステッカーはかなり目立つデザインで、これは効果が望めた。マグネット方式にしたとき、わざと剝がされたりするのではないかといわれたが、むしろシール式と違って車が汚れたりしないため、協力者が気軽に貼ってくれるはずだと、これは門倉本人から要望があったそうだ。

ひと通りの話し合いが終わったところで、各地区ごとに班分けをして、それぞれのミーティングが行われる。それが終了して、いざ実働となった。

「すみません、秋津さん。ひと言、挨拶をいただけます？」

木原《きはら》さやかという若い女性スタッフにいわれ、彼は驚いた。「私が、ですか？」

十名のスタッフの中には秋津よりも年上の男性もいる。てきぱきと仕事をこなし、仕切るリーダータイプの女性もいた。

「門倉さんの直下にいる参謀を決めなきゃって思ってたんです」

木原がそういって笑った。「みんなで話し合って、やっぱり秋津さんが適任じゃないかって」

「ひどいなあ。留守の間にそんなことを決めてたんですか」

苦笑いして秋津は咳払いをした。真琴が傍に立って彼を見ている。「引き受けたら？」

と、彼女の目が語っていた。

秋津は仕方なく頷く。

「みなさん。よろしくお願いします」

そういってから言葉を選んだ。「これからいよいよ告示に向かっての準備や活動が始まるわけですが、われわれ少数精鋭チームということで、地道な努力を惜しまないよう、みんなで頑張っていきましょう」

秋津はスタッフたちを見回し、こう続けた。「——過去の市長選挙の事例では、当選に至る有効獲得票数は一万以上ということでした。しかし、できれば一万五千票はほしいところです。四万の人口のこの市で、それだけの票を集めるのは並大抵のことではないと思います。だからあらゆる可能性をさぐっていかねばなりません。情報を集め、分析し、無駄を排した最適な手段を選ぶ。門倉さんはそうおっしゃっていましたが、自分もまさにそのことを思っています。相手はこの地に根を張って、揺るぎない地位を築いた人物です。それを畏《おそ》れず、これから勝負をかけていきましょう。みなさんのご健闘に期待してます」

オフィスの中がいっせいに鳴らされた拍手の音で満ちた。

〈ヴィレッジ〉共有の軽トラを、朝から半日、クマさんが使うというので、秋津と真琴は別々に行動ができず、フィアットにふたりで乗って市内を回った。

午前から午後にかけて各家にポスティングし、コンビニの駐車場で簡単な昼食をとってから、午後四時過ぎまでフィアットを走らせた。地図に記された家をひとつずつマーカーで塗りつぶしながら、チラシとパンフをポストに投函する。

中にはわざわざ家から出てきてくれる人もいて、世間話の中にさりげなく門倉の政策を入れて話したりもした。

次の地区に向かい、地図を見ながらポスティングを再開した。

団地の狭い道路を走り、一軒ずつポストに投函していると、2×4二階建ての民家の玄関ドアが開いて、ジーンズにトレーナー姿の中年女性が外に出てきた。茶色に染めた髪を首の後ろで結び、セルロイドの眼鏡をかけている。

「こんにちは」

助手席から降り、門扉の近くにあるポストに投函しようとしていた真琴が、彼女に声をかけた。

「あの――もしかして秋津さんですか？」

だしぬけに名をいわれて驚く。

「そうですが」と、真琴。

彼女はスチール製の門扉の向こうに立ち、少し紅潮した顔でいった。

「私、ブログをいつも拝見しているんです。もともと父の実家の井戸のトラブルもあって水問題に興味があったから」

秋津は思わず運転席のドアを開いて車外に出ると、真琴の隣に立った。

「そういえば、ブログでコメントを何度かくださった……？」

眼鏡の女性は少し破顔した。

「沖田房子《おきたふさこ》といいます」

秋津も憶えていた。真琴の記事に熱心に問いかけをしてきた女性だった。

彼女の実家は秋津たちの住む町の隣にあったが、やはり近くに水工場の井戸が作られて地下水が涸れてしまったということだった。

「いつもありがとうございます」

真琴がお辞儀をしてそういった。「それで……お父様のお家のほうは？」

「相変わらず断水が続くので暮らしていけず、今は兄がいる東京のマンションに避難しています」

「そうでしたか。お気の毒に」

「秋津さんたちのお家も、ずっと止まったままなんですよね」

ふたりは頷いた。

「あれ以来、ペットボトルとポリタンクの水でしのいでいるところです。企業は因果関係を認めないし、裁判に持ち込むことも考えたんですが、やはりリスクがありすぎるため、やめました」

秋津はそういって、自分たちのフィアットを指差す。

ドアのところに門倉達哉の似顔絵を描いたマグネットステッカーが貼ってある。

「彼は市長選に出馬予定ですが、われわれの水問題に大きな関心を持っていて、いっしょに戦おうといってくれてます。だから、こうしてサポートをしてるんです」

沖田という女性はフィアットからふたりに目を戻した。

「私も父も、もともと地元の生まれなんですけど、今回の選挙はぜひ門倉さんに入れようと思ってます。井戸のことを何とかしてくれるなら、なおさらです」

「ありがとうございます。お互い、いい結果に繋《つな》がるように頑張っていきましょう」

そういって秋津と真琴は、沖田房子と握手をして別れた。

フィアットに乗り込み、ゆっくりと車を走らせる。

ミラーを見ると、表の通りに出てきた彼女が、こちらに向かって頭を下げている姿が小さく映っていた。

「俺たちにとってはたんなる市長選挙じゃなく、自分たちの未来のためだと思ってた。けど、こうやってみると、同じ問題を抱えてる人がいっぱいいるんだな」

ステアリングを握りながら秋津がいった。

「日常という当たり前の常識が一方的に壊される。それで泣き寝入りするわけにはいかない。きっとみんなそう思ってるのよ」

助手席で地図を広げながら真琴がいう。「だから、門倉さんに頑張ってもらわなきゃ」


最後に行った家は白塗りの壁に囲まれた古びた屋敷だった。いかにも地元民といった感じの老夫婦が出てきてくれて、「まあ、茶でも飲んでいけし」とすすめられ、掘り炬燵《ごたつ》のある部屋で小一時間ばかり話し込んでしまった。

とくに政治に関心があるようではなかったが、とにかく話し好きなのだろう。暇《いとま》を乞うと、漬け物やら菓子類を出されて「持っていけ」と渡された。秋津たちはひたすら恐縮して頭を下げ、ようやく家を出た。

すでに太陽が西の山の端《は》に沈みかかっていた。

「最後の最後にほっこりした人たちに会えて良かったね」

フィアットに向かって歩きながら真琴がいう。

「でも、さっきの沖田さんと違って、あの人たちが門倉さんに票を投じてくれるかどうかはわからないよ」

「そんなことをいちいち気にしていたら何にもならないでしょ。とにかくひとりでも大勢の人たちに門倉さんのことを知ってもらうの。それしかないと思うよ」

「そうだね、悪かった」

「ね。ところで俊介さんは門倉さんのことをどう思ってるの？」

「どうって」

「本当に市長にふさわしい人物だと思ってる？」

彼は少し躊躇した。

「はっきりとはいえない。けれども、独特のオーラっていうか、カリスマ性を持った人物だとは思う。いずれにしても、現職の市長を落とすためには、彼に当選してもらわないといけないよ」

ふと妻の顔を見て、いった。「君のほうはどうなんだ」

真琴はかすかに眉をひそめていたが、ふいに口をつぼめるように笑う。

「私は信頼してるよ。魅力的だと思うし」

「そいつは口惜しいなあ」

「あら、焼き餅焼いてんの？」

真琴がいったときだった。

秋津は車の前で立ち止まり、信じられないものを見た思いにとらわれた。

「おい。真琴……」

「え」

彼女も足を止めた。

ふたりして、しばしフィアットを見ていた。

車体が妙に傾《かし》いでいる。

最初、それがどうしてなのかがわからなかった。が、よく見ているうちに、片側のタイヤがつぶれているのに気づいた。それも前後ふたつだった。

「これって……パンク?」

真琴がつぶやく。「釘か何かを踏んだのかしら」

秋津はかがみ込んで、タイヤを調べた。

「そうじゃない。誰かにやられたんだ。ここと、ここに鋭い刃物みたいなのを刺し込んだ痕がある」

彼らが屋内でお茶に呼ばれている間に、何者かが車のタイヤを、それも二箇所、意図的にパンクさせたらしい。

「どうしてこんなことになるのよ」

ゆっくりと立ち上がり、秋津は唇を嚙んだ。それからいった。

「嫌がらせだな」

「そんな」

真琴が彼の目を見つめた。

少し吐息を洩らしてから、秋津はかぶりを振って指差した。

両サイドのドアや車体後部につけていた門倉の似顔絵を描いたマグネットステッカーが剝がされ、切り裂かれて近くの路肩に放り捨てられていた。

「残念ながら、そういう人たちもここにはいるということだ」

疲れ切った声でいってから、秋津はスマートフォンを取り出し、ＪＡＦの電話番号を画面に表示させた。傾いだ車体に身をもたせかけて、相手の応答を待ち続けた。

9

「何だか、気持ち悪いわね」

店のフロアに掃除機をかけながら真琴がいった。

秋津は近くのテーブルでノートパソコンを開いていた。

「うん?」

「だって、私たちが門倉さんのスタッフをやっているっていうこと、誰かがそれを知っていて悪意を向けてきたんでしょう? それってどこかから見張られているみたいで、凄くいやな感じじゃない?」

「まあな」

「今も誰かが私たちをどこかから見ているのかしら」

「いや……さすがにそれはないよ」

そういったものの、秋津は小さな不安を感じて窓の外を見る。

ちょうど宅配便のトラックが、向かいの篠田の家に停まっていた。キャップをかぶった若い男性の配達員がリアゲートドアから段ボール箱を引き出すと、ドアの前に立ってチャイムを押している。

やがてドアが開き、白いセーター姿の清子が出てきて荷物を受け取る。

配達員はお辞儀をし、急ぎ足に運転席に戻ると、トラックがゆっくりと〈ヴィレッジ〉の敷地から出ていった。

秋津は画面に目を戻す。

「ところで、近所の中華料理店のことが〈食べログ〉に書かれてあったんだけど、〝前より味が落ちたようで残念〟だってさ」

そういって、秋津はブックマークしていたページをノートパソコンの液晶画面に表示させた。

真琴が掃除機のスイッチを切り、歩いて来た。

画面を覗いて、ふうっと吐息を投げる。

「もしうちが店を再開するとしても、料理や飲み物に使う水が違うことなんて、すぐにわかってしまうんじゃない」

秋津はさすがにつらくなって眉根を寄せる。

「これで簡易水道になったら、さらに評判が落ちそうだな」

「間違いなくそうなると思う」

腰に手を当てて画面を見ていた真琴が、ふいにこういった。

「だけど……もし、こういうレビューが悪意で投稿されたとしたら？」

「うん？」

「車のタイヤをパンクさせるぐらいだもの。ネットの書き込みなんて簡単じゃない。第三者が店の味とかに関係なく、評判を落とそうとしてそんなことをどんどん書き込んでいったら、私たちはやっていけなくなるかもしれないわ」

秋津は画面のレビューをじっと見つめた。

あり得るかもしれない。そう思った。

レビューの投稿者は都内在住とあって、名前はイニシャルだけが書かれている。匿名で誰が何を書いてもいいのだから、悪意ある者からすると、恰好の攻撃対象になるのではなかろうか。

「水が止まったあげく、そんなことまでされたら泣きっ面に蜂だな」

「どうするの？」

「あまりに露骨な嫌がらせがあったら、サイトの管理人に訴えるしかないと思う。われわれができるのはそれぐらいだ」

「門倉さんに入れ込んだばかりに……ごめんね」

秋津は笑い、妻の腕をそっと叩いた。

「気にするなよ。まだ、そんな事態になったわけじゃないんだ。とにかく、このまま続けていくしかないさ」

真琴は困惑したような顔で、笑みを返してきたが、ふいにこういった。

「ところで、今朝届いた『小説宝文』、開いてみた？」

「いや。まだだけど」

真琴がクスッと笑った。

対面式のカウンターの上に置いてあったそれを持ってきた。

『小説宝文』は、宝文社から毎月刊行されている小説雑誌だ。今月号は女性タレントの写真が表紙になっていた。常連で連載している作家の島本が、版元から秋津のところにも送るよう手配してくれているのだった。

その最初のほうのページを広げて指差した。

「新連載ですって」

そのページを開くと、タイトルは『ブルーゴールド殺人事件』。著者名は御厨京太郎、もちろん島本のペンネームだ。

二ページ目に迫力のあるイラストが描かれている。八ヶ岳らしい山を背景に、未来都市のような巨大な工場が建ち並び、その手前に、緊張の色を浮かべた若い男女の顔が並んでいた。

タイトルのあとに、内容の紹介文があった。秋津はそれを声にして読んだ。

「地下水が枯渇？　大企業による無謀なミネラルウォーター取水の秘密を握った人物が殺された。その裏にある巨大な陰謀とは――？」

顔を上げると、妻と目が合った。

真琴がまた肩をすぼめて笑う。

「ね」

「さすがに島本さんは、転んでもただじゃ起きない人だな」

「あれだけ〈シェリダン〉を訴訟するって、常日頃から鼻息荒くいきまいていたと思ったら、これだもの。びっくりしちゃったわ」

秋津はその小説のタイトルをじっと見つめた。

島本が井戸涸れ問題を題材に小説を書いていた。本人の口から聞いたことはないし、それらしい言動もなかった。しかしいかにも彼らしいなとも思った。

ペンは剣よりも強し。

今となっては空《むな》しい言葉かもしれないが、それでもそこにいくばくかの真実がきっとあるはずだ。


その夜、三時頃だった。

警備会社からふいの電話があり、大泉町にある会社の倉庫から警報が届いたとのことで、眠たい目を擦っての出動となった。夜半から雨が降り出したのは知っていたが、外に出ると文字通り、バケツをひっくり返したような土砂降りだった。

レインウェアを着込み、篠突く雨の中を車を飛ばして現地に到着したが、異状はなかった。

警報を解除して装置を調べると、天井付近からの漏水があって水浸しになっているのに気づいた。

おそらく漏電で誤作動したのだろう。

秋津はその場から会社に報告の電話を入れて帰宅した。

そのまま、またベッドで眠ろうとしたが、どうにも眠れずに朝までウトウトしていた。

ぼうっとした様子で朝食をとる秋津を、真琴が気の毒そうに見ていた。

「今日は翔太の授業参観日だから、私、ひとりで行ってくるね」

「そうだったね。頼むよ」

食後にコーヒーを二杯ばかり飲んでから、自室で着替えをした。

雨はまだ止んでおらず、秋津はワイパーを動かしながら、門倉の事務所に向かった。

車を停め、後部座席から鞄を引っ張り出すと、雨の中を走り、ビルに飛び込む。階段を上ってオフィスのドアを開く。

すると、スタッフたちのただならぬ様子がすぐに見て取れた。

「どうしたんですか？」

そう訊ねた秋津のところへ、高崎淳二《たかさきじゅんじ》という若いスタッフがやってきた。東京の大学を卒業して地元に戻ってきたばかりの青年だ。黄色のスタッフジャンパーがよく似合っている。

「朝早くから、変な電話が何度もかかってくるんです。彼女たちがびびっちゃって」

オフィスにいる女性スタッフ数名が、一様に怯《おび》えた顔をしていた。

「どんな電話なんです」

高崎は少し血の気を失った顔で、こういった。

「ほとんどが無言電話なんですが……中には脅し口調もあります。警察に届けるため、最後のは通話をぜんぶ、録音しました」

「門倉さんは？」

「朝イチから東京です。出版社のインタビューやその他諸々だって」

壁掛けの電話の親機のところに行った。録音というボタンが明滅している。高崎がボタンを押す。

――はい。こちら〈チーム門倉オフィス〉です。

若い女性スタッフの声。少し間を置いて、しゃがれたような男の声がした。

――調子づいてんじゃねえぞ。お前らの身に何が起こっても知らねえからな。門倉にはよくいっとけ。

　ガチャッと電話が切れる音。

　秋津は驚いた。あからさまな脅迫だった。

「相手の番号は？」

「それが非通知なんです」

　高崎がいったが、やはりこちらの立場上、電話に出ないわけにはいかない。

「警察には通報しましたか？」

「まだなんです」彼は困った顔でいった。「門倉さんの指示を仰ごうと思って」

「それは懸命な判断だと思います」

　そうはいったが、自信はない。

　ただ、こういう場合、最高責任者である門倉を差しおいて、我々がどうこうできることでもない。あくまでも秋津たちはサポートスタッフなのだ。

「あと、すみません。いやな話の続きなんですが」

　高崎がそういってから、周囲を見て、声のトーンを少し低くした。「あちこちで幟が引き抜かれたり、壊されたりしています」

「本当ですか？」

彼は神妙な顔のまま、小さく頷く。

「明らかな妨害工作ですね、それは」

壁に貼られた門倉のポスターを見て、秋津が訊いた。

「それも門倉さんには？」

「さっき連絡しました。予定を切り上げて、今日の夕方には戻ってくるそうです」

「わかりました」

そういってから、秋津は自分の机についた。パソコンを入れた鞄を足許に置いた。

今日の予定表を見ているうちに、視線が定まっていないことに気づく。

いやでも昨日のパンク事件を思い出した。

警察に届け出はしていないが、明らかに意図的にタイヤをパンクさせたのだろう。そのことを高崎たちにいうべきかと思ったが、よけいにスタッフたちを怯えさせることになるだろう。門倉が戻ってきたときに報告すればいい。

そう思いながら書類に目を戻そうとしたとき、壁掛けのテレビの画面が視界に入った。

そこに映っている人物に視線が釘付けになる。

数日前、地元の温泉で見かけた男だった。

チェックのシャツを着ていて、真っ黒に日焼けした顔がゴツゴツと硬そうに骨張っている。が、あの露天風呂のときと違って温和な笑顔でインタビューのマイクに向かって何かをしゃべっていた。

「すみません。ちょっとテレビのボリュームを大きくしてもらえますか？」

秋津は壁際の机にいる女性スタッフの木原に声をかけた。

彼女がリモコンを操作すると、画面の中の男の声が聞こえてきた。

――そうですねえ。最近は薪ストーブを使う家が増えてきて、少しずつ需要が伸びてきたのはたしかですね。だからといって林業全体が活性化したってことではないんですよ。

ローカル番組のようだった。画面の下にテロップが出ていた。

《地元で林業を営む　功刀《くぬぎ》清二郎さん》

露天風呂でも男たちが〝清二郎さん〟と呼んでいたから間違いなかった。

インタビュアーが「ありがとうございました」といい、画面がコマーシャルに変わった。

秋津は足許に置いていた鞄のジッパーを開き、ノートパソコンを引っ張り出すと液晶画面を開く。電源ボタンを入れ、顔認証をすませてから、ブラウザを立ち上げた。

検索の枠内に《功刀清二郎　八ヶ岳市》と入れ、リターンキーを叩く。

いくつか出てきた。

思った通りだった。市内箕輪新町《みのわしんまち》にある功刀林業という会社の経営者である。詳しい住所と連絡先を調べ、メモに取った。あのときの露天風呂での会話を記憶していた。話しぶりから職業は何となくわかっていたが、どうやら水企業が地元から買い取った山林に関して何かを知っているふうだった。それがずっと心に残っていた。

パソコンをシャットダウンしてから、いった。

「ちょっと出かけてきます。門倉さんが戻られる頃には帰っていると思いますので」

オフィスにいるスタッフの男女から不安な表情は消えていなかったが、高崎を始め、何人かが手を挙げてくれた。

10

ビルの外に出ると、雨が止んでいた。

雲が切れて青空が覗いている。

八ヶ岳の手前に、きれいな虹が大きなアーチを描いていた。

フィアットに乗り込み、一度、ワイパーでフロントガラスの雨滴を拭ってからアクセルを踏んだ。

箕輪新町方面に車を向けて走り、ふたつ目の信号でひっかかって停まる。何気なく右を見て気づいた。

〈清水雑貨店〉と書かれた店の近くの歩道に、たしか五本、門倉の幟が立っていたはずだ。数日前、秋津が幟を立てる許可を店の経営者に求めると、年老いた店主が快諾してくれたのである。

今はそれがなかった。

信号が青に変わると車を出し、路側帯の退避スペースでハザードを点けて停車させ、車を降りた。道を渡って、幟が立ててあった場所に行ってみた。歩道の手摺りの向こうの地面に、幟が立ててあった孔《あな》が空いている。引き抜かれたらしい。

視線をめぐらせると、コンクリで三面護岸された下水路に緑色の幟が沈んでいるのが見えた。いくつかは破れたり、柄が折れたりしている。

心が重くなった。

「あれあれ。どうしたのかねえ」

声がして振り向くと、ベージュのセーター姿の老婦人が立っている。手摺り越しに下水路を覗いて悲しげな顔をしていた。雑貨店の経営者の妻だった。

「困ったことに、誰かに悪いことをされたようですね」

そういうと、気の毒そうな顔で秋津を見ていった。

「今朝までちゃんと立ってたんだがねえ」

「人を連れてきて回収しますので、ちょっとお待ちください」

そういうと老婦人が笑った。

「いいよ、いいよ。あそこに下りていくのは大変ずら。何しろ汚《きたね》え水だからね。あとでうちの亭主にバカ長履かせて片付けさせるよ。その代わり、早いとこ新しい幟を持ってきてくりょうし」

「ありがとうございます」

秋津は深々と頭を下げた。

車に戻り、不快な気持ちを抱えたまま、スマートフォンでオフィスに一報を入れてから、アクセルを踏んだ。

あからさまな嫌がらせである。そんなことをどうしてするのか。

おとなしく暮らしてきたうちはよかった。それがこうして自己主張をしようとすると、思いがけないカウンターを食らう。それも多くが見知らぬ第三者からだ。

出る杭は打たれるという言葉が、嫌でも脳裡に浮かぶ。

箕輪新町に入り、少し迷ったが、〈功刀林業〉の看板を見つけた。

砂利が敷かれた駐車スペースにフィアットを乗り入れ、停めると、ちょうどガラス扉が開いて、清二郎本人が出てきたところだった。大柄で、鍛え抜かれたような体軀《たいく》だとすぐにわかる。

訝《いぶか》しげな顔でこっちを見ているので、ドアを開き、車外に出て頭を下げる。

「急なことですみません。秋津と申します」

名乗ったとたん、功刀清二郎がふいに破顔したのでびっくりした。

「よく来たな、あんた」

いかついゴリラが笑ったように思えた。

「あの……」

「いいから、うちに入れや。茶でも飲んでいけし」

そういってくるりと背を向けた。

秋津は仕方なくあとに続いた。

木っ端や鋸屑《のこぎりくず》、鉋屑《かんな》が散らばった土間に、木工製品らしいテーブルが置かれていて、そこに丸太を切って立てただけの椅子がいくつか。清二郎はそこに座り、入ってきた秋津を手招きした。秋津はためらいがちに、丸太椅子のひとつに座った。

清二郎が緑茶を淹れた湯呑みをふたつ持ってきた。

「憶えとるよ。温泉で会ったろ」

だしぬけにいわれ、秋津は頭を下げた。

「あのときはご挨拶も出来ませんで」

秋津は店の名刺を差し出した。

それから、〈ヴィレッジ〉の井戸水の顚末、今度の選挙で門倉を応援していることなどを簡単にまとめて話した。それを清二郎は黙って聞いていた。

ふいにフッと笑みを浮かべた。

「俺は政治のことはよくわからんだが、今の市長は嫌《きれ》えだな。それで、俺にも門倉っての に票を入れてくれつうこんだな」

「いいえ。今回、こうしてお訪ねしたのはお風呂で話されていた件です。水企業に買われた山や森の話をされてましたよね」

「あいつらはな、典型的な地元民だよ」

いわれて驚いた。

「ま。俺だってそうだ。だども、あいつらにいわせりゃ、変わりもんだ。学もねえ、キャリアもねえ。だから、必死に自分で勉強した。それでいろいろと学んできたつうこんだな。

だども、あいつらと違ってここらの山のことはよくわかってるつもりだ」

清二郎はゴツい顔で秋津を見て、ニヤッと笑った。それから自分の湯呑みをすすった。

「あんたな、ここらの山を歩いたことはあるか？」

だしぬけにいわれて驚いた。

「ええ。八ヶ岳や甲斐駒とか、それに日向山《ひなたやま》だって何度か登りましたけど」

「そうじゃねえ」

清二郎は少し鼻に皺を寄せた。「この町の周りにある名もなき山だよ」

「いいえ」

「だから都会もんはだめだっつうだ。有名どころの山ばかり行って、山を知ったかぶりするからな。やれ日本百名山だ、山梨百名山だっつうてブランドばかりを追っかけて、そんなところのてっぺんに立っては悦に入って、いっぱしに山をわかってるつもりでいるだから、ちゃんちゃらおかしいっつうだ」

秋津はあっけにとられた顔で清二郎を見つめた。

突然、清二郎が立ち上がり、土間に直接置かれたラックの抽斗《ひきだし》を開き、何かを取り出した。国土地理院発行の二万五千分の一の地図だった。それをテーブルの上に広げると、八ヶ岳の南麓付近が表示されている。

「俺らが住んでる町がここらで、この後ろが全部山だ。この山の半分以上が国立公園になっとるが、その周辺にはそれぞれ地権者がいる。が、そのうちの半分以上が山の土地を手放して、いくつかの水企業が持ち主になってる」

清二郎の太くてゴツい指が地図をなぞるのを、秋津は思わず見つめた。

「——この辺りの土地のほとんどを〈シェリダン〉が買い占めてる」

「どうして簡単に山を手放すんですか」

「林業に活気があった頃はまだしも、今は落ち目もいいところだ。親やその前の代ぐれえまでなら山に価値があったかもしれんが、今の衆は興味もねえ。ただ、毎年のように税金を取られるし、代替わりとなりゃ、相続税まで持って行かれてお荷物になってるだけだ。ほっときゃ山は荒れるだから、管理費用だって莫迦にならねえ。そこに来て目の前に札束積まれたら、そりゃあ手放すさ。税金は払わなくていいし、大金も転がり込んでくる。水企業にとって、ここらの山は大きな財産だからな」

「テレビのコマーシャルや広報などでは、大々的に水源の森や山の自然保全をしているということでしたが」

「保全つうのは、ちゃんと手入れをするつうことだ」

そういって清二郎はニコリともせずに秋津の顔を見てから、また地図に目を落とす。

「森や林は、人の手がしっかり入れれば生きてくる。草木が元気になるし、動物も住みやすくなって、里に下りて悪いことをしたりしねえようになるだよ。だども、ここのところの獣害はひでえもんだろ」

秋津は頷いた。「あちこちで話には聞いてますが」

「あいつらのいう保全つうのはうわべだけだよ。観光客などの人目につくところだけはきちんと森を整備して、見てくれをよくしてるがな。ちょっと入れば荒れ放題よ。本当の水源の森というのは、ずっと奥にあるもんだ。人の目に触れねえところで、水は一滴から生まれてるだよ。それが石清水《いわしみず》になり、沢になり、川になって海に流れる。地面のずっと深いところに蓄えられて地下水となる」

秋津は目の前に置かれて湯気を立てる湯呑みを見つめていた。

人間の成人の身体の六十パーセントは水でできているといわれる。清二郎がいう最初の一滴から作り出された水が、我々の肉体も維持している。つまり人間の身体そのものが自然の一部なのだということだ。

そんなことを思っていると、清二郎がふいにいった。

「あいつらにとって水は、つまり金なんだな。儲けの対象でしかねえんだ。だから、森や山を大事にしない。自分らで囲い込んで、自分らのものにして、独占してるだけだ」

「いったい、彼らは何をしてるんですか」

清二郎はギロッとした目で秋津を見た。

「あんた。山をやるなら、いっしょに来るだかね」

「え」

ふいに、大きな真っ黒に焼けた顔に白い歯を見せて笑う。

「自分の目で見てみりゃええだ。俺が案内してやるから」

そういってグローブのように大きな手で、秋津の肩を乱暴に叩いた。

11

〈チーム門倉〉のオフィスは、重たい空気に充ちていた。

その日の五時過ぎになって門倉は戻ってきた。片手に大きな紙袋を持っていた。

スタッフたちの顔を見て、それから事務机に座っていた秋津に声をかけた。

「ご迷惑をおかけしました」

門倉が頭を下げるので、秋津は立ち上がって首を横に振る。「迷惑だなんて、とんでもない。あなたのせいじゃないんですから。ただ、これはゆゆしき事態ですし、こうしたことが今後も続くようでしたら、やはり警察に相談するしかないかと思います」

秋津の隣の机に理沙子が座っていた。

ノートパソコンを開いて、撮影した写真の調整をフォトショップで行っていたが、門倉が戻ってくると、電源を落とした。

門倉の専用デスクには、市内の各地から回収してきた中傷ビラや匿名の手紙、ハガキなどが置かれている。傍に立ったまま、門倉はそれらを手にとってはじっと見つめた。

「ひどいことが書かれてますね」

若いスタッフの高崎がいった。「門倉さんが過去に女性タレントとスキャンダルになっていたとか、大きな負債を抱えて会社をつぶしているとか……」

「でも、こんな露骨な妨害工作が始まるっていうことは、あちらの陣営が焦ってきたっていう証拠じゃないかしら」

そういった理沙子を見て、秋津が頷く。

「逆転とまではいかないにせよ、少しずつ門倉さんの人気が高まってきたことはたしかなようです。先日の決起集会もそうだったけど、案外と移住者、新住民だけじゃなく、もともとここに住んでいた人たちがちょっとずつ門倉さんに興味を持ってきたと思います」

門倉が、ふっと相好を崩す。

「そういっていただけると救われた気持ちです」

「また、何かあったときはどうしたらいいんですか」

高崎がいった。「電話なら録音できるけど、直に押しかけてこられたりしたら……」

少し怯えたような表情だ。

「門倉さんだって、どこかで襲われたりするかも」

木原が怯えた表情でいった。

「さすがにそこまで露骨なことはしないでしょう。あくまでも匿名で、自分たちの正体がわからないように、水面下から姑息に仕掛けてくるだけだと思います」

門倉はそういってから、少し眉根を寄せた。「ですが、念のためということもありますし、こちらもただ被害を受けるばかりではいけないし、明日にでも警察に相談にいってきます。それから不審な行為をする人や怪しい車などを見たら、デジカメで撮影しておいてください」

「それにしても、どういう人たちがこんなことをするのかしら」

理沙子がそういった。

「昔から利権が絡むと、どうしてもこの手のトラブルが増えてくるんです。白井市長と関係のある企業とか支持者だと思います。自分たちの既得権益や立場を守ろうとして、さまざまな圧力をかけてくるわけですが、この選挙は全国的に注目されつつあるから、暴力などの直接的な行為に出てくることはないと思います。が、そのぶんネチネチと嫌がらせで精神的に追いつめようとするんでしょうね」

秋津は先日、温泉であった出来事を思い出していた。

真琴が運営しているブログを読んだ地元の男たちが、嫌みったらしく話し合っていた。あれは門倉に対してではなく、水企業に抗議している秋津たちへの反感だったが、おそらく根っこは同じものだろう。

門倉はフッと笑みを浮かべた。

「我々の仲間が彼らに対して同様のことをすることは絶対にない。ということは、正義はどちら側にあるか、明確になったということです」

「そうですね」

そういった高崎の顔がほころんでいた。

「さて、いよいよ告示の日も近づいてきました。明日、缶バッジとステッカーを二百ずつ、それから新しいデザインの幟が三百本ほど届くはずですので、みなさんは支持者の方々に声をかけて、市内各所にバッジやステッカーを配布、幟を立てるように動いていただけますか」

ふいに門倉がいったので、秋津は驚いた。

「また、新しい幟を立てるんですか？」

「市民の目をこっちに向けるためです。これまで立てていたのは政治活動としての漠然としたスローガンが書かれた幟でしたが、あの幟が我々の陣営が立てていることは、すでに多くの方々がご存じでしょう。幟というのはただ、立てて風にひるがえしているだけじゃダメなんです。変化が必要なんです」

「変化……」

秋津に向かって門倉は頷いた。

「日常、路上や家の前でひるがえっている幟が変わることで、みなさんはハッとそこに注目します。もちろん私の名を明記できたらいいんでしょうけど、選挙期間中でも候補者の名を明記すると公選法違反になりますからね。だから、新しいスローガンを打ち出し、〈チーム門倉〉が常に動き、進化しているというイメージを市民に与える。それは同時に、この市政の未来に向かっての変化を意味します。みなさんに夢を見ていただくのです」

「なるほど」

高崎がつぶやき、周囲のスタッフたちの顔に笑みがこぼれた。

「われわれが勝つには通常の選挙のやり方ではダメです。これまで白井市長に投票してきた人たちの意識をこっちに向けさせ、なおかつ選挙や投票に興味がなかった人々――移住者や若者といった浮動票を獲得する必要があります。市政に興味のない人たちの目を引く。そこが重要なんです」

門倉は持っていた紙袋の中からそれを取り出して広げた。

「これが最終デザインの幟です。選挙終了まで市内各地に立てます」

《市民ファースト　明日への希望をつなぐ》

人目を引く赤色の幟に白抜きの文字でそう記されていた。

「明日の午前は市内七カ所で街頭演説をする予定です。スタッフのみなさんは幟チームと演説応援チームに分かれていただきます」

門倉はそういってから、秋津をまた見た。「秋津さんたちは、午後のミニ集会の手配のほうをお願いします」

「すでに四カ所の地区で、後援会の支援者がそれぞれ場所の提供を申し出てくれてます」

秋津が報告すると彼は笑って頷く。

「じゃあ、さっそくそちらの段取りをよろしくお願いします」

それから門倉は真顔に戻る。「きっと勝ちますよ、この選挙」

その短い言葉に秋津は打たれた。

スタッフたちが拍手を送った。

12

〈カナディアン・ログ・ヴィレッジ〉への水道布設工事日が決まった。

ここに家を建てた七軒ぜんぶのオーナーの了承を得てから、一週間後だった。

工事を請け負うのはフクモト設備で、彼の依頼でもうひとつの設備業者が実務を担当することになった。

水道は〈ヴィレッジ〉からおよそ五十メートル離れた付近まで来ていたので、そこからパイプを繋いで延ばしてくることになる。

二十五ミリ管を五十メートル埋設するだけで、約二百五十万円の工事費用がかかる。さらにそこから分管して七軒の家庭にそれぞれ配管する工事も必要となり、ほぼ二百八十万円の見積が出された。

さいわい〈八ヶ岳ホームズ〉が当初、費用の三分の一しか負担できないといっていたのを、木内社長が半額持つといってくれたおかげで、住民たちの負担がかなり減ったことはよかった。

工事費用の残り半額の百四十万円を七軒で公平に分担するとして、単純に割って一軒あたり二十万円となる。それでもかなりの額だが、ここで困ったことが起こった。

秋津たち住人はともかく、いつも〈ヴィレッジ〉にいるわけではない二軒の住人が、工事費用の均等割は不公平だと抗議してきたのである。

その二軒は別荘としてログハウスを建てていた。つまり土日とか連休中にやってきて、ここで暫定的に生活をしていた。当然、水の使用量は定住者に比べるとかなり少なくなる。だから均等割案には納得できないというわけだ。

週末になって二軒の別荘の持ち主が、それぞれ東京と横浜からやってくることになり、話し合いの場を持つことにした。

秋津の店に彼らがやってきたのは、土曜日の午後である。

別荘のオーナーのひとりは、横浜で工業デザイナーをやっている谷岡道晃《たにおかみちあき》と、もうひとりは都内大田区在住で芸能プロダクション社長の住田志津子《すみたしづこ》。どちらも四十代後半だった。

谷岡は細面で眼鏡をかけた、いかにもインテリっぽい風貌で、住田は小太りで化粧の濃い女性。生き馬の目を抜くような芸能界を生き抜いてきただけあって、いかにもやり手といった感じだった。

秋津夫妻とマッケンジー理沙子がふたりに応対した。

「秋津さんがおっしゃる水利権という意味はよくわかるんですが、やはり私としては納得ができません。水道の使用量が我々とあなた方とではあまりに違いすぎます」

谷岡は書類の上でボールペンを苛立たしげにコツコツやりながらいった。「横浜の家では市営水道を引いていますが、使用量によって毎月の水道代が違ってくるのに、こっちではみなさんと同じ一律料金です。そこも納得がいかなかったのに、さらに水道の布設工事費まで均等割というのはいかがなものですかね」

「そもそも〈八ヶ岳ホームズ〉が決定した井戸水使用量の一律料金が、水利権という解釈に基づいているんです。これは契約書にも明記されているからおわかりかと思いますが、各家庭への配管の口径に差があるならともかく、水はあくまでも全家屋に公平に分配されているんです。それをどういうかたちで使うかは個人の自由です。谷岡さんが今後、こちらに本格的に定住されることになるかもしれませんし、逆に私たちの誰かが別の場所に引っ越しをして、ここのログハウスを別荘にすることもあるかもしれない。つまり、どういう住み方をして、どういう水の使い方をするかは個人の問題だと思います」

「でもね、秋津さん」

住田がセルロイドの眼鏡越しに彼を見ながらいった。「これは〈八ヶ岳ホームズ〉さんにいうべきことかもしれないけど、やっぱり水道の使用状況も布設工事費も、各家庭の状況によって細かく区別されるべきだと思うの。たとえば別荘から定住に変わるときは、契約をし直すとか、そういう段取りがあってしかるべきじゃないかしら」

「別荘の方だから、水の使用量が少ないとはかぎらないと思うけど？」

そういったのは理沙子だった。

「どういうことです」

住田が視線を向けた。

「たとえば一昨年の冬、谷岡さんのお宅の水道管が破裂して、まるまるひと晩、水があふれてましたよね。朝、起きたら、隣接するうちの庭まで池みたいに冠水していて、もうそれは大変だったけど」

理沙子がいったことを秋津は思い出した。

二月に谷岡が〈ヴィレッジ〉に来て数日過ごし、帰るときにうっかり水道管の水抜き処理を忘れていたのだった。その日は午後からマイナス気温で、日が暮れるとともに水道管の中の水が凍結してパイプに亀裂が入り、水が噴出したのである。

翌朝、事態に気づいた理沙子の夫ダグラスが〈八ヶ岳ホームズ〉に連絡し、設備屋が飛んできて修理をし、事なきを得た。が、その間、かなりの量の水がダダ漏れし、水が止まるまで井戸のポンプがフル稼動していたため、電気代もずいぶんかかった。もっともその超過分の電気料金は〈八ヶ岳ホームズ〉が肩代わりをしてくれたのだが。

谷岡が少し顔を赤らめ、視線を泳がしていた。

「いや、そのせつはご迷惑をおかけしました」と、理沙子たちに頭を下げる。

隣に座る住田まで苦笑しているのに秋津は気づいた。

「ちょっと痛いところを突かれた感じね」

住田がそういい、谷岡が気まずそうな顔で口を引き結んでいる。

「そんなところでいかがでしょうか。水道工事の開始を延ばすわけにもいきませんし、おふたりには条件を呑んでいただき、一日も早く〈ヴィレッジ〉に水を引きたいと思うんですが」

別荘組のふたりはちらと目配せをし合い、それから頷いた。

渋々承知というかたちだが、意見統一はなされたわけだ。

「ところで秋津さんたちは、あの門倉達哉に肩入れしているそうね」

住田が突然、話題を変えてきた。

「そうですが？」と、秋津。

「こんなことをいったら失礼かもしれませんけど、私たちの業界ではあまりいい評判を聞かないんですよ」

「というとテレビとか……つまり芸能界での話ですか」

さすがに秋津が驚いて訊いた。

住田が頷く。

「十年ぐらい前かしら。レギュラーで出ていた番組が視聴率低迷で打ち切りが決まったとき、スポンサーの企業に取り入って局に圧力をかけたり、それでプロデューサーの首をすげ替えて番組をむりに続けさせたことがあったそうよ」

「まさか……」

秋津が言葉を失った。

「会社経営の手腕はともかく、ネゴシエーションのスキルは凄いって聞くけど、一方で人間関係にはかなりドライな人だっていう噂。実は前の奥様、自殺されたんですって。夫婦関係がうまくいかずにノイローゼだったそうよ」

「そんな」

真琴が身を乗り出すようにしていったので、秋津は妻の横顔を見た。

「――きっと何かの間違いです。そんな根も葉もない噂を流す人がいたんだと思います」

「ごめんなさい。何だか水を差すようなこといっちゃったわね」

住田がわざとらしく肩をすぼめ、コーヒーカップをとって少しすすった。

13

久々の山歩きだった。

それも登山道などではなく、まさに道なき道である。

秋枯れの山の斜面を、秋津は汗を流しながら登っていく。目の前には功刀清二郎の大きな後ろ姿がある。足許はスパイク付きの長靴。広い肩幅に厚い胸。背負った青いデイパックがやけに小さく見える。

林床に下生えはほとんどなく、落ちたばかりの枯葉が赤や黄色の斑模様の絨毯となって、どこまでも広がっていた。

ときおり遠い山から女の悲鳴のような声が届いてくる。

この土地に移住してきたばかりのときは、かなり気味が悪かったが、あれが発情期の牡ジカの遠吼えだということは、もうわかっている。秋が深まっていくにつれ、山奥から悲しげに聞こえてくるのである。

清二郎が軽トラを停めた場所から、十五分ぐらいだった。それなのに、もう二時間も森を歩いているような気がする。

足場の悪い森を、ときおり細い幹を摑んで身体を支えながら登る。

清二郎はどんな急傾斜も、いかにも山馴れした感じで、一定のテンポで歩いている。

気がつくと、ふたりは尾根筋に立っていた。

木の間越しに銀色の四角い、巨大な建築物が二棟、並んでいるのが見下ろせる。

〈シェリダン〉の工場だった。

大型のトレーラーが何台も出入りしているのが、遠くからうかがえた。

「その辺りだ」

清二郎が指差したので、秋津は見た。

まだ、息が上がっていたが、その異様な光景ははっきりと目に映った。

ゆるやかな斜面が広大なヒノキ林になっている。もちろん人間の手によって植林された場所だ。おそらく戦後の拡大造林政策のときに植えられた樹林帯だろう。その林床に伐採された樹木が大量に、それも無秩序に横たわっていた。

「これはどういうことですか」

呼吸を整えながら秋津が訊ねた。

「放置間伐つうやつだよ」

そう清二郎が答えた。「本来、間伐した木は森から運び出さなけりゃなんねえだ。それがこのていたらくだよ。こんな傾斜地だし、木材を運ぶ林道もねえ。だから伐ったたっきりにしとるんだな。たとえむりに運び出しても、こんなふうに荒れちもうた人工林の樹木は、ろくな木材にもならんだよ」

「だからこうして放置、ですか」

清二郎は頷いた。

「奴らは水源涵養林《かんようりん》つうとるだがね。こんなことしてちゃ、涵養も何もねえ」

秋津はあっけにとられた顔でその異様な光景を眺めた。

整然と立つヒノキ林。対照的にその林床に横たわり、積み上がった倒木の群れ。

「ここだけじゃねえ。〈シェリダン〉が土地のもんから買った山林は、ぜんぶ合わせたら二百町歩かそれ以上はあるんじゃねえかな」

「つまり、およそ二百ヘクタールということですか」

東京ドームの広さがおよそ五町という話を聞いたことがあるから、二百町歩といえばドームが四十はすっぽり入ることになる。それだけの面積の山林を〈シェリダン〉が地元民から買い取ったということか。

「自然の保全をスローガンにしてる企業だけんども、実態はこの有様だから仕方ねえだな。

もっともこうして汗水流して山に入るから見えてくることだ。ふつうの人間はまず知らねえこったよ」

水筒をあおりながら清二郎がそういった。

「どうしてこんなことに？」

タオルで汗を拭きながら秋津が訊いた。

「昔は子孫のために杉やヒノキを植林しただよ。木材に適した樹齢は最低でも五十年だからな。だから、必死になって山の木を伐採して苗を植えた。ところが、だ。木材輸入が自由化されて外材が入るようになると、国産の木材の需要がとんとなくなった。生産コストにくわえて人件費もかかるだからな。おかげで国内の自給率は二割まで落ち込んだ」

秋津は胸が痛んだ。自分の家のログハウスもアメリカから輸入したイエローパイン材だったからだ。国産材を使う方法もあったが、どうしても高く付いたのである。

「けっきょく、親やそのまた親が植えた杉もヒノキも、地主にとっては厄介なお荷物になったわけだ。せっかく高い税金を払って相続しても、使い道がねえ。そもそもあいつら、林業なんぞに興味もねえから、当然のように森の管理もしねえ。その結果がこれだ」

「林業の衰退というわけですか」

「そもそも国の制度も悪い。植林したらすぐに助成金がもらえる。だもんで、それを目当てに杉、ヒノキの苗を植えて、そのまま手入れもせずに放置だ。けっきょく枝打ちもせん、間伐もやらん。だから、こんな密集した暗い森になる。そうでなくて、植林して何十年かしてから、きちんと森の手入れがされているのを条件に助成金を出すべきなんだ。それをしんから、助成金目当ての放置林がどんどん増えてってただよ」

そういって清二郎は深く溜息を投げた。

「山林を持ってるだけで固定資産税がかかって毎年、国にふんだくられる。そりゃ、いやんなるだよ。そこに〈シェリダン〉みたいな企業が山林を買いたいつうてきたら、こりゃ渡りに船だ。ふたつ返事で飛びつくわけさ。だもんで、ここらの山の地主のほとんどが樹木ごと企業に売り払った。それこそ濡れ手に粟だったろうさな」

茫然とした面持ちで、秋津は殺伐とした森の光景に見入っていた。

企業は個人の地主から山を買う。おそらくそれはある種の地域貢献でもあっただろう。また、企業にとって工場の周囲を取り巻く山や森林を取得しておけば、自然保全というスローガンによるイメージアップにもつながる。

「水源涵養だったら広葉樹林にするべきなんだよ。今の時期みてえに秋の落葉で林床に枯葉がいっぱい溜まる。それが自然のダムになって雨水を蓄える。それが地下に染みこんで地下水になる。それがこったら荒れた人工林じゃ、何の意味もねえだな。雨が降ったら降っただけ斜面を流れるだけだ。そのうち木の根っこが露出して、地盤がゆるむ。テレビのニュースでやっとる大雨のときの土砂崩れは、たいていこんな荒れた人工林の斜面だ」

秋津はそれを思い出した。

まるで巨大なスコップでえぐったように、山の斜面が崩落して麓《ふもと》の民家を埋めていた。

「きちんと水源涵養をしんと、地下水ばかり汲み上げてちゃ、そのうちに地盤沈下だって起きるかもしれん」

それを聞いて、秋津は清二郎の岩のように硬くこわばった横顔を見つめた。

真っ黒に日焼けした皺だらけの顔の中で、切れたような細長い目が悲哀に充ちているのがわかった。

「なあ、あんた。もう一カ所、ちょっとつきあわんか」

「いいですが……」

答えを最後まで聞きもせず、清二郎が大きな背中を向けて歩き出した。

秋津は彼に続いた。

さらに一時間近く、ふたりは山を歩いた。

いちど林道に出てから少し登り、また林道を外れて道なき道をゆく。

だんだんと身体が山に馴れていくのがわかったが、やはり清二郎の足にはかなわない。少し距離が離れるたびに、彼は立ち止まって振り向き、秋津が追いついてくるのを待っている。そうして追いつくや、休ませもせずにまた歩き出す。

やがて急斜面となった。それがどこまでも続く。汗を拭きながら、秋津は清二郎のあとに続く。小休止のたびに秋津はデイパックからペットボトルのミネラルウォーターを取り出し、喉を鳴らして飲んだ。

遠くの山奥から、たびたびシカの発情期の声が聞こえてくる。

もうずいぶんと登ってきた気がする。

八ヶ岳最高峰の赤岳が、すぐ目の前に迫るように、巨大な岩稜をせり上げている。

やがて木の間越しに吹き下ろす風が、かすかな瀬音を運んできた。

急斜面を立木に摑まり、草を摑んで下りて行く。

そこに小さな沢があった。きれいな水が荒々しい岩を食《は》みながら飛沫《しぶき》を散らして流れている。その沢を跨《また》ぐようにして清二郎が無言で歩き続ける。秋津がそれを追った。

やがてその沢も細くなり、なくなってしまった。角の立った岩や石が重なるガレ場が続くばかりとなった。

しかし不思議だった。

どこからか水の匂いがするのである。風がそれを運んでくるのか、あるいは足許の地面の下を流れているのだろうか。

唐突に清二郎が足を止めて、かがみ込む。

「あれを見ちょうし」

いわれて秋津は注視した。

屹《き》り立った崖に挟まれた狭い空間があった。

急斜面に、緑の苔がびっしりと生えている。水を含んでしっとりと湿った苔が岩盤を覆っていた。

その岩から雫が落ちていた。ポタリポタリと一滴ずつ、下に重なった平石に落ちて、無数の小さな飛沫が跳ねている。

清二郎はデイパックを下ろし、中から金属製のマグカップを取り出した。それを持ってかがみ込むと、岩の亀裂から落ちる雫を受け止めた。

立ち上がってマグカップを差し出してきた。

「飲んでみるら？」

秋津は頷いて受け取った。

長い山歩きで喉が渇いていた。

マグカップの三分の一ほどたまったそれを飲んだ。

甘かった。目が覚めるようだった。

たちまちそれを飲み干した。

「どうだ」

むっつり顔で清二郎が訊いた。

「美味しいです。信じられないほど――」

マグカップを返しながら秋津がいった。清二郎が受け取り、自分のぶんを汲んで飲んだ。

「美味《うめ》えよなあ。身体に染み渡るみてえだ」

そういって手の甲で口許を拭った。

「これって……」

秋津がいいかけると、清二郎がこう答えた。

「琴石川の源流だ。いちばん最初の一滴がここで生まれるだよ」

琴石川は八ヶ岳南麓を流れる大きな川だった。町を貫いて、やがて釜無《かまなし》川という大河に注ぐ。ということは、〈カナディアン・ログ・ヴィレッジ〉を含む、彼らが住む地区一帯の水源だということだ。

「政府が法律を変えたの、あんた、知ってるけ？　全国の国有林を伐採したり販売したりする権利を民間業者に与えるつうだ」

秋津は思い出した。

たしか二年前、国有林野管理経営法の改正が成立し、施行されたという記事が新聞に載っていた。

「莫迦なことを考えるもんだよ。国産材はそれでなくても伐れば赤字になるつうこんで、今度は外資が入ってくるに決まってるら？　そしたら国内の森林資源は外国が好き勝手に伐って持って行ける。水道の民営化に続いて、こんなことまでやらかすんだから呆れ果てるだ。なんでまた、そんなこんを考えつくだかなあ」

秋津は神妙な顔のまま、心の中で同意をした。

「だども、さいわいなことにな、奴ら、ここまでは買い取れんかっただな」

奴らというのは水企業のことだろう。

「なぜですか」

「国立公園の中に入っとるからだ。さすがに奴らの手もそこまでは届かんかった」

秋津は水源を見つめながら頷いた。同じ国有林でも、国立公園の中の森林資源は自然公園法によって縛られているのだ。

「ここはな、聖域だと思うとるよ」

「聖域、ですか」

「水が生まれる場所。命が生まれる場所でもある」

その言葉を聞いて秋津の胸に何かが込み上げてきた。たまさか妻の真琴が立ち上げたブログ〈ウォーター・サンクチュアリ〉と同じ言葉だったからだ。

熱くなった目頭を指先で拭い、秋津はむりに笑った。

「清二郎さん。もう少し、いただけますか？」

彼は日焼けした岩のような顔を歪めて笑った。

「ええだよ。なんぼでも好きなだけ飲んでけし」

そういってマグカップを渡してくれた。

第三章

1

〈カナディアン・ログ・ヴィレッジ〉への水道の布設工事が終了した。

秋津の家でも、蛇口から水が出るようになった。

工事を担当したフクモト設備が、井戸と水道の水路切り替えをバルブふたつで行えるように作ってくれたのは良かった。いつかまた地下水の水位が復活して井戸水が汲み出せるようになったら、それを切り替えればいい。

水道の蛇口から水を出し、コップに汲んで真琴が口に含んだ。

「やっぱりこの味、どうしてもなじめないわ」

秋津も何度となく、水道水を飲んでみた。塩素消毒された独特の味には抵抗感があった。

東京にいた頃はいつもこんな水だったのに、こっちに移住してきて天然水を飲むようになって、すっかり身体がそっちに馴染んでいたのだ。

今朝から〈森のレストラン〉の営業を再開することになった。

が、この水をそのまま使うわけにはいかず、いったん浄水装置に通して臭い抜きをするしかなかった。それも市販の浄水器ではなく、業務用でなければならない。そのためまた出費がかさんだ。水道布設費用の分担金二十万円だけでもかなり痛かったが、やむを得ないことだった。

それまで契約していた警備会社の仕事は辞めた。

店の営業がまた順調になれば、これで生活を支えていける。

「〈シェリダン〉の担当さんはあれきり何もいってこないし、このまま逃げ切るつもりかしらね」

「きっとそうだろうな」

表の扉を開けて〈営業中〉の看板を表に出し、秋津は戻ってきた。

欠伸《あくび》が何度か立て続けに出た。

睡眠不足で眠かった。

野菜の皮むきとカット、シチューの下ごしらえやソース作りなどは、だいたい前の夜のうちにやっておくのだが、水の味が変わったということで、いろいろな手間がかかってしまった。とりわけ自家製のデミグラスソースが満足のいく味にならずに、何度も同じ手順をくり返すことになり、すっかり夜更かししてしまった。

「島本さんの小説、読んだ？」

いわれて秋津が頷いた。「うん。まだ、始まったばかりだけど、面白かったよ。自分たちの身に起こったこの出来事をうまくフィクションに取り入れてる。さすがにプロの作家だなって思った。やはり彼は彼なりのやり方を選んだんだね」

「私たちはどうする？」

「腹を決めたよ。最初は水企業に真っ向勝負を挑むつもりだった。でも、それは無益だとだんだんわかってきたんだよ。勝ち目がないってこともあるしね。だから何としても門倉さんに市長になってもらって、我々市民の立場になって行政改革を進めてもらう」

「ね。いつからそんな平和主義者になったの？」

秋津は苦笑した。

あれから、水企業との交渉は中断したかたちになっている。

もう彼らを相手取っての訴訟をするつもりはない。松井のアドバイスもあったが、やはり正面から勝負を挑んで大企業相手に勝てるはずがないし、リスクも大きすぎた。費用も時間も莫大にかかるだろう。それで確実に得られるものがあればいいが、まったく保証がない。

となれば、門倉が市長になるのを全面的に応援し、市政を変えていくしかない。

相手に戦いを挑むのではなく、制度そのものを変えることでトラブルを解決し、自分たちの生活を取り戻していく。それが秋津自身にふさわしい戦い方だと思えるようになってきたのだ。

ふいに彼は思い出した。

住田志津子の口から出たあの言葉——門倉達哉に関する悪い噂。

「あのことなら気にしなくていいんじゃない」

顔に出ていたらしい。傍らから妻にいわれ、秋津は我に返った。「そうだな。気にしないよ」

そうはいったものの、心の中の暗雲はなかなか消えてくれない。

噂とはいえ軽んじるわけにはいかない。下手に他で口走ってよそに洩れたりしたらたいへんなことになる。とりわけ市長側にしてみれば、対立候補の門倉の悪い噂だったら、喉から手が出るほどほしいだろう。

ドアのカウベルが鳴って、最初の客が入って来た。

「いらっしゃい」

秋津は挨拶して、驚いた。

山梨日報の樫尾だったからだ。よれよれのスラックスに肘まで袖まくりをしたワイシャツ。ゆるめたネクタイに無精髭。

「コーヒー、ブラックで」

そういって彼は窓際の席に座ってメモ帳をあわただしくめくり始めた。

真琴が肩をすぼめて笑い、冷蔵庫から取り出したコーヒー豆を電動ミルに入れてスイッチを押した。

秋津は彼の席の向かいに座った。

「あれから何か進展は？」

樫尾が顔を上げた。「水問題か。それとも市長選のほう？」

「どっちもだよ」

「というか、あんたらにとってはどちらも根っこは同じなんだろ」

そういって樫尾が口角を吊り上げて笑う。が、ふっとその笑みが消えた。

「どうもな、ここんとこ市長選がきな臭くなってきた」

「なんだよ、それって」

「白井市長側がだんだんと劣勢になってきたって噂がある。最初は根も葉もないことだと思ってたんだがな。どうも本当らしい。というのも、彼のバックボーンだった市内の建設業界がいっせいにそっぽを向き始めたってんだ」

「どういうことだ」

「ご存じの通り、これまで市長は市内の土建屋にベッタリで、自分とこの血縁関係の会社を中心にいろいろ裏でやってきた。工事発注の内訳をこっそり洩らして優先落札させたり、その企業が落札できるように工事の条件をわざと変えてみたり。まあ、いろんな悪いことをしてきたおかげで、汚職の噂が広まってたんだ」

「まさに悪事千里を走る、だな」

そういって秋津が笑う。

「――長年そういうことをやってきてると、さすがにあちこちから監視の目が集まるようになって、市長もそれまでの汚職をやりづらくなってきた。市長の片腕だった保守会派の議員が些細な賄賂を受け取って捕まったりしたからな。まあ、そうしたことで、いっちゃえば不正入札があまりないクリーンな公共事業が増えてきたわけだが、そうなるとつむじを曲げるのは土建業界だわな」

樫尾はわざとらしく肩を持ち上げてみせる。

「しかも長引く不況もあって、なかなか経済が活性化しない、世知辛い世の中だ。せっかく会社単位で動いて組織票を出しても、思ったほど見返りがない」

「なるほど」

「今までの選挙じゃ、たしかに建設や土建、運送会社などを中心とした業界の組織票が大量に動いて市長や取り巻きの市会議員を持ち上げてきたわけだが、だんだんとそのバランスが崩れてきたらしい。そこに来て新参の門倉さんがうまくやってるもんだから、そっちに乗り換える業者もだんだんと増えてきたっていう噂だ」

秋津は驚いた。

土建業界などが門倉側につき始めた。そんな話は、〈チーム門倉〉のオフィスに出入りしている秋津の耳にも入ったことがなかった。

「まあ、いわば白井市長のオウンゴールみたいなもんだが、おかげでこの選挙、ずいぶんと面白くなってきたよ。おいそれと記事にできることじゃないけどさ」

真琴がコーヒーを運んできて、彼の前に置いた。

「それで樫尾さんはどっちが勝つと予想してるの？」

秋津の隣に彼女が座っていった。

「さあなあ。まだ、どっこいどっこいだと思うが、この調子だと逆転もありかな」

樫尾はボールペンを器用に指の間でクルクル回しながらいった。「門倉達哉はもともと国内外のいろんな企業に顔が利く立場だったから、あちこちから資金を引っ張ってきてるって噂だ」

「でも、企業団体献金は法律で禁止でしょ？」

「もちろん政治資金規正法違反になるから、あくまでも個人名義での献金だと思う。年間百五十万円までという制限があるが、複数となればかなりの資金源だよな。それにくわえて地元の組織票が門倉に流れてくるとしたらどうなるか。これまで企業が後ろ盾だった白井市長は、以前のような威勢をなくしつつある。はっきりとグラフやデータとかで描けるわけじゃないけど、何となくそんな構図が見えてるんだ」

門倉はジャーナリスト、タレントとして知られた人物だが、内外のいくつかの企業の大株主であり、また実業家としての一面もある。

「まあ、〈シェリダン〉のような巨大企業に楯突けるほどの実力は、まださすがにないと思うがな。それでもいろいろと伝手《つて》も持ってるし、注目株の人物であることはたしかだ。これでもし地方とはいえ市長になるようなことがあれば、いろいろな常識がひっくり返ることになるかもしれない」

「市長派の連中が焦ってる様子が見えるみたいだな」

秋津がいうと、真琴が彼を見た。

「最近の執拗な嫌がらせはそのためかしら」

「嫌がらせって？」

樫尾が眉をひそめて訊いた。

「〈チーム門倉〉のオフィスに無言電話やあからさまな脅迫電話が入るんだ。市内のあちこちに立てた幟が抜いて捨てられていたり、根も葉もないことを書かれた中傷ビラがポストインされたり。先日はうちの車のタイヤが切られて空気が抜かれてた」

「それは酷いな。警察には？」

「門倉さん自身が八ヶ岳署や山梨県警にもかけあってくれた。が、どうも警察は積極的に動こうとしないみたいだな」

「それは白井のバックが保守政党だからだ。警察といってもけっきょくは権力には弱い。というか、もともと警察という組織は権力の傘下にあるものだからな」

「やっぱりそうなんだ」

「何年もサツ回りをやってたから、そのへんはよくわかってる」

樫尾はまたニヤリと笑う。「しかし、おっしゃるとおり、白井陣営はかなり焦ってるんだろうな。面白くなってきたじゃないか」

「門倉さんが内外の企業と懇意だっていってたけど、それって調べられないかな」

ふいに秋津がいったので、樫尾は少し驚いた顔になる。

「そりゃ、あれこれ伝手を辿れば何とかなるだろうが、どうしてだ？　あんたらだって〈チーム門倉〉のスタッフなんだろ？」

「いや……個人的な好奇心だよ」

そういって秋津は笑ってごまかした。

真琴の視線が横から刺さるようだ。

そのとき、入り口のカウベルが鳴って客たちが入って来た。

登山服姿の中年女性が三名。

「いらっしゃい」

秋津はそういって椅子を引き、立ち上がった。

2

八ヶ岳市長選挙の告示日が、いよいよ明日になった。

それまでの政治活動期間が終了して選挙活動期間に切り替わる。〈チーム門倉〉のオフィスは、明日から正式に門倉達哉候補の選挙事務所という呼称に変わることになる。

立候補届出の受付は午前八時半から。その時間には確実に選挙管理委員会に出向き、必要書類の提出ができるように、すべて準備万端に整えておかねばならない。

また告示日と同時にスタートする選挙週間からの選挙運動のスケジュールも完璧にする。選挙期間に入ると、これまでのようなチラシの配布などはできなくなるため、残ったチラシやパンフ、缶バッジ、カーステッカーなどはスタッフたちがすべて集めて段ボール箱などに収容する。

さらに告示日の朝には市内すべての掲示板に門倉の選挙ポスターを貼らねばならない。これが少しでも遅れると、「あの候補はスタートが遅くてダメだ」とか「だらしがないのかもしれない」などといった印象を市民に与えてしまうため、とにかく迅速にてきぱきと要領よくポスター貼りをする必要がある。

もちろん〈チーム門倉〉のスタッフだけでは人員不足なので、その家族や友人知己に頼んだり、あらゆる伝手を使ってできるだけ大勢の人数でポスター貼りをする。

もうひとつ選挙運動中にできることは、選挙ハガキの発送である。

印刷代は門倉の負担となるが、公選法で配達の送料は無料でできることになっている。これを作成した有権者たちの名簿のリストにそって宛名書きをしていく。有権者の自宅に直接、ポストインすると違反になるため、あくまでもすべて郵送である。

市内の協力者たちに委託する選挙ハガキも、直接の投函ではなく、いったん門倉の選挙事務所にまとめて送ってから、事務所自体が差出人として郵送する決まりだ。

たすきや白手袋、拡声器、そして街宣車すなわち選挙カーの手配はすでに終了して、明日を待つばかりとなっていた。

最後に届いたのが必勝ダルマで、かなり大きなものが選挙事務所に届けられ、秋津たちもさすがに驚いた。

午前十時になって門倉が事務所に姿を現す。彼の妻、美和子が続いて入って来た。

スタッフたちは拍手で彼らを迎えた。

門倉はいつものベージュのスーツ。美和子は黒のスーツにタイトスカート。ショートカットの髪型と洗練されたファッションがよく似合っていた。

「みなさん。いよいよ明日から選挙戦に突入します」

門倉は窓際のホワイトボードの横に立ち、よく通る声で話し始めた。

美和子が傍に並んで立ち、少し俯きがちに目を伏せている。

「みなさんはこれまで、本当によく頑張ってくださいました。おかげさまで予想以上に市民の方たちの目が私たち〈チーム門倉〉に注がれるようになった気がしています。みなさんの地道な活動が少しずつ根を生やし、芽を吹いて、これから大きく育っていくのが見えるようです」

ふいに門倉は表情を変えた。

かすかに眉をひそめて、口を引き結ぶ。

「とはいえ、順風満帆だったわけではありません。これまで何度か我々に対するあからさまな妨害活動もあり、みなさんはとても不安だったと思います。そんな逆風の中で、歯を食いしばってこんな私のために尽力してくださったことを、これから先もずっと忘れることはありません」

門倉の目は少し潤んでいるように見えた。

隣に立つ妻の美和子は指先で目頭を拭っていた。

「泣いても笑ってもあと一週間です。一週間後に我々の努力の結果が、すべての答えが出ます。とにかくあと一週間、ぜひみなさん、私とともに最後まで頑張って戦ってください。よろしくお願いします」

そういって門倉が深々と頭を下げた。美和子もそれに従った。

スタッフたちは立ち上がり、拍手を送った。

秋津と真琴、そして理沙子も立ち、門倉夫妻に向かって手を叩き続けた。


その夜、店の明かりを点けて、秋津と真琴はテーブルに向かい合って座っていた。ふたりの前にはウイスキーの入ったグラスがある。秋津はオン・ザ・ロック。真琴はソーダ割り。食事はすんでいるので乾き物のつまみとして、ミックスナッツが平皿にある。

氷の入ったチェイサーの水は、保管していたペットボトルのミネラルウォーターだった。水道水が使えるようになったからといって、捨てたり処分するわけにはいかない。未開封なら二年以上の保管が利くから、地下室の片隅に段ボール箱に入れたまま置いておくことにした。

何かあったときのために、水を保存しておくことは必要だ。

秋津たちは今回の事件を通し、身をもってそのことを知ったのだった。

時刻は午後十一時になろうとしていた。

翔太はとっくに自室で眠っているが、秋津たちは目が冴えていた。

「私たちだけでこうしてクヨクヨ考えてても仕方ないと思う」

頬杖を突きながら真琴がいった。「あくまでも人伝《ひとづ》ての情報なんだから、真に受けないっていうのはどう？」

「うん」

秋津がそういうと、真琴が吹き出した。

「あなた、さっきからうんばかりよ」

「うん……？」

彼女の顔を見つめ、秋津も肩を揺すって笑う。「そうか」

「噂の中には多少の真実もあるかもしれない。けどね、人間は誰だって悪い部分があるじゃない。それを気にしていたら誰ともつきあえなくなるわ」

「そうだね」

「それにしても市内の土建関連会社が次々と白井市長にそっぽを向いているって本当なのかしら」

「樫尾さんがいってんだから間違いないと思う。ただ、これまでの見返りが少なかったからっていう理由がどうもピンと来ない」

「そうね。選挙ってギャンブルみたいなものだから、当たり外れがあるのは当然だし、土建屋さんたちもそこはよくわかってるはずよね」

秋津はグラスを飲み干した。氷がカランと音を立てる。

真琴もソーダ割りを飲んで空のグラスをテーブルに置いた。

「あなたのも作ってこようか？」

「いいよ。俺が作ってくる」

そういって秋津は妻のものといっしょにグラスをとって立ち上がる。「お互い、今夜は飲み過ぎみたいだ。これで最後にしようか」

「そうね。明日は早起きしなきゃいけないし」

厨房に入り、対面式の流し台の前に立った。

蛇口の栓に手をかけて、ふとじっとそれを見つめる。

ゆっくりと栓を回してみた。

当然のように水が出てくる。栓を絞れば水流が細くなる。開放すれば全開になって出てくる。これまでずっと、これが当たり前だと思っていた。そんな常識が、水がなくなるだけで根本的に変わってくる。日常が非日常となってしまう。

あれからひんぱんに夢に見た。

ここに立って水道の栓をひねる。蛇口から出ていた水がすうっと細くなり、やがて途切れてしまう。何度、栓をひねっても出てこない。

あるいは真っ茶色に濁った水、それも悪臭をともなう水が蛇口から出てくる。ヘドロのような臭いを放っていたり、墨汁のように真っ黒な水が出ることもあった。

そんな悪夢を何度見て、寝汗をかいて起きたことだろうか。

黙って栓を絞った。

ポタポタと蛇口の先から滴が落ちている。それが途切れた。

清二郎とふたりで行ったあの源流を思い出した。

苔むした岩から、一滴また一滴と落ちる水――。

――俊介さん？

テーブルから妻の声がして、彼は少し笑った。

氷をシンクに落とし、ふたつのグラスを洗ってから、冷蔵庫のドアを開ける。ウイスキーのオン・ザ・ロックとソーダ割りを作り、テーブルに持って戻る。

妻の前にグラスを置いた。

「ありがとう」

ひと口飲んでから、彼女がいった。

「実はちょっとネットとかで調べてみたの。門倉さんの醜聞はたしかにあったわ」

「ほう。どんな？」

「たしかにいろんな女性との浮いた話は、星の数ほどあったみたい。それと彼が持っていた会社に関して、インサイダー取引の疑いで東京地検が動いて起訴寸前まで行ったけど、明確な証拠が出てこなくて参考人聴取で終わったそうよ」

「それは知ってる。あの頃、ニュースでさかんにやってたし、新聞にも記事があったね」

「〈ストアハウス〉っていう会社の名前、日本語にすると〝倉〟っていう意味なのね」

「そうか」

秋津がフッと笑った。「門倉の〝倉〟か」

3

〝門倉達哉、門倉達哉をよろしくお願いします！〟

選挙カーの車内。開け放した車窓からマッケンジー理沙子が白手袋を振って声を放っている。彼女がウグイス嬢を申し出たのは意外だったが、よく通る透き通った声なのでうってつけだった。

若い頃、横浜のミニFM局でパーソナリティをしていたことがあるそうだ。

選挙カーつまり街宣車はレンタルではなく、門倉自身が購入したものだった。車種はトヨタ・ハイエース。ルーフの上には門倉の名を記した長方形のパネルが取り付けられ、前後には大きなスピーカー。中央にはルーフに登って演説ができるようステージが作られている。

選挙週間の初日は日曜日。

よく晴れた気持ちのいい朝だった。

スタッフ二名が立候補の届け出をすませ、クジを引いて届出順を決めた。結果は一番で、それがそのままポスターの掲示板の指定位置となる。スタッフのひとりからその報告の電話が事務所に飛び込んでくると、市内各所の掲示板の前で待ちかまえていたポスター貼り要員たちにグループＬＩＮＥでその番号を知らせる。

事務所の壁には市内の大きな地図があり、各地からポスター貼りが終わったという連絡が届き次第、スタッフたちがそこにシールを貼っていく。

それがすべて終わった頃には、門倉は出発準備を終えていた。

届け出に行ったスタッフたちが戻ってくると、標旗《ひょうき》や腕章といったいわゆる七つ道具が配布される。

門倉本人は高級スーツの上からたすきを掛け、鏡の前で何度も衣服を整えている。

午前九時半になると、選挙事務所前で出陣式を行った。門倉がマイクを取って簡単なスピーチをしたあと、全員で拳を振り上げて景気づけをする。

そしていよいよ選挙カーが出発した。

運転手はクマさんこと隈井だった。

真琴が応援スタッフとして選挙に参加してくれないかと誘うと、彼はすぐに引き受けてくれたのだった。

助手席にはナビゲーター兼交代要員の秋津。すぐ後ろの席に門倉候補と妻の美和子。さらにその後ろの席にウグイス嬢の理沙子と真琴が座っていた。

〝八ヶ岳市長選挙に立候補しました門倉達哉です！　門倉をよろしくお願いします〟

ルーフのスピーカーからの声が秋深まる八ヶ岳南麓に流れている。

秋津は前もって地図に書き込んだルートをクマさんに指示しながら、選挙カーの周囲の反応を見ている。手を振ったり声援をくれる人もいれば、あからさまな嫌悪の顔を向けられることもある。

昔から選挙カーの騒音が嫌われているのはたしかな事実である。

この日は、比較的早足で市内ほとんどのエリアを回った。

各地区の市民たちの反応を見るためだったが、思った以上に選挙カーに声をかけたり手を振ってくれる人々が多く、初日の成果としてはまずまずだった。

秋津たちは初めてのことで緊張もあったが、満足した気分で帰宅することができた。

二日目の月曜日、昨日と同じ時刻に選挙カーは事務所前を出発した。

選挙カーはスケジュール表通りに運行し、本日最初の遊説予定地である長坂のショッピングモールに到着。あらかじめ店長からは許可を得ていたが、これから演説を行いますという連絡をするため、秋津と真琴が店の事務所に顔を出した。

店長からの許可が出て、門倉に知らせに店を出ると、すでにたすきを掛けた本人の周囲に大勢の人が集まっていた。握手を求めてくる中年女性などもいて、門倉は笑顔で手を握っている。

「驚いた。凄い人気じゃない」

真琴がつぶやいた。

ウグイス嬢をやっていた理沙子がマイクを握って門倉を紹介すると、群衆の間から拍手が起こった。門倉にマイクが渡され、彼の話が始まると、モールから出てきた人たちが次々と周囲に集まってくる。

演説の合間に拍手。呼応の合いの手も入る。

門倉は相変わらず淀みのない流暢な話しぶりで政策を披露していった。

秋津にとっての心配の種は例の妨害工作だったが、さすがにこのような公衆の面前でそれが実行されることはないだろうと思った。実際にスピーチは無事に終わり、門倉の選挙カーは大勢の拍手に見送られてモールの駐車場を出発する。

十二月になったというのに、まだ寒さはさほどなかった。

おかげで窓を開けて走る選挙カーの車内でも着込まなくてすむ。

選挙週間になって門倉は新しいスタッフジャンパーを用意してくれた。今度は彼の顔のイラストだけではなく、《TEAM　KADOKURA》と背中に大きく明記されている。胸のイラストの下にも同じ文字が小さく入っている。準備期間中は候補者の名を掲げることができないため、イラストだけだったのだ。

色も黄色から派手なオレンジになり、周囲からもかなり目立つ。

秋津は最初、着るのに抵抗を感じたが、着用してみると意外にしっくりとくる。寒ければジッパーをめいっぱい上げればいいが、温暖な十二月ゆえに必要はなかった。

八ヶ岳南麓を西に向かって走る。

やがて左手に大きくフェンスで囲まれた工事現場が見えてきた。

フェンスの中では、巨大な真四角の建築物が建設されつつある。出入り口からは工事車両が出入りしているようだ。秋津は地図を広げてみる。もともと広大な果樹園があった場所のようだ。

「ああ、ここだったんだ」

ステアリングを握りながらクマさんがいう。

「ここって？」と、助手席から秋津が訊ねた。

「〈ナチュラル・ボトリング〉が新工場を建設するって新聞に載ってたんだよ。もともと釜無川の反対側に工場を作ってたけど、一気に生産ラインを増大させるってんで新工場を作るんだそうだ」

「白州《はくしゅう》にある〈アスカ飲料〉も、工場の隣に新しく土地を買ってミネラルウォーター工場を新設したばかりじゃないか。それに〈シェリダン〉も業務拡張をして生産ラインを大幅にアップするっていうし」

「来年辺りから、さらに二社ほどが、ここらに水工場を作るって計画も持ち上がってるようだよ。それだけじゃない。外国の企業も当然のようにここを狙ってるって話だよ。とりわけ中国からひんぱんにここを視察に来てるっていうしね。そのうち、どこもかしこも水企業だらけになって、地下水がなくなってしまうよね」

クマさんがそういって悲しげに笑った。

「みなさんのところの新しい水道はいかがですか？」

後ろから門倉が声をかけてきた。

秋津は振り向き、いった。「やっぱり井戸水を飲み慣れていると、どうも消毒された水にはなじめないんです。うちは店をやってるから、いったん浄水器を通したり、けっきょくボトルウォーターの水を使ったりしてますよ」

「根本的な解決に至るのは難しいんですね」

門倉は気の毒そうな顔でそういう。「やはり何らかのかたちで地下水の揚水規制をしないといけません。条例を作って各企業に遵守してもらうしかないと思います」

「知り合いの新聞記者の話だと、白井市長とここの水企業の間で密約のようなものがあるそうです。地下水の適正利用のために水企業五社との協議会を立ち上げているのに、それがまったく機能してないことはたしかです。ミネラルウォーター税をとらなかった代わりに、市長との間に何らかの談合があったんじゃないかって」

秋津がいったとき、携帯電話の音がした。

最後尾のシートに座る真琴だった。

「ごめんなさい。ちょっと失礼」

そういって彼女はスマートフォンを取り出し、小声で話し始めた。

「いまのところ、協議会がやっているのは観測井戸の水位測定だけです。しかし、それだけじゃ不充分なんです。地下水の水路というのは複雑だし、たかが何カ所かで水位を測るだけでは実態がわからない。むしろ、それを企業の大量揚水を正当化するためのカムフラージュにされてるかもしれません」

秋津がいったとき、後部シートから真琴が声をかけてきた。

「俊介さん。翔太の学校から電話なの」

彼は驚いた。「どうした？」

「翔太が校舎の階段から落ちて怪我をしたんですって。今、保健室にいるから迎えにいかなきゃいけないの」

秋津は声を失った。

「隈井さん、すぐに八ヶ岳小学校に向かってください」

門倉がいったので秋津が驚く。「いいんですか？」

「当然です。選挙も大事ですが、何よりもお子さんのことが心配ですから」

クマさんが焦り顔で秋津を見た。

秋津が頷く。

彼はいったん道路の退避スペースに選挙カーを入れ、切り返した。逆方向に向かって選挙カーが走り始める。白手袋を車外に振りながら門倉の名前を連呼していた理沙子の声も、いつしか止まっていた。

「すみません。私たちのために」

真琴が後ろの席からそういった。門倉は表情を変えずにこういった。

「秋津さんたちを学校に送ったら、交代要員が必要ですね。それから秋津さんたちおふたりの足も必要です。すぐに連絡してください」

「もうしわけありません」と、真琴。

「お子さん、ご無事だといいんですが」

門倉が心配そうな表情でつぶやく。

秋津はスマートフォンを取り出し、選挙事務所に電話をした。

4

八ヶ岳小学校の前で選挙カーを降りた。

秋津たちが家に帰る足がないので、理沙子が携帯電話でタクシーを呼んでくれるといってくれて助かった。

去っていく門倉たちに手を振ってから、秋津は真琴といっしょに校庭に入る。

校舎の正面入り口、下駄箱の右側に受付窓口があり、職員が応対してくれた。事情を話すと、担任教師の野村千穂《のむらちほ》がやってきて秋津たちに頭を下げた。

野村は三十代後半の若い国語の教師で四年二組を受け持っている。

紺色のスーツに、セミロングのストレートの髪と眼鏡の取り合わせが知的で好印象だったが、さすがに冴えない表情をしていた。

「保健室にご案内しますのでどうぞ」

スリッパに履き替えて、彼女の先導で小学校の廊下を歩いた。

近くにある音楽室からピアノの音と児童たちの歌声が聞こえてくる。

保健室の扉を開いて中に入る。窓際のベッドに翔太はいた。上半身を起こして、学習雑誌を開いていた。秋津たちが入って来たのを見て、翔太は振り向いた。

額に大きな絆創膏が貼られていた。

「大丈夫？」と、真琴が声をかける。

「うん」

元気そうな様子だった。

「怪我はどうなんでしょう？」

真琴が訊いた。

「さいわい、額と左の膝を擦り剝いたぐらいですみました。軽傷だと思いますが」

野村教師の言葉を聞いて秋津は安心した。

「どうしたんだ。足でも滑らせたか？」

そう訊ねたとたん、翔太の顔色が曇った。口を引き結んでいる。

「いいにくいんですけど、どうも……苛めがあったようなんです」

ふいにいわれてふたりは驚いた。

「苛めって、どういうことですの？」

彼女は真琴をちらと見てから、かすかに眉をひそめた。

「クラスの何人かが翔太君をわざと無視したり、嫌みをいったりしていたのはわかっていたんです。それがだんだんとエスカレートしていったようです」

「そんな……」

真琴がそういって掌で口を覆った。

「じゃあ、階段から落ちたっていうのは？」と、秋津。

野村教師はいいにくそうにしていたが、ふっと息を吐いてから話した。

「すれ違いざまに、足をかけて転ばされたようです」

「翔太。本当なのか？」

秋津が訊くと、翔太は小さく頷いた。つらそうな顔で下を見ている。

「誰にやられた？」

父にいわれても翔太は黙っていた。

仕方なく野村教師に訊ねた。

「いったい、どこの子たちなんですか」

つらそうに彼女が視線を外した。

「おおよその特定はできているのですが、まだ、はっきりとその子たちだとわかったわけではないので……」

言葉を濁す野村教師に、秋津はさらに詰め寄ろうとした。

「とにかく、正直にいっていただいてありがとうございました」

それを止めて真琴が頭を下げた。「翔太、うちに帰ろうか」

頷く息子の手を取って、真琴は頭を下げ、そそくさと保健室を出る。仕方なく秋津もそれに従った。

野村教師は正面玄関まで出て、秋津たちに頭を下げた。

つらそうな顔をしていた。

外には理沙子が呼んでくれたタクシーが待っていた。

「どうして翔太をこんな目に遭わせた子を特定しないんだ？」

タクシーの助手席から振り返り、秋津が妻に訊いた。

しょんぼりうなだれる翔太の隣で真琴は車窓の外を見つめていた。

「私たちがその子たちのことを知れば、子供同士の諍《いさか》いが親のレベルにまで拡大する。学校はとにかくトラブルを回避したいの。だから、苛めてる子が誰なのかは教えてくれない。それどころか苛めの事実すら否定するような教師もいる」

「だけどさ……」

「彼らはとにかく無関係でいたいのよ。責任を負いたくないだけ。だから、ことが本当に深刻になるまで表沙汰にしようとしない。市や県の教育委員会だって同じなんだから」

秋津は鼻を鳴らして前を向いた。

納得できなかった。しかし、妻がいうことはたしかだとも思った。

今までニュースや新聞記事などでそのような事例をさんざん見てきたのだ。

「翔太ね。ひとつだけ訊きたいの」

真琴の声がして、秋津はまた振り向いた。

「自分が苛めを受ける理由に心当たりってある？」

翔太はまだ俯いていた。

「あなたのほうから、その子たちに何かしたってことは？」

相変わらず黙っていた。

「もしかして……」

いったん言葉を切ってから、真琴がこういった。「あなたがこんなことになった原因って、私たちのやってることにあるの？」

秋津は驚いた。まさかと思った。

翔太がゆっくりと顔を上げた。相変わらず口を引き結んでいたが、目からひと筋の涙がこぼれ落ちた。

「お前の親たちは莫迦だっていわれた」

か細い声で翔太がいった。「よそ者のくせして出しゃばったことをやってるって」

真琴と目が合った。

彼女は黙ったまま、思いつめたような顔で秋津を見つめた。


その夜、翔太は夕食のあとですぐに自室に入って眠ったようだ。

真琴が心配して見ているというから、選挙運動が終了する午後八時を回った頃に、秋津はひとり、門倉の選挙事務所に顔を出した。

やがて二日目の選挙カーでの街宣を終えて、選挙カーが戻ってきた。

門倉夫妻も理沙子も、そして運転手をしていたクマさんもさすがに疲れた顔をしていた。運転の交代要員は高崎が担当したらしい。まだ、二十三歳の若さだったが、やはり顔に疲労が滲んでいた。

理沙子の夫ダグラスが、淹れたばかりのコーヒーを紙コップでみんなに出した。

全員が椅子に座り、それを美味しそうに飲んだ。秋津もコーヒーをもらう。ブラックのままですすった。

「お子さんのお怪我はどうでしたか」と、門倉が訊いてきた。

秋津はどういうべきか少し迷ったが、正直にいうことにした。

「実は私たちが関わっている選挙運動のことで、息子に皺寄せがいってるようです」

さすがに門倉が驚いている。「どういうことですか」

「怪我の原因は苛めでした。足をかけられて階段から落ちたんです。それをやった児童は〝お前の親は、よそ者のくせに出しゃばったことをやってる〟と息子にいったそうです」

「あり得ない！」

理沙子が厳しい顔で首を横に振った。「どうしてそんなことで子供に迷惑が及ぶの」

「おそらくその子たちの親が市長の支援者か、あるいは体制派の業界にかかわってる人物なんでしょうね」

　理沙子の隣で夫のダグラスもつらそうな顔で肩を持ち上げた。

「われわれならともかく、子供は関係ないはずです」

　門倉が険しい表情をしていた。「もしも親が子にそんなことをさせているとしたら、卑劣きわまりないことです」

「学校側はどんな態度なの？」と、理沙子。

「担任教師と少し話しただけですから、まあ、何とも。でも、誰が息子を苛めたかと訊いても、具体的に明かしてはもらえませんでしたし、この問題に関しては学校も消極的になってるんじゃないかと思います」

　仕方なく秋津はそういった。

「弁護士を立てるべきですね」

　そういったのは高崎だった。「学校や教育委員会は、そうした場に司法が介入してくることに弱いんです。手っ取り早く改善するには、それがいちばんだと思います」

「高崎君はたしか大学で法学部だったよね」

　門倉にいわれて彼は頷いた。「司法試験はあきらめましたけど、教育実習をとって教員の免許は持ってます。だから学校での苛めと法律に関してはずっと興味を持ってました」

弁護士といわれて、松井のことが思い浮かんだ。

「わかりました。事態が改善しないようだったら、そうしてみます」

「どうしてもご迷惑がかかるようだったら、運動から外れてもらってもかまいませんよ」

門倉にいわれ、秋津は一瞬、考え込んでしまった。

「いや。ここまで辿り着いたんです。あと六日間ですから、何とか頑張ります」

「そういっていただけると嬉しいです。でも、けっしてご無理はなさらぬように」

「わかりました」

秋津は深々と頭を下げた。

5

翌朝、翔太は自分から学校へ行くといった。

思ったよりも明るい表情で、朝食を食べている。額の絆創膏は今朝、新しく貼り直されたばかりだ。

「大丈夫なの？」

心配そうに真琴がいうと、翔太は頷く。

「みんながみんな、ああいうことをするわけじゃないんだ。ぼくの味方になってくれる友達もいっぱいいるし、野村先生だってあいつらに何度も注意してくれたよ」

「そう」

「ぼくのためにママたちに迷惑がかかるのは嫌だよ。それに今度の日曜日で選挙が終わるんだよね。ママたちにはそれまで頑張ってもらわなきゃ」

「ありがとう、翔太」

真琴は少し潤んだ目をして笑った。

「ごちそうさま！」

そういって翔太は椅子を引いて立ち上がった。

秋津は向かいの椅子に座ってパンをつまんだまま、ずっと翔太の様子を見つめていたが、ふと真琴と目を合わせて頷き合った。

やがて洗面所から水音が聞こえ、それが止まったかと思うと、歯磨きの音が聞こえ始めた。

朝食後に小学校から電話がかかり、担任の野村教師が翔太の様子を訊いてきた。いつものように登校させますと真琴が答えると、彼女は安心したようだ。

フィアット・パンダを走らせながら、秋津は小学校への道を辿った。助手席に座る翔太は黙って車窓の外の景色を見つめていた。ステアリングを握りながら、その様子をときおり見てしまう。この十歳の少年は、親の業《ごう》を背負っているのだと思った。小さな体と幼い心で、親のエゴとでもいうべき勝手な行為を受け止めてくれているのだ。

そう思った途端、目頭が熱くなった。

車窓を下ろすと冷たい風が吹き込んでくる。

そろそろ冬本番になりつつある。

遠い南アルプスの稜線付近に、輪郭のはっきりしない雪雲がかかっている。

「翔太。お前な……」

息子に向かっていった。「むりするなよ」

翔太は何も答えずにいた。じっと外を見ている。

その姿がかえってつらかった。

学校の正門の向かいにある駐車場にフィアットを入れて、翔太を降ろした。車を切り返そうとすると、校舎からスラックス姿の女性が出てくるのが見えた。

担任教師の野村千穂だった。

急ぎ足で駐車場にやってきて、翔太に手を振って挨拶をした。ふたりはすれ違い、翔太は校舎のほうへと走って行く。

秋津は車を戻し、エンジンを切ってから車外に出た。野村教師が頭を下げてきた。

「どうされました?」と、秋津が訊く。

「翔太君のことでちょっと」

周囲をちらと見てから、彼女がいった。

「昨日の夕方、翔太君を苛めていた児童の親御さんのところに行ってきました」

秋津は少し驚いた。

「それで……?」

「わかっているだけで四人いたんですが、そのうちふたりの親御さんと面会ができたので、今回のことを話し合ってきました。どちらともご両親はお子さんたちが翔太君に怪我をさせたことを謝っておられました」

「そうですか」

「今後そういうことがないように、お子さんたちにいって聞かせると」

「先生はこの件、いつ頃からご存じだったんですか」

秋津に問われて彼女は唇を噛んだ。

「ひと月ぐらい前です。噂の段階だったので半信半疑だったんですが……担任として至らずにすみませんでした」

そういって頭を下げる。

「私がいちばん知りたいのは、どうしてうちの翔太がその子たちに苛められるようになったかということです」

「それは……」

野村教師はつらそうな顔で視線を逸らす。

「実は、私たち親がやっている政治活動に何か関係あるのではないかと思っています」

「たしかに……そんなお話を少しばかり、先方からうかがっております」

言葉を濁して彼女はそういった。

秋津は頷いた。

「子供同士の苛めはよくある話です。もちろんそれはよくないことです。しかし、そこに親同士のしがらみが絡むとなると話はまったく別です。そんなことが決して起こってはならない。できれば私自身がその子たちの親御さんのところへ出向いて話し合いをしたい。けれども、やはり先生は相手の親御さんたちが誰なのか、教えてくださらないんでしょうね？」

野村教師は小さく頷いたきりだった。

「教師としてのあなたの立場は理解できます。しかし、私と妻にとって翔太はたったひとりの息子なんです。それもまだ十歳です。その翔太が私たち親に悩みを打ち明けもできず、ひとりで耐えていたことがショックでした。しかもその理由が私たち自身にあっただなんて——」

野村教師の目に小さく光るものを見て、秋津は言葉を失った。

「先生……」

「今後は私が責任を持って翔太君のことを見ていくつもりです。もちろん受け持ったクラスの児童たちに、苛めがいけないこと、どうしていけないかということをはっきりと訴えていきます。それが私の職務だと思っていますから」

「ぜひ、お願いします」

秋津はいった。「あなたを信頼して翔太をお預けします」

そのとき、予鈴が鳴り始めた。

「では、失礼します」

野村教師が深々とお辞儀をし、背中を向けると足早に校舎へと戻っていく。

その姿をしばし見送ってから、秋津はフィアットに乗った。

帰途、秋津の脳裡をいろいろな思いが過《よぎ》った。

翔太のこと、教師の野村が見せた小さな涙。

門倉に対する信頼と、それに反する疑念も。

そして水のこと――。

功刀清二郎に導かれて案内された、あの琴石川の源流部。川の水の最初の一滴が生まれる場所を想った。石清水の一滴の冷たさ。そして舌に溶けるような美味しさ。清二郎がいったように、あれこそが生命の源だった。

この地球という惑星にいる生きとし生けるものすべてが、水の一滴から作られている。

林業に携わり、ずっと山に生きてきた清二郎だからこそ、その口から出てきた言葉はたとえようがなく重い。

そのことを決して忘れてはならないと秋津は思う。

冬の訪れを感じるモノトーンのカラマツ林が続いていた。そのずっと先に八ヶ岳がそびえている。間もなく頂稜から雪で白くなっていく。そして長い冬が始まる。

ふいに秋津はブレーキペダルに足を載せた。

フィアットを減速させていた。

前方――二車線の県道の半分を塞ぐようにマイクロバスが停まっていて、ハザードランプを明滅させていた。山梨ナンバーで地元の交通会社所有の車両のようだ。ちょうど対向車線から何台か連なって車が来るため、秋津はバスの手前でフィアットを停めた。

バスの近くには数名のスーツ姿の男性たちが立っていて、八ヶ岳のほうを見ていた。中にはカメラをかまえている者もいる。観光客にしてはやけに喧《かまびす》しい会話が車窓越しに聞こえて、秋津はウインドウを下ろしてみた。

外国語——どうやら中国語らしかった。

ガイドのような中年男性が山や森を指差して何かを説明しているらしい。周囲にいる男たちはそれに対して頷いたり、メモを取ったりしている。

それを見ているうちに、ふと不安に駆られた。

この地の天然水を狙っている企業はあまたある。外国の企業も当然。

中国から企業の人間がひんぱんにこの地を視察に来ている——そう、クマさんがいっていたのを思い出した。おそらく目の前にいる人たちはそれなのだろう。

前方からの車列が過ぎて、秋津はまたアクセルを踏んだ。

バスの傍を通りながら、彼はまた見た。背広姿の男たちが高らかな声で話し合いながら、遠い八ヶ岳を指差している。

6

あらかじめ真琴と話し合って、投票日まで店は休業することにしていた。

三日目は秋津自身が選挙カーを運転し、市内を回った。今回、メインのウグイス嬢は真琴だった。彼女ももともとカラオケで唄うときなどは、声量もあって声が澄んでいる。ルーフに取り付けられた二カ所のスピーカーから真琴の声が市内に響いていた。

走り始めて一時間と経たないうちに、前方からもう一台の選挙カーがゆっくり走ってきた。市長候補は二名しかいないため、当然、白井市長の街宣車と決まっている。

ワンボックスのルーフの上には、〈白井まさゆき〉と候補者名が書かれた大きな白いパネルが取り付けられている。

門倉の候補者名はすべて漢字だった。

おそらくそっちのほうがタレントあるいは実業家として知名度があるためだろうと秋津は思った。

白井候補の車はどんどん近づいてくる。

「困ったわ。なんていったらいいの？」

後ろの席から真琴が訊いてきた。

「声援を送ってあげてください」

門倉が笑いながらいう。対向車線側には妻の美和子が座っていたので、彼女が車窓を下ろした。門倉は身を乗り出すようにして白手袋の手を振った。

〝おはようございます。白井さんのご健闘をお祈りします。がんばってください！〟

真琴の声が皮肉のように聞こえたが、秋津は笑いを堪えていた。

白井の選挙カーは沈黙を保ったまま接近してきた。

が、ふいに車窓から白い手袋が出てきて、こちらに振られた。

〝門倉候補。がんばってください！〟

あちらのウグイス嬢の声がした。

車同士がすれ違うとき、秋津は振り返ってみた。

たすき掛けの白井が、やはり車内中央の座席に座っていた。

門倉がしきりに彼に向かって手を振ったが、白井はこちらに目を向けようともしなかった。彼らはそのまま後ろに走り去っていった。

〝八ヶ岳市長に白井を！　中央とのパイプを維持し、八ヶ岳市を未来へ大きく躍進させる白井。白井雅行をふたたび市長に。みなさま、心からよろしくお願いします！〟

向こうのウグイス嬢の声が遠のいていく。

「何だか余裕の違いが出たね」

助手席に座っているクマさんが苦笑した。

しかしステアリングを握る秋津はなぜだか笑えなかった。

ミラー越しに後ろを見て、門倉の顔から笑みが消えているのに気づいたからだ。さらに隣に座る彼の妻も、マネキン人形のように無表情に、車窓の外を見ている。

最近、なぜか門倉美和子の目が気になっていた。

氷のように冷え切った感じのする独特の双眸《そうぼう》が、意識に刻み込まれていた。

最初の奥さんが自殺した――〈ヴィレッジ〉の別荘のオーナーのひとり、住田志津子の言葉がふと脳裡に蘇った。

駅前やスーパーマーケットなど数カ所で街頭演説をした。

たすきを掛けた門倉が立つと、たちまち周囲を群衆が囲んだ。彼の政治姿勢に共鳴して拍手をする者も多いが、やはりなんだかんだで門倉はもともと有名人なのだなと秋津は実感する。

ことに日本人はブランド志向なところがあって、そうしたモチベーションで動くことが多い。国政選挙でもタレント候補が有利なのは、そうした理由からだ。それは門倉にとっても同じことだろう。まったく無名の新人ではなく、そもそも出発点が違うのだ。

一方、対立する白井にとっての大きな武器は地元の支持基盤である。

樫尾の話だと、それが揺らぎ始めているという。とりわけ白井と癒着していた地元企業が、彼に背を向け始めた。それはなぜだろうか？

もちろん翔太を苛めた子の親のように、白井を支持する者は多い。しかし、以前に比べると状況はかなり違っているような気がする。

夕刻の四時過ぎに〈ヴィレッジ〉前で選挙カーを停め、真琴を降ろした。五時前に学校が終わるので、翔太を迎えにいかねばならない。

選挙運動が終了する午後八時まで街宣を続けてから、彼らは事務所に戻った。

スタッフジャンパーを羽織った数名が門倉を拍手で迎える。「お疲れ様でした」といって女性スタッフ二名が門倉たちにお茶を持ってきた。

「留守の間、何かありましたか？」

門倉が訊いたのは、やはり不審電話などが心配だったからだろう。

「とくにはなかったですけど」

高崎が少し笑いながらいった。「門倉さんのサインがほしいっていうお客さんが来たり、あと、酒屋さんがやってきてお酒を差し入れたいっていうから、丁重にお断りしました」

「それは大変でしたね」

門倉も笑っていう。

公選法で選挙事務所への飲食物、とりわけ酒類の差し入れは禁止されている。

もちろん市民の好意によるものだろうが、さすがに受け取るわけにはいかない。

「あ。それから午後二時過ぎごろに〈アクア・オリエント〉のウェンさんという人から門倉さんあてに電話が入りましたが、留守中ですといっておきました」

女性スタッフの木原さやかがそういったとたん、門倉の顔から笑みが消えた。

隣に座る妻の美和子が門倉の腕をそっと摑んでいるのに、秋津は気づいた。

「事務所に連絡するなっていったはずなのに」

独り言のようにつぶやき、門倉はスマートフォンをスーツの中から取り出しながら事務所の外へと出て行った。残された美和子がすっと立ち上がって、こういった。

「みなさん。今日はお疲れ様でした。明日もまた早いですから、今夜はそろそろ引き上げてくださいね」

スタッフたちが各自、椅子を引いて立ち、洗い物をしたり、帰宅の用意を始める。

「秋津さん。われわれも帰りましょうか」

クマさんにいわれて頷いた。彼とともに理沙子の車で来ていたのを思い出す。

事務所を出ると、少し離れた道の反対側に立って門倉がスマートフォンを耳に当てながら、誰かとしゃべっている姿が見えた。

「お疲れ様でした」と挨拶するスタッフたちに手を振ってから、彼はまたこちらに背を向けた。秋津はそれを振り返りながら、理沙子のスバル・フォレスターの助手席に乗り込む。

車を出してから、運転席の理沙子がいった。

「秋津さん、どうしたの。浮かない顔をして」

「いや」

どういおうかと考えた。「ちょっと調べたいことを思い出したんだ」

「ふうん」

理沙子はちらと秋津を見てから、前に目を戻した。

7

「遅くまで起きてるのね」

秋津の部屋にやってきて真琴がいった。

パソコンの画面の右下にある時刻が夜中の一時二十分を表示している。

「気になることがあってね」

マウスを操作しながら秋津が答えた。

彼のパソコンは、デザイナー時代からずっと使っている古いウィンドウズの搭載マシンだったが、いまだに不調がなくて快適だった。光ケーブルが〈ヴィレッジ〉に引き込まれているので回線速度も速い。

ブラウザの検索ボックスに《アクア・オリエント》と打ち込んで、出てきたサイトや掲示板の話題などをずっとチェックしていたら、こんな時間になってしまったようだ。

「何なの、〈アクア・オリエント〉って？」

モニターを覗きながら真琴が訊いた。

選挙事務所にかかってきた電話のことを彼は話した。そのときの門倉の様子も。

「〈アクア・オリエント〉は日本にも支社があるけど、もとは外国の水企業だ。本社はインドネシアのジャカルタにあって、あちらの国内の水道事業を一手に引き受けているらしい」

「インドネシアの水企業がどうして門倉さんに？」

「本人はかなり気まずそうだったし、どうも何かありそうだと思ってね」

秋津はそういってから、マウスを操作した。「――これ見てほしいんだけど、〈アクア・オリエント〉の検索で出てきた企業情報だ。英語で書いてるからわかりづらいけど、この企業の資本金の大部分は中国から出ている。ＣＥＯや幹部のほとんどが中国人だし、つまり会社はインドネシアにあるけど、実体は中国企業だといえるね」

「そうなの」

真琴は自分でマウスを操作しながら画面をスクロールさせた。表示される英語の文を読み取ろうとしている。

「その中国の水企業が門倉さんとどういう関係なのかしら？」

「〈アクア・オリエント〉ジャカルタ本社の社外アドバイザーの中に門倉さんの名を見つけた」

「それって……？」

「彼とその企業はかなり密な繋がりがあるってことだ」

「でも、門倉さんは私たちの行動に理解を示してくれてるし、市長になったら地下水規制条例を作るってはりきってるわ」

「だからわかんないんだよ」

肩を少し持ち上げて、秋津はそういった。

真琴からマウスを戻してもらい、秋津は別のページを表示させる。

日本の副総理兼外務大臣が〈アクア・オリエント〉CEOのデビッド・チョウ氏と握手をしている写真である。〈アクア・オリエント〉の関連施設を日本国内に誘致という新聞記事だった。

関連施設というのは、当然、水工場だと解釈するべきだろう。

「彼らは日本への本格進出をもくろんでいるらしい。莫迦な政府が水道の民営化を強引に決めたから、すでにその足場はできたってことだ。他にもいくつかの中国企業が日本の水を求めて交渉してきている。山梨県内の天然水も当然のように狙われている」

「じゃあ、あなたが見たバスの中国人たちも？」

秋津は頷いた。

「この国の土地が本格的に外資に買われるようになったのは、八〇年代後半かららしい。国内の不動産業者はもとより海外の企業もこの国の土地を買いあさって、その結果、需要が供給を上回って地価が高騰したわけだ」

「バブルのときよね。あの狂乱の時代をよく憶えているわ。そのあとバブルが弾けて、国内の土地価格は下落の一途を辿ったのよ。だけど、それが今になってなぜかしら？」

「日本の経済は冷え込んだまま、立ち直る様子もない。そこで好況に浮かれる海外資本からしてみれば、この国は恰好のターゲットだ。日本では今、山林を持っていると赤字がかさむだけだから、当然、相手が誰だろうと売りたがる。国有林まで民間が伐採可能という法改正を行ってしまったわけだし」

「法律による規制はないの？」

「法規制をかけようにも、国内の水企業が反対の立場を取るからダメなんだ」

秋津はそういった。「しかもね。外国人が自由気ままに土地を買える、こんな国は世界的にも珍しいんだよ。アジアの国の多くは外国人の土地所有を認めなかったり、所有できても厳しい制限をかけたりしてるし、欧米では土地そのものが公的資源という解釈になっているらしい」

「だからあちこちの土地を中国やいろんな国が買いあさってるわけね。当然、水源のある土地も？」

「そうだ。これを見て」

秋津はマウスをクリックして、別のページを出した。

「民法第二〇七条で土地所有権の範囲とある。土地の所有権は、法令の制限内において、その土地の上下に及ぶ――つまり、日本では地下水は〝私水〟つまりその土地の付属物であり、所有者がひとたび獲得したら、保安林とかの規制がかかっていないかぎり、森林を伐採しようが、温泉や井戸を掘ろうが自由ということになってる。それによって水源の涵養機能が損なわれたり、土砂の崩落が発生しても土地の所有者に法律は及ばないわけだ。だから外資にとって、この国の土地はお誂《あつら》え向きの水汲み場ということだ」

「酷い話ね」

真琴は腕組みをしながらいった。「門倉さんとしては、当然、そうした国や外資の動きを止める立場なのよね」

「だったらいいんだけど……」

言葉を濁す秋津を、彼女は見つめた。

「もしかして門倉さんを疑ってる?」

秋津は眉をひそめた。「わからない」

8

翌朝、選挙のほうは真琴に任せて、秋津は山梨日報八ヶ岳支局に向かった。

あらかじめ電話で面会を予約していたので、樫尾は支局の中で待っていてくれた。例によってくわえ煙草でパソコンを使って作業をしている。マシンによくないとわかっていてもやめられないのだろう。

差し入れで持ってきたペットボトルのコーラを受け取って、彼はそれをコップに注いで持ってきた。向かい合わせのソファに座ると、テーブルの灰皿の横にメビウスのパッケージを置いた。

「結論からいうとな。門倉達哉はクロだよ。それも真っクロだ」

そういって樫尾はくわえたままの煙草をとって、灰皿の中で揉み消した。

Ａ４サイズのコピー用紙が何枚か、秋津の前に並べられた。新聞記事や週刊誌の記事のコピーやインターネットからダウンロードした記事のプリントアウトのようだ。

「〈アクア・オリエント〉はインドネシアの会社だが、実際は中国企業だ」

「それは調べて知ってる」

「門倉の〈ストアハウス〉グループが巨額の負債を抱えて倒産したあと、その債務を肩代わりしたのが〈アクア・オリエント〉の日本支社だった。ずいぶん前から門倉とあそこは蜜月状態だったらしい」

秋津はコピー用紙を一枚ずつ見ながらいった。

「どういう関係なんだろうか」

「門倉の今の妻だよ」

「え」

思わず顔を上げて、樫尾を見つめた。

「門倉美和子。旧姓は蜂須賀《はちすか》美和子。めったにない珍しい名字だからすぐにわかったが、〈アクア・オリエント〉日本支社長の蜂須賀重義《しげよし》の長女だ。つまり察するに政略結婚みたいなもんだろうな」

「しかし、巨額の負債を抱えた門倉に何で？」

「彼が新しく市長になれば、〈アクア・オリエント〉は好き勝手に八ヶ岳の水資源を利用できる。既存の日本の水企業よりもはるかに有利にな」

門倉が何年も前から市長選を見越して、下準備を進めていたことを思い出した。

「門倉さんは現市長と地元企業の癒着を洗い出し、その関係が崩れ始めていることを突き止めていたっていってたが」

「そうじゃない。門倉は八ヶ岳市のいくつかの企業に金を撒いたんだよ。だから、建設屋、土建屋、運送屋らがこぞって門倉側に寝返った。その資金は当然、〈アクア・オリエント〉から出ていると思っていい。もちろん今回の選挙資金の大半もな。企業による献金は禁止されているから、個人名義の献金を小口で重ねたか、あるいは別の手があったのかもしれん。巧妙にアウトソーシングされたら、さすがに調査のしようもないからな」

門倉の選挙資金がやけに潤沢だったことを思い出す。

スタッフジャンパーや缶バッジのデザインを世界的に有名な漫画家に発注したり、大量に幟を用意したり、市内の一等地に事務所を借りたり。だったらもっと金にモノをいわせて物量作戦のような選挙運動もできただろうが、どうしてあんなにこぢんまりとしたかたちで進めていったのだろうか。

「正直、迷ったよ」

樫尾はメビウスのパッケージから一本振り出して、くわえた。「お前たちがずいぶん門倉に入れ込んでるのを知ってたから、こういうことを伝えていいんだか。何だか夢を奪うようでなあ」

「いや。実は彼に関しては、ちょっと疑念があったんだ」

秋津はそのことを彼に話した。

樫尾は腕組みをしながら神妙な顔でそれを聞いていた。

「その噂というか情報な、あらかた当たっていると思うよ」

彼はそういって顔を背け、紫煙を吹いた。「選挙のたびに金が撒かれる。昔からそういうのを甲州選挙と揶揄されてたが、他ならぬよそ者の門倉自身がそれを進めてるっていうのはたいそうな皮肉じゃないか」

秋津はショックに打ちひしがれていた。

前々から感づいていたとはいえ、やはり面と向かっていわれると落ち込む。門倉が垣間見せるあの自信の裏側には、そんな秘密があったのか。

樫尾は別の資料のコピーを出してきた。

「関連事項で、中国の水事情についてもいろいろ調べてみた」

そういって一枚ずつめくった。「人口の爆発的増加と、工業の近代化や経済発展で中国の水不足は深刻になっている。北京を始め、大きな都市のほとんどで市民に水が行き渡らない状況が続いているらしい。のみならず、都市部の九十パーセント、河川や地下水の七十五パーセントが工業排出物で汚染され、七億人が汚れた水を飲んでしのいでいる。当然、穀物も汚染され、病気が流行り、死者も多く出ている」

「だから日本の水源を狙っている？」

「すぐ隣に、狭いながらも清涼な水が豊富な国があるんだ。そこに目をつけないはずがない。しかも今の日本は不況にあえぎ、喉から手が出るほど外貨がほしい。法律も法律で日本の土地は外国人が自由に購入できるわけだからな」

「門倉さんはまんまと利用されているわけか」

「市長になるという役得はさておいて、実利の大半は〈アクア・オリエント〉が持っていくことになるだろうな。どういう契約をしたかにもよるが」

ふいに樫尾は立ち上がり、窓際に立ってアルミサッシを全開にした。部屋に煙草の煙が充満していたから、外に出すためらしい。おかげで冷たい初冬の風が支局事務所に吹き込んできた。

窓のずっと向こうに八ヶ岳の山容が蒼《あお》くそびえている。


午後になっても秋津は選挙事務所に行かず、自宅の部屋にこもっていた。

選挙カーに乗っている真琴には、急用で行けなくなったとＬＩＮＥを送った。それからパソコンの液晶画面とずっと睨めっこをしながら、いろいろなことを調べた。

日本のボトルウォーターのメーカーは何と四百社もある。取水量でいえば、やはりここ山梨県が国内でもダントツ一位だ。日本全体で水企業による取水量は年間百万トン以上といわれ、山梨県はその半分を占めている。県内の水企業の数は、わかっているだけで四十社以上。それぞれが大量の地下水を汲み上げると枯渇はしないのか。

たとえば〈シェリダン〉一社で、年間百七十万トンの地下水を汲み上げているらしい。

日本の平均降水量は年間一七〇〇ミリから多いところで二〇〇〇ミリ以上。

雨や雪が降ることによって、常に地下水は補充されるというのだが——。

それでも今回の〈ヴィレッジ〉のように井戸涸れは起こっているし、企業の揚水によって地下水が変動していることはたしかだろう。そこにさらに外国企業が参入することになれば、いったいどういうことが起きるのか。

水源涵養をきちんとやって地下水利用をしなければ、地盤沈下も起こるかもしれない。

そういった清二郎の言葉が脳裡に浮かぶのである。

気がつけば昼食も忘れてネットサーフィンしていた。内外の水事情、そして門倉に関する情報など――。

そろそろ夕刻、翔太を迎えに行く時間だ。

息子のことも心配だし、いろいろと悩みごとが多すぎた。


さいわい翔太は明るい顔で小学校から出てきた。

懸念されたような苛めはなかったらしい。野村教師が上手く間に立ってくれたのだろうと思った。

息子を助手席に乗せ、フィアットを運転しながら、また門倉のことを考えていた。

けっきょく、自分たちはまんまと彼に利用されているのではないか。そう思うと腹が立ってくる。水の危機にさらされて、必死に喘ぎ、戦っていた自分たちが、最後の頼みとしてすがりついた人物が、けっきょくその水を外国企業に売り渡そうとしているとしたら。

気が重くなるが、やはりそのことは本人の口から真相をいってもらわないとならない。

そして樫尾がいったとおり、門倉の実体が明らかになったとき、自分たちはどうすればいいのだろうか。

日本ほど上質な水が自由に使える国も珍しい。ボリビアでは雨水さえ市民が利用することを法律で禁じられているという。また、別の国のある地域では生活圏から取水地まで、毎日、一万歩以上歩かねばならないところもあるそうだ。

それを思うと、地下水が汲めなくなったというだけで上を下への大騒ぎをしていたことが恥ずかしくなる。たとえ地下水でなく簡易水道だとしても、蛇口からふつうに水が出る生活が、どんなに豊かで素晴らしいものだったか。

門倉にすがろうとしていた自分たちは間違えていたのだろうか。

自分が読んだ資料の本にこう書かれていた。

〝水はカネのあるところへ流れる〟

まさにブルーゴールド。それは、あの門倉が口にした言葉だった。

息子を我が家に連れ戻り、秋津は妻にＬＩＮＥを送った。

——今夜、門倉さんと面会をしたい。本人に伝えてくれないか？
すぐに〝既読〟マークがつき、やがて返事が来た。
——いいけど、どうしたの？
——あとで話すから。
しばらくして、また返事が来た。
——門倉さんがＯＫしてくれたわ。今夜の九時半に自宅で会おうって。
——ありがとう。
そう打ち込んでから、スマートフォンをしまった。

9

レッドシダーの重厚な太い材を組んだハンドカットのログハウス。
これまで何度となく、ここに足を運んだというのに、今夜はやけに威圧感をともなって
それが秋津の前にあった。薪ストーブを焚いているらしく、屋根の煙突から薄く煙が流れている。
フィアット・パンダの運転席のドアを閉めて、秋津は歩いた。

門倉のログハウスの前に立ってチャイムに指を当てようとすると、ふいに扉が開いた。

門倉美和子が薄茶のニットを着て、そこに立っていた。

冷ややかな独特の目は、いつも以上に怜悧なイメージを作り出している。

「どうぞ、お入りになって。門倉が待ってます」

そういってすっと下がった。

秋津は「失礼します」と小さくいってから、靴を脱いで上がった。

壁際で大きな薪ストーブが炉内の火を燃やしていて、その手前のソファに門倉が座っていた。白いワイシャツの袖を肘までまくり、脚を組んでいる。前のテーブルには高級コニャックの瓶があり、グラスに琥珀色の液体が少し入っている。

そんな門倉の顔にいつもの笑みがなかった。

「どうぞ、座って。お酒でもいかがですか?」

勧められたが断った。「車ですので」

「では、失礼して」

そういって門倉がグラスを掲げてから飲んだ。

甘い洋酒の香りが漂ってくる。

「今日はずっとお目にかかれませんでしたが、いかがされました?」

いわれて秋津は視線を逸らした。

「率直にお伺いします。あなたと〈アクア・オリエント〉の関係を知りたい。それから、市長に当選された場合、この八ヶ岳市をどうされたいのか」

門倉はグラスを掲げたまま、じっと秋津の顔を見つめていた。

ふっと口角を上げて笑った。

「いろいろと調べられたようですね」

図星を指されて秋津は少し動揺した。何事も先手を打つのが門倉のやり方だった。

「〈アクア・オリエント〉と私は現在、たいへん良好な関係にあります。私のバックボーンであり、いちばん大きなスポンサーでもある。今回の選挙に関しても多大な援助をしていただいたのです」

「あなたはこの土地に彼らを誘致するつもりですね」

門倉ははっきりと頷いた。

「それが援助の条件でしたからね」

「いちばん最初に私たちが出会ったとき、あなたはわれわれの地下水に関する現状を知って、それを理解されたといわれた。だからこそ〝共闘〟を申し出られたんじゃないですか」

「そのことは忘れもしません。たしかに私はあなた方に同情し、同じ目標に向かいましょうとお誘いしました」

「だったら――」

秋津は険しい顔になっていった。「あなたはその言葉を裏切ったことになる」

そのとき、厨房のほうから美和子が戻ってきた。秋津の前のテーブルに紅茶と輪切りのレモン、砂糖の小さな壺をそっと置いて、また去っていった。彼女の冷ややかな目は相変わらずだった。その視線が意識にまとわりついて離れない。

「裏切ったつもりはありません。現状、この土地で天然水をボトリングしている企業に対してはかなり強く規制をかけるつもりです。もちろん新しく誘致する企業にも。〈アクア・オリエント〉も例外ではない」

「規制とは……？」

「ミネラルウォーター税です」

当然のように門倉がいって、笑った。「白井市長の時代、八ヶ岳市は既存の水企業に一リットルあたり〇・五から一円の課税を検討していました。ところが水企業がいっせいに反対して、あえなく頓挫した。私はその税の徴収を再検討するつもりです。それも、一リットルにつき三円の課税とします。〈アクア・オリエント〉側はすでにその条件を飲んでくれてます」

「どうやって他の水企業を説得されるつもりです？」

「〈アクア・オリエント〉は三年後、ここ八ヶ岳市に市内最大規模の水工場を作る計画を立てています。そして彼らはミネラルウォーター税に関して、こちらの条件に賛同してくれています。そうなれば、〈シェリダン〉などの国内企業もいやでもそれに応じるしかない。むろん、水企業以外の精密機械などの工場にも同様の条件で課税するつもりです」

「水は等しく共有するべきものだとあなたはおっしゃっていた。街頭演説でも何度か、そのことを口にされていました」

ややあって、門倉がこういった。

「当選後に政治家が心変わりするのはよくあることです」

信じられない言葉に、秋津は言葉を失った。

「なんてことだ……」

門倉は笑みを口許にたたえたまま、こういった。

「むろん水企業に対する規制ということでは同じです。あなたにはそれが揚水量の規制などのように思われたかもしれないが、私は当初から水への課税という意味で考えていました。そうして得られた税金は、市民にいろんなかたちで還元するつもりです。もちろん秋津さんたちのような井戸を使用される方々にも、万が一の場合には公営水道を優先的に使っていただき、補助金などのかたちでみなさんの負担を少なくする」

秋津はゆっくりと首を横に振る。

「きれい事はもううんざりです。あなたは〈アクア・オリエント〉から不正に選挙資金を受け取り、それを地元の企業に撒いた。つまり、あなたは最初から、この八ヶ岳市を〈アクア・オリエント〉の支配下に置くつもりだった。選挙というかたちでこの町を乗っ取ろうと画策していたんだ」

「そんなつもりじゃありません。私はあくまでも市民のためを思ってる。秋津さんが想像しているようなことにはなりません」

「資金潤沢なあなただったら、思い切って物量作戦で選挙を進めることだってできたはずだ。どうして私たちのような市民グループを使って、ボランティアによる手作り選挙をやってきたんですか？」

「それは有権者への印象づけのためです。お金があるからと、札びらを切るような選挙をやったら、市民の心は離れていくばかりですから」

「みんなあなたを信じて、必死に頑張ってきたんですよ。それなのに、あなたはみんなの善意を踏みにじって……」

「どうか御理解ください。世の中をいっぺんに変えようとしても、それは不可能なことなんです。だから、少しずつ変えていくしかない。そのためには多少の必要悪も仕方ないことだと思います」

御理解ください――それはあの〈シェリダン〉の渉外担当だった細野という男が何度も秋津たちの前で口にした言葉だった。

「秋津さん。あなたたちはこれまで本当によくしてくださいました。私がこうして選挙に臨《のぞ》めたのは、ひとえに秋津さんたちのおかげだと思っています。だから、こんなことでつむじを曲げたりせずに、この先もごいっしょできませんか？」

秋津はまた黙ってかぶりを振った。

「みなさんでこの八ヶ岳市の将来を考えていこうじゃないですか。いずれここは県内随一の富に恵まれた市になります。市民の本当の幸せはそこから始まるんです」

「お金が入れば入るほど人は心を失っていく。今の政治のあり方を見ればわかることじゃないですか。原発誘致をして交付金で潤った地方都市がどうなりましたか？　見てくればかり豪華なハコモノをあちこちに建てて、成金政治をやらかしたあげく、果ては維持費に喘ぐことになって、さらなる交付金をあてにして次の原発を誘致することになる。まるで麻薬患者のように喘ぐ彼らのあり方を、嫌ってほど見せられたはずじゃないですか」

「秋津さん……」

門倉の顔からいつしか笑みが消えていた。

「いいですか、門倉さん。あなたも決起集会でおっしゃっていましたが、この八ヶ岳市にとって何よりも価値があるのは自然なんです。山があって森があって、川がある。そんな当たり前の環境があるからこそ観光客はこぞってここへやってくる。それなのに便利さばかり求めて無駄な開発をし、山を切り崩して無駄な道路を造り、川をコンクリで護岸し、古い家並みを一掃して、個性を失ったビルばかりの光景にしようとしている。森を薙ぎ払ったメガソーラーや南アルプスの深い地下を貫通するリニアは、たしかに富をもたらすかもしれない。けれども、そこに本当の人の幸せがありますか？」

秋津は唇を嚙みしめてから、こういった。「断じてないと私は思う。あなたがやろうとしている海外の巨大な水企業の誘致も同じだ。いや、もっと悲惨な未来をこの土地にもたらすことになる」

秋津は立ち上がった。

足がテーブルにぶつかって、手つかずの紅茶が揺れてこぼれた。が、かまわなかった。

「帰ります」

頭を下げ、門倉に背を向けた。

靴を履き、玄関の扉を開けた。その扉をゆっくりと閉めるとき、肩越しに見た。

門倉はまだ同じようにソファに座っていた。

冷ややかな顔で秋津を見ていた。

その目は、妻の美和子のそれにそっくりだと思った。

10

朝から薪を割っていた。

良質なクヌギやナラばかりの丸太だった。

前の日、親しくしていた林業の業者が、地主から頼まれて伐採したものがあるから持っていっていいと声をかけてくれたのだ。さっそくその日の午後に高級酒を手土産に持参し、場所を教えてもらって軽トラを走らせた。

〈ヴィレッジ〉から車で二十分程度の山林だった。チェンソーで適当な長さに切っては軽トラの荷台に積み込み、三度に分けて運んできた。それを今朝から玉切りにし、斧を入れて割っていた。

革手袋をつけているとはいえ、スウェーデン製の斧を何時間もふるうとさすがに疲れが蓄積していく。斧を薪割り台に立てて、近くに置いたペットボトルをとりにいく。

喉を鳴らして飲んでから、ひと息ついた。

〈クリスタル天然水〉のラベルをじっと見つめる。〈シェリダン〉の社標の上に八ヶ岳のイラストが描かれている。地下水が止まり、段ボール箱で買い求めたボトルウォーターが、家の地下室にまだかなり貯蔵されている。

気がつけば、ずいぶんと長い間、ビニールラベルのイラストを凝視していた。

初めて井戸水に異状が起こってから、もうすぐ三カ月になろうとしていた。十二月もすでに半ばを過ぎた。あれからいろいろなことがあって、生活はすっかり一変した。何よりも変わったのは秋津たちの水に対する意識だった。

ふいに遠くで声がした。

拡声器の女性の声だった。

〝どうか、白井を！　白井をふたたび市政に、よろしくお願いします！〟

門倉の選挙カーではなかった。白井雅行候補のほうだ。

今頃、門倉も市内のどこかで選挙カーを走らせているはずだった。真琴や理沙子、クマさんたちがスタッフとして頑張っている。

朝から事務所に詰める予定だった。それなのにどうしても気が進まなかった。出かける間際になって、真琴にこういった。

――悪いけど、今日は休ませてもらっていいかな。

彼女はじっと夫を見つめていたが、かすかに微笑んで頷いた。

――いいよ。門倉さんやスタッフのみんなには適当にいっとくね。

そういい残して、彼女はひとり、フィアットに乗って出ていった。

けっきょく昨夜のことは妻に話していない。真琴のほうもあえて自分から何かを訊こうとはしなかった。

真琴は門倉に入れ込んでいた。それは彼女の夢であり、熱意であった。

それらを奪うことはできなかった。

この先、選挙運動をボイコットすることは、やはり後ろめたかった。

門倉本人はともかく、周囲のスタッフたちは至極、真面目で熱心に選挙運動に携わっている。そんな彼らを差し置いて、ひとりで抜けるのはやっぱり気が重い。

〝八ヶ岳市と国の行政を太いパイプで結ぶ白井。白井におまかせください！〟

ウグイス嬢の声が〈ヴィレッジ〉のすぐ近くから聞こえ、だんだんと遠ざかってゆく。

日曜日の投票をどうするか考えていた。

選挙に行かずに棄権するのは市民の権利を放棄することだ。だとしたら、白井に票を入れるのか。それは考えられなかった。だったら白票を投じたほうがましだと思った。

どう考えても結論が出ない。

秋津は吐息を投げ、また斧を摑んだ。

玉切りを台の上に立てて斧を振り上げ、力いっぱい振り下ろした。

うまく筋目に入って、薪がきれいに左右に飛んだ。

しばらくすると、遠くから島本がくわえ煙草で歩いてくるのが見えた。トレーナーにダブダブのジーンズ。十二月で気温が五度を切っているというのに、いつもの素足にサンダル履きだった。ジーンズの膝の辺りにはコーヒーらしい茶色の染みがついている。

「よ」

例によってぶっきらぼうに手を挙げて挨拶をし、島本は玉切りのひとつに腰を下ろした。

そうしてしばし、秋津が薪を割るのを眺めていた。

偏屈で、箸にも棒にもかからないような男だが、なぜか秋津はそんな島本が好きだった。いつも無愛想で直情径行な人間。本来ならば背を向けたり袂《たもと》を分かつようなタイプなのに、なぜか彼がいると安心する。それはおそらく、自分の別の一面を彼が体現しているからだろう。

人の中にはいろいろな面がある。性格といってもいい。

島本は秋津の中のある部分を凝縮したような存在だった。だから、たまに迷惑だったり、苛ついたりすることはあっても、妙に親近感をおぼえてしまうのだ。

「元気がなさそうだな」

島本がいったので、秋津は笑った。「それはこっちの科白《せりふ》だ。どうした?」

「うん?」

くわえ煙草のまま、ちらと見てから、視線を落とした。

「先日、脱稿した書下ろしの長編な。初刷部数をまた落とされちまった。この調子だと、俺みたいな中堅どころの作家はとてもじゃないが食っていけないんだよ」

「やっぱり出版不況か?」

「今の時代は誰も本を読まねえ。どいつもこいつもスマホばっかりだ」

「そうだろうな」

秋津はそういってから、思い出した。「ところで……『小説宝文』の新連載、読ませてもらったよ」

島本は秋津の顔を見て、またわざとらしく視線を逸らした。「どうだった?」

「まだ第一回目だが、面白かったよ。われわれ自身のことに絡んでるせいかもしれないが、この先もわくわくしながら読めそうだ」

「本当か」

「いかにもあんたらしい小説だと思う」

「その思いが、読者に伝わればいいんだが」

「これからの展開次第だろうね。だけど、書き出しからしてリキが入ってるじゃないか。自信があるんだろう？」

秋津がいったとたん、島本は照れたように頭を掻いた。

それからまた会話が止まった。

秋津は斧を持ち直し、さらに三つ、玉切りを割って薪にした。それを無造作に傍らの薪の山に放り投げた。

「なあ。薪ストーブって、暖かいんだろうな」

ふと手を止めて、秋津は島本を見た。「あんたんところは灯油だったたな」

「大きめのファンヒーターを使ってるが、やっぱり冬場は寒くてな。しかも灯油の価格が年々上がって困るよ。薪ならそうやって自力調達できるんだろ？」

「そうはいっても、いろいろ苦労するよ」

「だろうなあ。俺はズボラだし、マメじゃないから、そういう作業に向かないんだ。家族がいりゃ考えるけど、俺ひとりだし。まあ、だから貧乏作家でも何とかなるんだが」

「移住してきた頃は羽振りが良さそうだったけど？」

「あの頃は本が売れたよ。増刷もかなりあったしな。ところが、ここまで景気が冷え込んじゃダメだ。今日の飯も食えない状況で、誰も本なんか読むはずないさ」

島本は連載誌だけではなく、新刊が出るたびに持ってきてくれる。昔はそのたびに読んでいたものだが、ここ最近は忙しくて書棚に突っ込んだきりだった。読書をするという心の余裕がすっかりなくなっていたのだ。

「こんな俺の原稿でも、大事にしてくれている出版社がいくつかあってな。だから、それに応えようと頑張ってるんだよ。増刷はかかんねえ、刷り部数は減らされる。だけど、奴らも同じように苦しいんだ。そのことはよくわかってるからさ」

秋津には理解できた。デザイナーとして出版業界の片隅にいたからだ。

島本は短くなった煙草を口許からつまみ、地面に落としてサンダルでたんねんに踏み消した。

「ところで、今日はなんで選挙カーに乗ってないんだ？」

ふいにいわれて秋津はまた手を止めた。額の汗を拭って、ペットボトルの水を飲んだ。

「ちょっと門倉さんとひと悶着あってね」

そう答えた。

「何となく察しがつく」

少し笑いながら、島本がそういった。「選挙はどうするんだ」

「それで悩んでるところだ。島本さんは？」

彼はちらと視線をやってから、またそっぽを向いた。

「俺も悩んだが、やっぱり白井に入れるわけにはいかんだろ」

「そうだよな」

「とにかくまず空気を入れ替えるって考えたらいいんじゃないか」

なるほどと思った。空気を入れ替える、か。

悪い空気が入ってくるとしても、古い空気が淀んでいるよりはいいのかもしれない。

「とにかく今回の選挙は新旧が逆転する可能性が出てきたことはたしかだ。門倉さんが当選するとしたら、市民がそれを望んでいるということだ」

「たしかにそうだ」

秋津が答えると、島本は少し笑ってから煙草をまたくわえた。

「ところでさ。もともとあんたや奥さんたちが門倉さんの選挙に関わるようになったのは、俺たちの水問題に端を発してるんだ。その目的がだんだん逸れてきてるんじゃないかね」

秋津は口をつぐみ、島本の顔を見つめた。

図星だと思った。

「門倉さんが市長になって、もし俺たちが抱えてるこの問題が解決するなら、それでかまわないよ」

秋津は少し暗くなった。

門倉に関する真相を告げるかどうか迷ったが、やはり黙っておくことにした。妻にさえ、昨晩のことをいっていないのだから。

「あんたの悩み、うまく解決すればいいな」

秋津の顔に何かを悟ったようだったが、島本はあえて問わなかった。

「じゃあ。仕事に戻るわ」

そういって手を挙げ、背中を向けてサンダルを鳴らしながら帰って行く。

秋津はしばしそれを見送ってから、また斧を手にした。


夕方、翔太を学校に迎えに行くと、夕食を作り、それからシャワーを浴びた。

〈ヴィレッジ〉で共有している軽トラを借りて、門倉の選挙事務所に向かって走らせた。

ステアリングを握りながら、やはり心が晴れずにいた。

――当選後に政治家が心変わりするのはよくあることです。

昨夜の門倉との会話が何度も脳裡によみがえる。ことさらあの言葉は応えた。そして別れ際の冷ややかな視線――。

だが、やはり逃げるわけにはいかなかった。現実逃避はどうやっても肯定することができない。闇を見てしまった以上あえてその闇に向き合わねばならない。ようやくその決心がついたのだった。

選挙事務所前についたのは、午後八時を回った頃だった。

選挙カーがそろそろ戻る時刻だったが、まだ駐車スペースには見当たらない。

ドアを開き、中に入ると、スタッフたちがいっせいに秋津を見た。思わず目を逸らしそうになるのを堪えた。

「秋津さん。お疲れ様です」

高崎が笑顔で声をかけてきた。

「すみません。昨日、今日と自分の都合でサボってました」

答えてから、壁に並んで貼られた門倉達哉のポスターを見つめる。屈託のない彼の笑顔に、心が痛んだ。しかし周囲にそれを悟られるわけにはいかない。

「少し前に選挙カーの理沙子さんから電話が入ったんですけど、今日もずいぶんと沿道から手を振ってもらったり、声援が送られたそうです。白州の道の駅ではいっぱい集まってくださって、握手攻めだったそうですよ」

高崎の報告に秋津は笑顔で頷く。

ちょうどそのとき、表に車の音がした。やがてドアが開いてスタッフジャンパーを着た理沙子と真琴。ふたりに続いて門倉と妻の美和子が入ってきた。

事務所のスタッフたちが総立ちになり、拍手を彼らに送った。

最後に事務所に入ってきたのは斉藤《さいとう》という若い男性スタッフ。おそらく運転手をつとめたのだろう。

門倉は秋津がいるのに気づいて、一瞬、表情を硬くした。が、すぐに破顔して、いつもの笑みを作り出した。

「秋津さん！」

そういって門倉は足早に近づいてくると、手を差し出してきた。

秋津は困惑しながら彼と握手を交わした。

「すみません。妻にまかせっきりで……」

「いいんですよ。連日のご多忙でしたから、たまには体を休めないと」

そういってから手を離した。「でも、ちゃんと来てくださったんですね」

秋津がどう答えようかと逡巡していると、門倉は向き直り、スタッフたちにいった。

「みなさん。明日からはいよいよ大詰めです。これまで以上に厳しい戦いになると思いますが、気を引き締めて頑張っていきましょう！」

大声でそう宣言したとたん、スタッフたちの拍手の渦に巻き込まれていた。

秋津はあっけにとられたまま、門倉の後ろ姿を見つめていたが、その向こうに立っている真琴と目が合った。妻は少し不安げな様子で彼を見返してきた。


夜中にトイレに起き出して寝室に戻っていくと、真琴が目を覚ましていた。

時刻は午前二時を回ったところだ。

羽毛布団をめくって彼女の傍らに入り、仰向けになった。暗い天井を見上げながら、しばし黙っていた。

ふいに枕元の照明を点けられた。

「ねえ。大丈夫？」

心配そうにこっちを見つめている。

「うん」

くすっと笑われた。秋津はしばし黙っていた。

この夜、家に戻ったのは午後十時すぎだった。

とりわけ真琴は疲労困憊《こんぱい》といった表情で、風呂に入り、缶ビールを飲んでから就寝した。

秋津はビールを付き合ってから、自室に入り、パソコンを開いてインターネットのブラウザを立ち上げた。門倉と〈アクア・オリエント〉の関係についてもう少し情報を得たかったのだが、やはりやめた。

これ以上、何をどう知っても、事態が変わることはないのだと思った。

「そっちこそ、ずいぶんと疲れたように見えるけど？」

彼の隣で真琴がいった。「そうね。すごく疲れてる。でも、このまま最後まで走り抜けるしかないの」

「俺はひとりで抜け駆けするつもりだった」

「だけど、私の夢を壊したくなくて、気を遣ってくれてるんでしょ」

秋津はかすかに息をついてから、こうつぶやいた。

「何ていったらいいのかな」

「だって、これを始めたのは私のほうからだもの。あなたにはあなたの考えがある。それでいいじゃない」

「そういってくれると少し救われる」

「昨日の夜のことは話さないでね。すべてが終わるまで」

「ああ。そのつもりだ」

「彼はきっと勝つと思う。すべてはそれからよ」

「そうだね」

「俊介さんはどうするつもり？」

しばし考えてから、こういった。

「俺ももう少し門倉さんに付き合ってみようと思う。彼がどういう人物であれ、俺たちはいっしょに歩きだしているんだ。エスケープルートはないんだよ、たぶん」

「じゃあ、いっしょに頑張ろうよ」

「ああ」

そういって秋津は妻の顔を見つめた。

真琴も見返してきた。

「何だか俊介さんって、変わった」

「え」

「いい意味でよ。たぶん、私も」

「そうかな」

「ある日突然、水が濁って、それから出なくなって、自分たちの生きる権利を取り戻そうと、巨大な水企業の〈シェリダン〉を相手に戦うつもりだった。だけど、それが今はこんなことをしている」

「それはどちらも目的が同じだからじゃないか。山梨日報の樫尾さんもそういってたけど、俺たちが自分でやるべき戦いを、門倉さんという大きな力に託そうと思ったからこそ、彼を市長にしたいと思った」

「それは必然的な流れだったと思うの」

「必然的……」

「私たちの生活の中から、水という大切なものが忽然と消えてしまった。そのことで自分たちの根本が揺らいで、戸惑い、どうすればいいかを考え、何かをしなければならないって悟った。だから市長選挙にここまで入れ込み、この八ヶ岳市を変えようと思ったわけよね」

「そうだな」

「この〈ヴィレッジ〉とか、自分たち個人で大きな水企業を相手に戦っても、まず勝ち目はない。それはわかっていた。だから、少し遠回りになるかもしれないけど、私たちは今のこの手段を選んだんじゃない？」

少し考えてから、秋津は頷いた。

「だから、私は最後までこの流れに乗ってみようと思うの。結果がどうあれ」

しばし考えてから、秋津はいった。

「わかった。君を信じる」

「そうそう。今日ね、あなたがいってた功刀清二郎さんに会ったのよ」

秋津は驚いた。「どこで？」

「箕輪新町を選挙カーで通りかかったら、店から出てきてくれたの。門倉さんの手を握って、応援してるよって声をかけてくださったわ」

「そうか。良かった」

「あの人のお孫さん、うちの翔太の同級生だったのよ」

「まさかあの、功刀……未空《みく》ちゃん？」

「そう」

運動会など小学校の行事に保護者として参加していたから、翔太の友達は何人か顔を知っていた。功刀姓はここらには何人かいるから、そうと気づかなかったのだ。

「おじいさんにちっとも似てないじゃないか」

「だって未空ちゃんのお母さんが美人だもの。そっちに似たのよ」

そういって真琴が笑う。「そういえばって思い出したの。功刀さん、何度かＰＴＡなどの保護者の集まりに来てたことがあったわ。大柄な人だから印象が残ってたのね」

「そうだったか」

「いつか、あなたが話してくれたでしょ。清二郎さんといっしょに川のいちばん源流部まで行ったこと」

「ああ」

「その話を聞いてから、何度か夢に見たの」

「けっこう険しい場所だよ」

「わかってる。また清二郎さんに案内をお願いして、今度、家族みんなで行ってみない？私も見てみたいの。川の水の最初の一滴が生まれる場所」

秋津もあのときの光景を思い出した。

心が洗われるような気がした。

「いいね。みんなで行こうか」

「ありがとう」

真琴が布団の下で腕と脚を絡ませてきた。

11

翌日の金曜日、秋津は気まずい心を抱えたまま、門倉の選挙スタッフとして働いた。選挙カーでは門倉と隣り合わせに座った。が、あの夜のことがなかったかのように、ふたりはふつうに会話をした。

他のスタッフたちに悟られないよう、秋津は気を遣っていた。門倉自身もおそらくそうだっただろう。

彼は見事なまでにいつもの彼だった。秋津に悟られたことは、門倉にしてみれば首根っこを押さえられたようなものだろうが、それがまったくなかったかのように、門倉はごく自然にふるまっていた。

あとになって思えば、門倉は秋津のことを見抜いていたのかもしれなかった。秋津が摑んだことを公にすれば、門倉の選挙は文字通り、ひっくり返る。そしてそれまで秋津たちとともに戦ってきたスタッフを失意のどん底に落とすことになるし、そこまでの愚挙をして、秋津が門倉を告発することはありえない。

そのことを門倉は誰よりもわかっていたのではなかろうか。

ずっと気が重かった。無理に笑顔を作り、手を振りながら、秋津は心の底に重たい鉛のような異物感をじっとため込んでいた。それをわかってくれているのはただひとり——妻の真琴だっただろう。

ときおり目が合ったときに感じた彼女の秘めた感情が、秋津の胸に応えるとともに、それがゆいいつの救いだったことはたしかだ。


最終日の土曜、午後八時にすべてが終わり、選挙カーが事務所に帰還し、スタッフたちの拍手に迎えられた。

女性スタッフから花束が渡され、門倉は喜色満面だった。

そんな彼の様子を、秋津は少し離れた場所から見つめるばかりだった。

12

翌朝、日曜日——。

翔太ひとりを家に残して真琴とふたり、近くの集落にある多目的集会場までフィアットで行った。

駐車場には軽トラや軽自動車などが三台、停まっていた。少し離れた場所にある児童公園にも何台か停まっているが、そっちは選挙管理委員会や投票所の立会人などの車だ。

入り口に向かうと、近所に住んでいる知り合いの老婆が出てきた。

「ご苦労様です」

皺だらけの顔に笑みを浮かべ、頭を下げる。

秋津と真琴も頭を下げて挨拶を返した。

靴を揃えて脱ぎ、板張りの上でスリッパに履き替えた。ハガキで届いていた投票所の入場券は夫婦それぞれがハサミを入れて切り離してある。それを長テーブルに並ぶ受付の女性に渡し、隣に座る対照係の男性に名簿にチェックを入れてもらう。さらに隣にいる交付係の女性から投票用紙を受け取った。

それをいくつかに仕切られた投票記載所の記入台に持っていき、候補者の名を書く。テーブルの前の衝立には市長候補、ふたりの名があった。

〈白井まさゆき〉

〈門倉達哉〉

秋津はその名をしばし見つめた。

隣の仕切りでは真琴がすぐに書いて、投票箱に向かったようだ。

候補者たちの名前から目を離し、テーブルの上に置いた投票用紙を見下ろした。鉛筆が何本か置いてあるが、真琴とあらかじめ話し合って持参のボールペンを使うことにしていた。それを右手に持ったまま、ゆっくりと投票用紙にペン先を近づける。

門倉とのことがいろいろと脳裡に浮かぶ。

水問題で救いを求めての出会いだった。

しかし、それが裏切られたときのショックは、今でも心に重たく残っている。それでも、秋津が選挙スタッフとして活動し続けたのは、ひとえに妻の真琴のためだった。彼女の夢を壊したくなかった。

そしてそのことを後悔してはいない。

秋津はボールペンを走らせた。

——門倉達哉
そう記してから、投票用紙を縦にふたつ折りにした。

向き直って歩き、フロアの中央付近に置かれた金属製の投票箱のスリットに差し込み、指先で押し込んだ。

ちょうど目の前、秋津のほうに向けて長テーブルが置かれ、そこに投票管理者を中央に、左右に立会人たちが二名、座っていた。全員が男性。

〈カナディアン・ログ・ヴィレッジ〉がある地元の区長が中央にいた。

よく日焼けした厳《いか》つい顔で、無表情に座っている。

秋津は頭を下げた。区長と他の男たちも、軽く頭を下げてきた。

そのまま秋津は玄関に向かった。スリッパを脱ぎ、靴を履いて、外に出る。

ふうっと溜息をついた。

外で真琴が待っていた。

両手を腰の後ろで組んだまま、口許に笑みを浮かべている。

「どうだった？」

「息が詰まるみたいだったよ」

彼女はちらと夫の顔を見てから、小さく笑った。「いろいろとありがとうね」

「いいさ」

ふたりで車に向かって歩き出した。


十二月も半ばを過ぎたというのに、春のように暖かな日だった。

空は抜けるように高く、一面にうろこ雲がちりばめられている。

車を走らせて集会場を出ると、周囲に田園地帯が広がっているが、冬の農閑期ゆえに枯れ色になって殺伐としている。あちこちにカラスがいて、何かをついばんでいた。

「どこかで散歩でもして帰らない？」

助手席の真琴の提案を秋津は受け入れた。

「いいね。たまにはのんびりと歩いてみようか」

県道から外れて少し開墾地に入ったところに小さな空き地を見つけ、そこに駐車した。

フィアットを降りると、畦道《あぜみち》をふたりで並んで歩いた。

「都会から引っ越してきて、たったの五年だけど、あっという間だったわね」

真琴にいわれて、秋津はこの土地にやってきたときのことを思い出した。

「ホントだね。あっという間だった」

あの頃は右も左もわからず、とにかく必死だった。田舎暮らしに夢を持ってやってきても、現実はまったく違った。悠々自適にスローライフが楽しめるはずが、都会生活にもなかった多忙とストレスに押しつぶされそうになっていた。

とにかくここを選んだのだから、腹をすえて生きていくしかない。

家を建てた以上、どこかに逃げ出すという選択肢もなかった。

「まさか、あんな水騒動が起こって生活が一変するとは思わなかったわ」

「都会にいた頃は、水も空気もタダのようなものだった。それがいざ、こっちに来てみると、こんな苦労があるだなんて。山の神様はちゃんと見てるんだな」

「だけど、そのおかげでいろんな経験ができたわ」

「そうだね」

ふと、肩を並べる真琴の横顔を見た。

「門倉さんのこと、聞きたい？」

真琴はちょっとだけ唇を噛んでいたが、こういった。

「実はね、あなたが帰ってきてからすぐ翌日、樫尾さんに電話をしたの。すべてを知ってしまったわ。樫尾さんには黙っててって口止めしてたんだ」

秋津は驚いた。

「それでも君はずっと門倉さんを……？」

「ずいぶんと悩んだのよ」

俯きながら彼女はいった。「だけど、悩んだって始まらないでしょ」

「ひとりだけこそこそと逃げ出そうとしたりして、俺は恥ずかしいよ」

「そうじゃない」

真琴は少し笑って彼を見た。「あなたみたいなストレートな人間は、きっとあそこには居づらかったと思う。だからすごく無理していることがわかった。自分の目的のために他人の不幸を利用するような人間と、あなたが共存することはあり得ない。遅かれ早かれ、あなたは門倉さんに背を向けたはずよ」

「だったら君は？」

「これは門倉さんの戦いじゃなくて、私自身の戦いだと思ったの。だから最後までやりぬくって自分に誓った。だけどね。今日の結果がどうあれ、私は門倉さんとは今回限りで袂を分かつつもりでいるの」

「そうか」

「もし、門倉さんが市長になって、〈アクア・オリエント〉や他の水企業の誘致が実行されるようになったら、今度は彼を市長の座から引きずり下ろすことを考えるわ」

「どうやればいいんだろう？」

「たとえば彼の秘密を〈シェリダン〉にリークするとか」

「かつての仇敵と今度は手を組もうというわけか。まさに狡知《こうち》に長けた軍師だな」

秋津が笑いながらいった。「君こそ、政治家に向いてる気がする」

「なんてね、冗談よ」

そういって真琴が秋津の腕を軽く叩いた。「そんなことができるはずがないわ」

彼女はふいに真顔に戻る。

「これから選挙事務所に帰って、スタッフのみんなと開票結果待ちだね」

「乗りかかった船だ。最後までつきあうよ」

ふいに真琴が秋津の腕を取って、いった。「ありがとう、俊介さん」

彼は小さく頷いた。

13

現職市長の当確が決まったのは、午後七時半過ぎのことだった。

門倉達哉の得票数は九千八百七十二票。

白井雅行は一万九千百八十八票。

投票率は七十一パーセント。

かなりの票差で白井が勝ち、門倉は落選した。

門倉の選挙事務所は重い空気に充たされていた。

スーツの胸に赤い花を差した門倉がスタッフたちの労をねぎらい、挨拶をしている間、秋津は真琴とふたり並んで事務所の片隅に立ったまま、片目のままとなった必勝ダルマを見つめていた。

門倉はさすがに昏い表情だったが、いつもの淀みのない口調で挨拶を述べ、妻の美和子とふたりで深々と頭を下げた。

スタッフたちの間から、軽くパラパラと拍手が聞こえただけだった。

門倉夫妻が事務所を去ると、スタッフたちの間に静かな吐息が洩れた。全員が気まずい顔で動き始めていた。選挙事務所の後片付けは翌日となっていたが、スタッフたちは壁のポスターを外したり、ペットボトルや書類などのゴミ集めをし始めた。

理沙子とダグラスのマッケンジー夫妻は、クマさんといっしょに事務所を辞去することになった。

「俊介さんも理沙子さんたちと先に帰ってて。翔太がうちでひとりで待ってるから」

真琴にいわれ、彼は妻の提案を受け入れることにした。


ダグラスが運転するフォレスターの後部座席に座り、秋津は車窓の外の深い闇を見つめていた。

途中、樫尾から電話がかかってきた。

今回の選挙のことで少しだけ彼と話し、秋津はスマートフォンをしまった。

けっきょく門倉は白井の組織票を崩せなかった。

市内の企業、業者は裏金を受け取っていながら、これまでどおりいっせいに白井に票を投じていたのだろう。樫尾はそう推測していた。秋津も同じことを思っていた。

門倉の実業家、タレントとしての知名度も、この土地の因習を突き崩すことはできなかったのである。

しかし門倉の出馬のおかげで、全国の目が、この旧弊な土地に向けられた。

そのことだけはたしかだっただろう。

14

八ヶ岳市はやがて新年を迎え、ひと冬を越した。

雪がほとんど降らないまま、やがて春になって、梅と桜の開花が終わり、山や森の木々が薄緑色に芽吹き始めていた。ひと雨ごとにだんだんと気温が上昇し、庭草が伸び始めた。タンポポの黄色い花に蝶がとまり、野鳥たちがさえずっている。

周囲の野原や耕作放棄地の上に蚊柱が立っていた。

〈カナディアン・ログ・ヴィレッジ〉の敷地のあちこちに生えている白樺も、若芽をいっせいに開いて新緑を輝かせていた。近くの林からウグイスの声がけたたましく聞こえる。

この半年、秋津たちの周りにとくに変わったことは起こらなかった。

理沙子とダグラスのマッケンジー夫妻は、三カ月ほどニュージーランドに滞在して、釣りやトレッキングを楽しんでいたようだ。秋津のところに写真入りのハガキが二度ばかり届いていた。

先週、ふたりは帰国したばかりだった。

翔太は四月から小学五年生になった。あれ以来、苛めもなく、楽しそうに学校に通っている。ふたりの店〈森のレストラン〉は春の行楽シーズンを迎えて忙しくなり、クマさんの手作りジャムの店も地元誌〈八ヶ岳ウィーク〉に紹介され、来客が急に増えたようだ。

〈ヴィレッジ〉の共同井戸は相変わらず水位不足のままだった。

定期的に水道の配管バルブを切り替えて、彼らは試してみた。井戸のポンプ用電源は電力会社からの通電を止めているため、クマさんの家にある二百ボルト三相式の発電機を使う。重さ百キロ以上あるホンダの発電機をふたりで台座に載せて運び、スターターを引き、エンジンを回して発電する。

しかし井戸からの給水に切り替えて蛇口の栓をひねっても、相変わらず水が出る様子はなかった。

「そのうち、いつかまた復活するよ。あきらめずにまたやってみよう」

がっかりした秋津に、クマさんは屈託のない笑顔でそういい、またふたりで重たい発電機を彼の倉庫に戻すのだった。


ゴールデンウィークに入って、八ヶ岳南麓には県外ナンバーの車がひっきりなしに行き交うようになった。

〈森のレストラン〉は午前十一時の開店前から客が入り口の前に並ぶ。

予約の電話もひっきりなしにかかってくるため、いちいち断るのがたいへんだった。

店では基本的に予約は受け付けておらず、ほとんどの客が〈食べログ〉などのネット情報でそのことを知っているはずだが、やはり行楽シーズンになると違ってくる。

その日は午後三時過ぎになって、ようやく〈営業中〉の看板を〈準備中〉にかけ替えることができた。

食材が足りなくなり、スーパーに買い出しに行かねばならなくなった。

翔太も行きたいというから、どうせなら夕方の開店まで野山で山菜でも採ってこようということになり、家族三人でフィアット・パンダに乗り込み、〈ヴィレッジ〉を出た。

車窓をめいっぱい下ろし、春風を入れながらの気持ちいいドライブだった。

八ヶ岳は霞んで稜線がよく見えなかったし、反対側の南アルプスも同様だった。沿道の野原からはキジがけたたましく鳴く声が聞こえ、ヒバリが空中でホバリングするように停止して、しきりにさえずっていた。

県境を越えて隣の長野県まで足を延ばした。

富士見町に山林を持っている店の常連客から、山菜を採っていってもいいと許可が出ていた。

家族三人、静かな春の山林を歩きながら、タラの芽やコシアブラの芽を摘んだ。ワラビやコゴミも採った。〈森のレストラン〉のメニューに山菜料理があり、定番の天ぷらのみならず、山菜パスタやピラフなども好評だった。

午後四時をまわって彼らは八ヶ岳市に戻り、いつものスーパーに向かった。

あと少しで店に到着するというときだった。

ふいに後ろから野太いエンジン音が聞こえた。ミラーに映った大きなトヨタ・ランドクルーザーが対向車線に出たかと思うと、あっという間に彼らのフィアットを追い越していく。ちょうど前から来ていた軽トラが減速しなければならなかったタイミングだ。

軽トラを運転していた老人が驚いた顔をしていた。

「危ないなあ……」

秋津がつぶやいた。

ランクルは品川ナンバーだった。観光客か、別荘の住人らしい。

その姿が前方に小さくなったかと思うと、ふいに右側にウインカーを出し、スーパー〈たんぽぽ市場〉に入っていった。

「よっぽど急いで買いたいものがあったのね」

助手席の真琴がそういって苦笑したのもつかの間だった。

今度は前方から車が三台。いずれも中型や大型のＳＵＶが続けてやってきて、それぞれまるで急旋回するように次々とスーパーの駐車場に入っていく。

秋津は、それらのあとに続くように〈たんぽぽ市場〉の駐車場に車を入れた。

思わずブレーキを踏んでいた。

店の前にある広大な駐車場いっぱいに車が停まっていたのである。

さすがにゴールデンウィークだと思ったが、どうも様子がおかしい。どの車もかなり無秩序な感じで駐車していて、中にはエンジンがかけっぱなしの車両もある。

「どうなってるんだ？」

思わず秋津がつぶやいたとき、店内の騒ぎが外に洩れた。

自動ドアが開き、大きな段ボール箱を抱えた中年男性が飛び出してきた。その箱の表に

〈クリスタル天然水〉と商標が書かれているのに気づいた。続いて何人か、両手に大きなレジ袋をぶら下げて、急ぎ足に店を出てきた。いずれも中に入っているのはペットボトルのようだ。

「まさか、これって……」

助手席の真琴がいった。後部座席の翔太も窓に顔をくっつけるように見ている。

そのとき、スマートフォンが震えて呼び出し音を鳴らし始めた。

液晶画面を見ると《篠田清子》と表示されている。

「もしもし、秋津ですがどうしました？」

とたんに耳障りな彼女の声が飛び込んできた。

――どうもこうもないのよ。また、水が出なくなったんだから！

「水が……って、水道ですか」

――そうよ。今度は水道の水まで出てこなくなったの！

「いつのことです」

――さっき気づいたの。だけど、隈井さんに訊いたら、もう一時間ぐらい前から、ずっと水が止まってたっていってたわ。

大きな声だから洩れていたのだろう。助手席の真琴と目が合ってしまった。

「公営水道ですから市役所が対処してくれると思います」

——だって市役所は今日も明日も休みじゃないの！

そうだった。

ゴールデンウィークの真っ最中だったのだ。

また、数台の車が立て続けにスーパーの駐車場に入ってきた。明らかに迷惑な場所に停めて、それぞれのドアから出てきた若い男女が勢いよく店内に駆け込んでいった。

突然、背後でガツンと何かがぶつかる音がして、激しいクラクションが鳴らされた。

見れば赤いレガシィと白いプリウスが見事に鼻面をぶつけ合っていて、車窓から顔を出した男性のドライバー同士が怒鳴り合っていた。

——ちょっと聞いてんの、秋津さん？

篠田の声がまた鼓膜を破りそうなほどに大きく響いた。

顔をしかめてから、秋津はいった。

「とにかく私や〈八ヶ岳ホームズ〉じゃ対処できませんから、市役所に任せるしかないと思います。篠田さんとこ、ペットボトルの水とかはありますか」

——そんなもの、とっくに使い切ったわよ。

「うちにストックがまだありますから、そちらにお持ちします」

――こっちからいただきにいくわ。

「今、ちょっと出先なものですから、帰ったらすぐに連絡します」

いきなり通話を切られた。

真琴が眉をひそめている。「困ったことになったわね。この騒ぎって、もしかして断水のせいかしら」

「たぶんな。公共水道ったって、ここらはけっきょく井戸を水源にしてるからね。それが涸れたらさすがにアウトだ」

「この様子だと、一カ所や二カ所じゃないみたいね」

「かなり広域で水が出なくなったんだろう。こうなったら、さすがに役所もおちおち休んではいられないはずだ。きっと何らかの対処をしてくれるよ」

だしぬけに怒声が聞こえた。

店内で大勢が走り回り、店員たちがあわてふためいているのが、外からでもうかがえた。

「まさに水パニックだな」

溜息交じりに秋津はいった。「こりゃ、買い物どころじゃないぞ」

「帰りましょう。どっちにしろ、今夜は店を開けられないわ」

「そうだな」

秋津はシフトをD《ドライブ》に入れて、他の車に注意しながら切り返し、慎重にスーパーの駐車場を脱出した。

15

その日の夕方のローカルニュースで、八ヶ岳市の広域断水事故の報道をやっていた。

市役所の上下水道総務課の担当が調査したところ、断水の原因は水道管の断裂などではなく、水源そのものにあったらしい。

市内における水道は二種類ある。人口密集地は二カ所あるダムに水源を得て浄水し、広域水道企業団によって各町内に配管されている。が、その他の地域では自己水源といって、地区の上流部に設置された井戸から地下水を汲み上げ、それをそれぞれの地域に配水している。つまり簡易水道である。

市内で九十四カ所ある自己水源のうち、八ヶ岳南麓エリアにある四十カ所の井戸が、水位不足によって水が送れなくなったのだという。

〈ヴィレッジ〉の井戸涸れ同様、今度は公共水道の水源の水が涸れてしまったのだ。

八ヶ岳市と水企業の協議会によって、地下水の観測井戸があちこち複数作られていたはずだが、今回の水の枯渇はまったく予想できなかったらしい。それだけ急激な水位の下降だったのだろう。

「ペットボトルを求めてスーパーやコンビニなんかに殺到したのは、ほとんどが別荘客だったらしいわ。地元の人たちは意外にのんびりしてるのね」

そういって真琴が笑った。

店のテーブルについて家族で簡単な食事をし、翔太が部屋に去ってからのことだった。

ふたりの前にはノートパソコンがあり、テレビのチューナーと接続されていて、液晶画面で地上波の放送が観られるようになっていた。

井戸涸れ以来、秋津の家の地下室には、段ボール単位でペットボトルのミネラルウォーターが保管されていた。それを篠田を始め、近隣の何軒かにも配ったばかりだった。

テレビは全国ニュースだが、八ヶ岳市の水騒動を報道している。

市内各地の店舗から、ボトルウォーターがほぼ消えてしまったようだ。そのため、県外まで買い出しにいく人々も多く、また道の駅などの天然水コーナーにはポリタンクを持った人々による長蛇の列ができていた。

白井市長にもマイクが向けられた。水源が復活するまで、県知事を通じて自衛隊による給水活動を依頼するつもりだという、彼の話を流していた。

秋津たちが使っている簡易水道の水源は、〈ヴィレッジ〉から数キロ、八ヶ岳方面に登ったところにある土地に作られた配水池と呼ばれる設備だ。市役所からもらった資料によると、井戸自体はステンレス造りの管理棟になっていて、給水人口はおよそ千二百人分。一日二千三百立方メートル程度の給水が行われていた。

その井戸が枯渇してしまったのである。

「さすがにニュースは井戸涸れの原因については言及しないんだな」

ウイスキーの水割りを舐めながら秋津がいった。

「あなたもやっぱりそう思うの？」

ソーダ割りのグラスを手にして真琴が訊く。

彼は頷いた。「テレビ局にとって、水企業は大きなスポンサーだからね」

先週、〈シェリダン〉の新工場が稼動したばかりだった。

ミネラルウォーター事業を拡大するためということで、揚水量はそれまでの倍近くになるという発表だった。さらに二カ月前、関西から参入した〈ウエストウォーター〉が、天然水を商品にするための工場をこの近くに建設した。

「この土地の地下水は、何社かの水企業によって、ほぼ汲み尽くされたんだろうね」

「また、因果関係が証明できないって、あの人たちはしらを切るのかしら」

「今度ばかりはさすがにそうはいかないよ。この〈ヴィレッジ〉みたいに小さなエリアならともかく、これは規模が違いすぎる」

「こっちの水は甘いぞ、か。人間の欲のすさまじさに、山の神様もさすがにあきれ果ててるでしょうね」

「前に読んだ本に書いてあったけど、〝水はカネのあるところへ流れる〟って。だけど、いつまでも流れるわけじゃない。つまり水も有限な資源なんだ」

「市長はどうするつもりかしら」

「さすがに水企業各社との交渉に入るだろうさ。今までは裏取引なんかで優遇していたかもしれないが、こうなったらもう仕方ない。市民の口に入る水がなくなったら、不満の矛先は市長自身に向けられるからね」

秋津がいったとき、表に車の音がした。

窓の向こう、外灯の中で浮かび上がるように見える車に目を留めて、彼は驚いた。どこかで見覚えがあると思ったら、灰色のＢＭＷ——門倉達哉の車だったのである。

思わず秋津が立ち上がり、続いて真琴も立った。

「まさか？」

彼女がいい、秋津と目を合わせた。

ドアがノックされた。急ぎ足で向かい、秋津がロックを外す。カウベルを鳴らしてドアが開き、外に門倉が立っていた。

「どうされたんですか？　こんな時間に」

秋津がいうと、彼は少し悲しげに笑みを浮かべた。

「明日、八ヶ岳市を出て行くことになりました。今までのお詫びと御挨拶を兼ねまして、ちょっとだけよろしいでしょうか？」

秋津は頷く。「お入りください」

店のテーブルのひとつに門倉を招いた。

彼が黒い薄っぺらな鞄とともに手にしていた手提げの紙袋——都内銀座の大手デパートの名前が読めた——をテーブルに置いた。秋津が覗くと、中にビニールクッションに包まれた酒のようなものが二本、入っていた。

「これは？」

「フランスの安いワインですよ。お店に置いてください」

秋津はかぶりを振った。

「受け取れません」

「しかし……」

「そんなことより、あれからどうされていたかをうかがいたいですね」

門倉は神妙な顔で秋津を見ていたが、ふいに紙袋を黒い鞄とともに自分の足元に置いてから、椅子を引いて座った。相変わらず背筋が伸びて、隙のないような雰囲気である。ただし、今まで彼の中にあった自信のようなものが、まったくうかがえなかった。だから別人のようにも見えた。

「もう引っ越しは終えられたんですか？」

秋津に訊かれて彼は頷く。

「別荘も売れて、引き渡しもすべて終わっています。明日からは妻とふたりで港区のマンション住まいになります」

「そうでしたか」

「選挙に敗れて居づらくなったことはたしかですが、それよりも〈アクア・オリエント〉本社からの依頼で、今度、日本支社長を引き受けることになりました。来年になれば、虎ノ門に自社ビルを建設する予定です」

「〈アクア・オリエント〉日本支社長ですか。それは、おめでとうございます」

皮肉と受け取ったのか、門倉は無反応だった。

真琴がトレイにカップを載せて運んできた。門倉の前にコーヒーを置き、ミルクとステイックシュガーを添えた。秋津の前にはブラックコーヒーを。自分のぶんもそこに置いて、真琴は秋津の隣に座った。

「またもや断水中で大変ですね」

門倉にいわれ、真琴が少し笑う。

「ボトルのストックがまだありますから」と、彼女が答えた。

秋津は門倉の顔を見つめた。

「少し、痩せられましたね？」

彼は口を結んだ。それからかすかに眉をひそめた。

「いろいろありましたし、しばらく入院もしていました」

「入院ですか？」

「胃潰瘍でした。ストレスをごまかそうとお酒に走ったせいだと思います」

「それは大変でしたね。もう？」

「ええ。全快ではないんですが、医者にかからない程度には良くなってます。今はまったくお酒は飲まなくなりました」

門倉は足元に置いていた黒い鞄を取り上げ、中からA4サイズの茶封筒を取り出した。

「実は……」

いったん言葉を切ってから、彼は茶封筒を秋津の前に置きながらいった。「これをあなたたちに渡そうと思っていました」

受け取り、中身を見た。

クリップで綴じられた数枚の書類。宛先は門倉達哉となっていて、書類の作成は〈東邦調査会社〉と読めた。住所は都内新宿区である。

「〈株式会社シェリダン八ヶ岳工場〉に関しての企業信用調査の報告書です」

門倉がそういった。

秋津は一枚一枚、めくりながら斜め読みをしていった。

一枚目は企業名や本社、各工場所在地、資本金や設立の年月日など。二枚目には代表取締役会長や副会長、社長、そして取締役や各役員らの名前や経歴などが書かれてあった。三枚目は数年前まで遡《さかのぼ》った業績、売り上げ高と経費などのバランスシート、会社名義の不動産、担保設定の状況、取引銀行など。

四枚目以降は役員や幹部を何人かピックアップしたらしく、その資産状況から交友関係まで洗い出してある。中には反社会的組織との交友や非合法が疑われる他企業との取引、さらに性的嗜好まで詳細に書かれてあった。

「これは……」

書類から顔を上げて、秋津がいった。

門倉はまた眉をひそめた。

「いずれ〈シェリダン〉や他の水企業は、こちらに新工場を作る予定だった〈アクア・オリエント〉の敵となるはずでした。だから、長い時間をかけて調査していました。後ろのほうには不正取引や不正献金の状況も突き止めて、詳しい報告があります」

「なぜ、私に？」

門倉はしばしあらぬほうを見ていたが、口を開いた。

「もう私には必要のなくなったものです。いずれ、〈アクア・オリエント〉の八ヶ岳工場がここに作られるかもしれない。しかし、もう私がそれに関わることはなくなりました。この報告書の内容は、あなた方にとって必要になるときが来るかもしれない。いざというときの担保として、みなさんで使っていただきたいと思いました」

秋津はまた書類に目を落とした。隣から真琴が覗き込んでいる。

「これは受け取れないわ」

彼女がふいにいった。「いくら向こうに非があるとしても、こんな手を使ってまで水企業に勝とうとは思わない」

「私も妻と同じ気持ちです。私たちは水企業に真っ向勝負を挑むつもりはなかった。相手と正面きって喧嘩をするのではなく、何とか平和裡にトラブルを解決したかった。だからこそ、あなたの選挙に参加して、市政を変えていただこうと夢を抱いていたんです。あのとき、その気持ちを踏みにじられた気がしました」

秋津はいい、書類を茶封筒に入れて門倉に返した。「お持ち帰りください」

門倉は受け取り、少し視線を落としてからこういった。

「やはり……そういわれると思いました」

茶封筒を鞄の中に入れると、彼は少し笑った。

「いらないお節介をもうひとつだけ、提案させていただいてよろしいでしょうか？」

秋津は驚いて彼を見た。

門倉はこういった。

「秋津さんが今、おっしゃられたように、あなた方のやり方は平和主義というか、いかにも秋津さんらしいと思いました。それならいっそ、悪化したお互いの関係を改善するというのはいかがですか？」

「どういうことです」

秋津の目をじっと見つめてから彼はいった。

「広域断水中の八ヶ岳市に、水企業が汲み上げた水を供給するように進言するんです」

「しかし、かつて彼らはわれわれからのその要請を断ってきましたよ」

「日常ではなく、あくまでも非日常の今だからこそできるのではないかと思います。何万戸という単位で断水が起こっているこの土地は、まさに被災地といってもいい。白井市長は県知事を通して自衛隊の出動要請をしたようですが、給水が始まってもすぐに市民全体には追いつかない。そんなときだからこそ、企業が自発的に市民たちに水を供給する。学校や病院といった大きな公共施設を中心に企業から水がもたらされれば、大きなニュースとなって伝わるだろうし、彼らのイメージも向上します。真の意味での地域貢献というわけです」

秋津はあっけにとられた顔で門倉を見つめていた。

「ねえ。〈シェリダン〉の細野さんだっけ。彼に提案してみたら？」

隣から真琴にそういわれた。

秋津は小さく吐息をつき、両手で自分の顔をさすった。

「門倉さん。あなたはやはり策士だ」

「それは褒め言葉ととっても？」

秋津は頷いた。

「もしもあなたがここの市長になっていたら、いちはやくそのことを水企業に打診していたんでしょうね」

「おそらく」

そういって彼は椅子を引き、静かに立ち上がった。

「では、そろそろ失礼します」

秋津と真琴に頭を下げると、黒い鞄とワインの入った紙袋を取り上げ、ふたりに背を向け歩き出す。

彼らは門倉を戸口まで送り、扉を開けた。

灰色のＢＭＷに乗った門倉が去っていくのをふたりで見送った。漆黒の闇の向こうに赤い尾灯が小さくなり、消えて行った。

扉を閉めてテーブルに戻ると、真琴が食器を片付けながらいう。

「あの人、コーヒーにまったく手をつけてなかったわ」

「仕返しかな」

「え」

驚いた妻に、秋津はこう返す。

「門倉さんの家に最後に行ったとき、奥さんに出された紅茶を飲まなかった」

「子供っぽい意地の張り合いね、それって」

真琴が肩をすくめて微笑む。

テーブルの椅子を見つめた。そこに座っていた門倉のことを考えた。

今にして思えば、それほどの悪人でもなかったような気がする。

たしかに策士、策略家ではあったが、詐欺師のように人を騙して利得を狙うようなタイプの男とは違う。しかし他人の心の痛みを理解できないところがあったのだろう。そのため、結果的に秋津たちは彼に利用されたかたちになってしまったのだ。

「あのね。〈八ヶ岳ホームズ〉さんからもらった温泉チケットがまだあるから、明日あたり久々に行かない？」

「いいね」

秋津はテーブルの上に置いていたパソコンをシャットダウンさせ、液晶を閉じた。

「ウイスキーのお代わりでもどうだい？」

「いただくわ」

店の窓にカーテンを引いている妻が答えた。

秋津は厨房の流し台の前に立ち、蛇口の栓をひねったところで思い出した。

そうか、断水中だった。

長く伸びた蛇口の先を見た。

ふいに小さな雫が生じた。それが大きくなりポタリと一滴、シンクに落ちた。

さらにまた、水滴が生じ、かすかな音を立てて落ちた。

ポタリ、ポタリと小さな音が続いている。

秋津はしばしそれを見つめていた。

16

〈シェリダン〉の工場の敷地内に入るのは初めてだった。

この土地に移住してきて五年以上になる。それも、こんなに我が家の近くにあるのにと、秋津は奇異に思った。

ここは水工場のみならず、醸造酒工場なども観光の人気スポットとして知られている。連日、バスやマイカーが県外からやってきて、工場の外来専用駐車場はしばしば満車となり、観光客たちが見学ツアーを申し込む。

工場内をバスで回り、日本酒の作り方やミネラルウォーターのボトリングの作業工程を見て、最後に時間限定の無料試飲会もあるようだ。他に敷地内には企業の歴史や酒類に関する展示があり、展望台からは八ヶ岳や反対側の南アルプスを望めるようになっている。

もちろん敷地内にはレストランなどの店もあって、ことに土日祝日などは行列ができるという。

秋津は正面入り口ゲートで車を停め、守衛室の初老の男性に細野との面会約束を告げた。ほどなく連絡が伝わって、守衛の男性が来訪者用の札と案内図を持ってきて、車を停める場所を案内してくれた。秋津は礼をいい、案内図を預かり、札をクリップで胸に留めてから車を走らせた。

工場内は大きな建物がそれぞれ独立していて、中が迷路のようになっていた。

案内図をダッシュボードの上に置いて、その矢印に沿って車を徐行させながら走らせる。巨大なサイロのような建物から真っ白な水蒸気が立ちこめていたり、未来都市のようなメタリックな外観の建物もあって、見ていて飽きることがなかった。

やがて二階建ての小さな建物があり、目指す場所だとわかって、その前に駐車した。

建物の壁にはプレートが打たれている。

〈シェリダン製造事業本部業務課〉と読めた。

フィアット・パンダのドアを開くと、外階段へのドアが開いて、水色の作業服姿の細野が出てくるのが見えた。

馴れた足取りでスチールの階段を下りてきて、秋津の前に立った。

「ようこそ、秋津さん」

その笑顔は、あの日、大勢の担当者たちとともに〈ヴィレッジ〉を訪れた細野のそれとはまったく違って、きわめて自然で屈託がない。

秋津と握手を交わすと、細野は「こちらへ」と招いて階段を上っていく。秋津もそれに続いた。ドアを開くと、中は広いオフィスになっていて、無数の机にパソコンが置かれ、作業服やシャツ姿の社員たちが事務仕事に精を出していた。

「お邪魔します」

小声でいってオフィスに足を踏み入れる。

秋津をちらと見る者もいたが、ほとんどの社員が外来者に注意を向けることなく、それぞれの仕事に専念していた。

フロアを通り抜けて奥の扉を開くと、小さな応接室になっていた。

低いテーブルを挟んで向かい合わせのソファがふたつ。

「どうぞ」

壁側のソファを手で示されて、秋津はそこに座った。

「お煙草は？」

「いいえ」

右側の壁にかかったブラインドを細野が上げると、大きなアルミサッシ窓の外に八ヶ岳の稜線が美しくすらりと延びて見えた。右側に岩の尖塔のようにそびえる主峰、赤岳の頂稜付近はまだ雪が白く残っている。

秋津と対面して座った細野がこう切り出した。

「だいたいのことはお電話でうかがいました。弊社としても、秋津さんのそのご提案にはぜひ乗ってみたいと思っております」

いのいちばんにいわれた言葉に驚いた。

「じゃあ……工場内の水を市内の施設にご提供いただけるんですね」

細野が頷く。

「ただし、〝水〟の解釈について、秋津さんと弊社との間に見解の相違というか、若干の齟齬《そご》があると思います。その部分をお話しさせていただきたいんです」

ドアに軽くノックの音がした。

「失礼します」

女性の声とともにドアが開き、ブラウスにスカート姿の若い女子社員がトレイを運んできた。秋津と細野の前に、グラスに入ったオレンジジュースを置いた。氷が浮かんでいて、カランとかすかに音を立てた。それぞれの横にストローを置き、彼女は黙って一礼し、応接室を出て行った。

「どうぞ」

細野にいわれ、秋津はストローの紙を破ってから、オレンジジュースを飲んだ。

少し緊張していたせいか、やけに美味しく感じられた。

「これ、実はこの夏に発表する予定の新製品なんです。商品名は未定なんですが、果汁八十パーセントで、残りの二十パーセントはうちの天然水を使っているんです。もちろん人工甘味料とか着色料など、よけいなものはほとんど入っていません」

〝うちの天然水〟という細野のいいかたが秋津の心に引っかかったが、何もいわずにいた。

「オレンジジュースは試作品なんですが、いずれ桃や葡萄、リンゴといったここらで収穫される新鮮な果物を使って、どんどんシリーズ化していく予定です。いかがですか、お味のほうは？」

「美味しいです」

秋津は素直にそういった。

細野は満足そうに微笑んだ。

「――で、話の続きなんですが、広域断水中の八ヶ岳市内、とりわけ学校や医療機関、観光施設などに弊社の天然水を無償で配給させていただきます。実は今朝方、そのことで市長さんに連絡を入れて、喜んでいただけたところなんです」

「それはありがとうございます」

いったん礼を述べてから、秋津はいった。「ところで、さっき見解の相違といわれましたが？」

細野が小さく頷いた。

「おそらくあなたが想像されているのは、弊社が揚水した地下水をそのまま配管、あるいはタンクを積んだトレーラーなどでそれぞれの施設に送るというものだと思います」

「ええ」

そのつもりだった。

「前にも申しましたように、地下から汲み上げた水資源を〝原水〟のかたちで市民にお分けすることはできないんです。成分や揚水量などの企業秘密もありますが、もうひとつ重要なことがあるんです」

ずいぶんと言葉を選んでいるような話しぶりだった。

「ミネラルウォーターは食品衛生法では清涼飲料水というカテゴリーに入っています。原則的に殺菌、除菌が施された製品であること、さらに法にのっとった成分規格をクリアしたものでなければ一般の市場には流通させられないんです。それはこのような緊急時というケースでも例外ではありません」

秋津はもちろん知っていた。

「公共水道であれば、水道法による水質基準を満たしていれば〝原水〟による配給も可能でしょうが、弊社はあくまでも企業ですので、そうはいかないわけです」

「わかります」

「弊社ができるのは、あくまでもボトルウォーターという形による配給です」

なるほどと秋津は納得した。

むろん細野が食品衛生法を持ち出したことは正しい。大勢の人が飲む水だからこそ、厳しい基準をクリアしたものでなければならないし、企業コンプライアンスというのは、そういうところにこそあるべきだろう。

しかし裏読みをすると、これは〈シェリダン〉による宣伝行為に他ならない。

企業名や商品名がラベルに書かれた大量のボトルウォーターが、水不足に喘いでいる学校の子供たちや病院などに無料で配られる。そのことがテレビのニュースなどで報道され、インターネットのSNSなどで話題になる。企業イメージが大きく向上し、それはそのまま商品の売り上げに繋がる。

それこそが〈シェリダン〉の狙いなのだろう。

しかし——と、秋津は考えた。

彼らは慈善事業ではなく、あくまでも企業である。つまり営利追求が大前提の企業がボランティアで動くためには、やはりそれなりの報酬がなければならない。

それでいいのではないかと秋津は思った。

水の危機におちいっている市内各地に彼らの〝商品〟が届けば、大勢が助かるし、水不足の不安が少しでもそれで解消されることになるはずだ。

秋津は笑みを浮かべた。

「おっしゃることは理解できます。こちらとしても、あなた方のそのご提案でとくに異論があるわけではありません。ぜひ、そのかたちで進めていただければと思います」

細野は白い歯を見せて笑った。

「御理解いただけて嬉しいですよ、秋津さん」

彼は初めてストローの紙を破り、オレンジジュースを飲んだ。溜息をつきながらグラスを置き、ハンカチで顔を拭いた。秋津もジュースの残りを飲み干した。

「ところでご自宅の井戸水はあれから変わりなしですか」

ふいにいわれて、細野の顔を見た。

頷くしかなかった。

「今は簡易水道を使っていますが、いずれ地下水位がまた戻ったときのために、定期的に井戸の水位検査をするようにしています」

「戻ればいいですね……水位」

そうつぶやく細野の顔が、少し翳《かげ》をまとったように思えた。

秋津はいった。「きっと戻りますよ」

「細野さんのご自宅は水道なんですか」

彼は頷いた。

「甲府市内にあるマンションですからね。日頃、こんなに美味しい天然水を扱っているのに、皮肉なことにうちの家族は水道水ですよ。医者の不養生って奴かもしれない」

そういって自分で吹き出しそうになっているのを、秋津は冷静に見ていた。

「秋津さんならわかっていただけると思いますが、企業にいるとね、個性を殺さなきゃいけないんです。だから正直いって、あなたが羨ましかった。何にも縛られることなく、泣き寝入りもせずに堂々と意見を主張されてた」

「バックボーンがないだけに弱者なんですよ。だから強がって生きていくしかない」

「しかしマスコミはあなたたちに同情的だった。奥様が続けられていたブログの反応も」

「やはり細野さん、見てらっしゃったんですね」

「個人的に興味深かったからです」

「マスコミといえば、今回の広域断水について、新聞やニュース番組は市内の水企業の揚水との関係について、相変わらずダンマリのようですが——」

思い切って切り出したとたんに、細野の目が少し泳いだ。

「いろいろと憶測はあるようですが、何しろ証明できないものは致し方ありませんね」

以前の細野のような、少し意地の悪い笑いを浮かべ、彼はいった。「何しろ、地面の下のことは誰にもわからないんですから」

「それは——あなた方の傲慢であるような気がしますが」

秋津はそういった。無意識に言葉が口をついて出ていた。

「傲慢、ですか」

戸惑いの表情とともに細野がいう。

「因果関係が証明できない。これまでさんざん、そういわれましたが、それはそちらの計算のうちじゃないかと思えてきました」

「どういう……意味です？」

「水資源が有限であることは、あなた方もご存じのはずです。だから、企業が大量取水するからには、そこにきわめて重大な責任が生じるはずです」

黙って秋津を見つめる細野に、彼はこういった。

「権利には義務が付随するということです。だから、大量取水するあなた方はその水資源が極度に減少したり、枯渇したりしないように常に監視と調査を怠らず、それを適正にコントロールしなければならない。それが企業に課せられた義務だと思いますが、違いますか。細野さん？」

秋津にいわれ、彼は厳しい表情で口を閉ざしていた。

「地面の下のことはわからないといいつつ、ただひたすら水を汲み上げては商品化していけばどうなるか。それぐらいのことはそちらもおわかりのはずです。今回の広域断水が、かりに偶発的なものだとしてもですね。あなたたちは因果関係が証明できないなんていって目を逸らさず、そこに少しは責任を感じてもらいたいんです」

秋津は自分の膝の上にあるおのれの手を見下ろした。

いつの間にか、強く拳を握っていた。

「水は商品じゃない。人間ひとりひとりの生命の源なんです。細野さん。あなたご自身も、その水によって生きている。いや、生かされている。それを意識してください。この国に、いや、この地球という星に水がある。そのことに感謝しながら、われわれは生きていかなければいけない。違いますか？」

そういってから、秋津はゆっくりと窓の外を見た。
雄大にそびえる八ヶ岳。
その山頂の向こうに、まるで夏雲のように大きな入道雲がわきあがっていた。

終章

野鳥のキビタキやオオルリがきれいな声でさえずっていた。

早朝の森の空気がすがすがしい。

白樺やクヌギ、カラマツなどの木立がずっと先まで続いている。その間を未舗装の林道がうねりながら続く。右手を見れば、木の間越しに琴石川の水面の輝きが無数のダイヤのようにきらめきながら見え隠れしている。

先頭は功刀清二郎だ。

汚れたTシャツ。作業ズボン。スパイク付きの長靴を履き、頭には赤いバンダナを鉢巻にし、太い首には青いタオルを掛けている。

続いて秋津と真琴。息子の翔太。全員がデイパックを背負い、服装も登山スタイルだ。

そして弁護士の松井貴教と、八歳になったばかりの娘の美由紀。

ふたりとも山登りは初めてだということだったが、誘ってみたらふたつ返事で快諾してきた。こうしてみれば、意外に親娘の足取りはしっかりしている。しんがりにダグラスと理沙子のマッケンジー夫妻。彼らはどちらもアウトドアに関してはベテランである。

やがて林道を外れて、道なき道となった。清二郎は腰に大きな鉈《なた》をぶら下げていたが、それを使うこともなく、下生えのクマ笹を踏み分け、木の間を縫うようにゆっくりと歩き、秋津たちが続いた。

右には相変わらず琴石川が見えていたが、川幅がだいぶ狭くなっていた。そのぶん、瀬音がかなり大きい。

八ヶ岳南麓一帯の断水騒動から数日で、水道はまた復活した。市長は水企業各社と話し合いの場を持ち、当面、各企業に取水制限をすることを納得させた。揚水量を従来の半分以下に抑えたところ、たちまち水源が回復して、簡易水道の水が各戸に行き渡るようになった。

そればかりか、驚いたことに〈ヴィレッジ〉の井戸水も復活した。

試しにバルブを切り替えて地下水の給水モードにすると、秋津の家の蛇口から勢いよく水が出てきたのである。すぐにフクモト設備に来てもらって水位計を使って計測すると、水中ポンプよりもずっと上まで水位が上昇していた。

設置していた濾過フィルターを外してみたが、出てくる水は澄み切っていた。

秋津を始め、〈ヴィレッジ〉の住人たちは、ふたたび天然水を自分たちの生活に取り戻すことができたのである。

さすがにこうなると、因果関係が認められないと逃げてきた水企業も、事実を受け入れるしかなくなったようだ。

市長は各水企業に対して、今後も一定量以上の揚水を認めない取水制限を呼びかけた。やがて始まった市議会で出席議員の半数以上の採決をもって、『地下水採取の適正化に関する条例』として、翌年度から施行されることになった。

それまで自由に地下水を商品化していた水企業にとっては大きなダメージとなったが、しかし断水事故の際、〈シェリダン〉によるボトルウォーターの配給が小中学校や病院、公共施設を中心に行われ、企業のイメージは確実にアップしていた。

間もなく〈シェリダン〉のみならず、他の水企業からも同様に給水が始まった。

一社だけがボランティア活動に取り組んでいる中、他の会社も遅れてはならじと、みずから率先して市内への水の供給を始めたのだった。

もっとも、秋津からの進言が公になることはなく、〈シェリダン〉に先導されて、各水企業が地域の断水による水不足解決に奔走したという〝事実〟だけが、あちこちで報道され、インターネットなどの話題になっていた。

数日前、〈アクア・オリエント〉が八ヶ岳工場の計画を断念したという記事が、山梨日報の片隅に掲載されていた。理由は明らかにされていないが、今回の大規模渇水事故が無関係であるはずがなかった。

記者の樫尾も同じことを電話で告げていた。


小さな山の稜線をひとつ越えて、彼らは急傾斜を伝って谷へと下りていく。ひとたび遠のいていた瀬音が、また大きくなってきた。

谷底に出た。

川はいつの間にか小さな沢となり、その沢を伝って登っていくうちに、どんどん細くなっていく。やがて苔むした岩の下に隠れるように見えなくなってしまった。

先頭を行く功刀清二郎は無言のまま歩き続ける。

秋津たちもそれに続いた。

周囲は人の手がまったく入っていない原生林だった。

林床には緑に苔むした大小の岩が並んでいる。周囲の樹木はほぼ照葉樹で、頭上を覆う枝葉の間から、日差しが無数のきらめきとなって森の中に落ち、光の斑模様を描いている。

後ろを歩くダグラスが、「ビューティフル！」をくり返している。理沙子は大きなキヤノンの一眼レフカメラを胸にぶら下げていたが、ときおり立ち止まっては、あちこちに向けてシャッターを切っていた。

白っぽく目立つ木立が、それまでの白樺ではなくダケカンバなのに気づいた。標高の高い場所に生えている樹木だ。

そういえば近くの木末《こぬれ》から聞こえるシシリ、シシリという声は高山鳥のメボソムシクイのさえずりだった。

松井の娘、美由紀が疲れたとうったえたので、モミの倒木に座って全員が小休止することになった。

清二郎はザックの中から大きなアルミの古い弁当箱を引っ張り出した。蓋を開けると、大きなおにぎりがぎっしりと詰まっている。それを全員に回して配った。

秋津はテルモスの大きな水筒を取り出して、プラスチックカップに入れて、それをみんなに渡した。

清二郎のおにぎりはかなりしょっぱかったが、歩き疲れたせいか、それがやけに美味しく感じられた。

「たまたま、この山の水は守られてたんだよ」

清二郎はおにぎりを咀嚼《そしゃく》しながらいった。「もしもここが国立公園でなかったら、とっくに開発が進んで山が切り開かれてただな。多くの人間にとって山も木々も水すらも、金儲けの材料でしかねえつうこんだ。それが俺には悲しいんだよ」

彼の目尻に刻まれた無数の皺を見ながら、秋津は頷いた。

日本では、地下水は〝私水〟とされ、土地の持ち主がどのように使っても自由ということになっている。アメリカやイギリスすらもそうだという。本来ならば、水資源は〝公水〟として地域全体の共有財産としなければならない。いや、地下水の恩恵に浴しているのは、何もそこに暮らす人間ばかりではないはずだ。

いずれ世界的に水が枯渇すれば、きれいな水は富裕層だけが独占することになる。

この国においても例外ではなくなるのかもしれない。

だからこそ、命の水は神からの贈り物だと思って感謝する。

そのために秋津たちはここにやってきた。

「行こうか」

清二郎が腰を上げ、全員がデイパックをまた背負った。

彼らはあの場所へと到達した。

左右は屹り立った崖。前方は苔むした大きな岩盤の急斜面。苔を湿らせながら、岩の亀裂を伝って流れてきた水がひと雫ずつ落ちている。

清二郎が水の聖域と呼んだところだった。

「ビューティフル……」

ダグラスがまたつぶやいた。隣に立つ理沙子がカメラを手にするのも忘れている。

「こんな光景、初めて見ました」

松井が娘の手を取ったまま、清二郎にそういった。

絶景ではない。

しかし、神秘的な雰囲気がある。

パワースポットという言葉が似合いそうな感じがした。

清二郎は黙ったまま、その場にしゃがみ込み、両手を合わせて瞑目した。

秋津たちが、それに倣った。

「生きとし生けるものの、すべての生命の源かもしれない。その最初のひと雫が、ここで生まれてる」

理沙子がそういって、その掌に小さな雫を受けた。

そっと舌先で舐めた。

「美味しい」
そういって、理沙子が笑う。
秋津はデイパックから取り出したコップを翔太に渡した。
「その水を汲んで飲んでみるといいよ」
翔太が理沙子の隣にかがみ込み、しばしコップに水を溜めてから、口に持っていく。
喉を鳴らして飲んだ。
秋津を振り返る翔太の顔が眩しいほどに輝いていた。
ふいに真琴が掌で口を押さえて横を向いた。その目に涙が光っていた。
妻の頬を伝う涙。
それは岩の間から落ちる清らかな水の一滴によく似ている。
秋津はそう思った。

〈参考文献〉

『日本の「水」がなくなる日』　橋本淳司・著　主婦の友社
『世界が水を奪い合う日・日本が水を奪われる日』　橋本淳司・著　ＰＨＰ研究所
『ウォーター・ビジネス』　中村靖彦・著　岩波書店
『ウォーター・ビジネス』　モード・バーロウ・著　佐久間智子・訳　作品社
『奪われる日本の森―外資が水資源を狙っている』　平野秀樹／安田喜憲・著　新潮社
『地下水と地形の科学　水文学入門』　榧根　勇・著　講談社
「天然水戦争」（『フライの雑誌』第１１３号）　樋口明雄・著　フライの雑誌社

解　説

橋本淳司《はしもとじゅんじ》
（水ジャーナリスト）

水を握られるとは命を握られること

本書をフィクションだと思わないほうがいい。

清浄な井戸水を利用した生活をし、レストラン経営を行なっていた主人公の秋津たちが直面する水の異変。最初は「ごくわずかだが、水が薄茶に染まっている」という水質汚染にはじまる。それを「一過性のトラブル」と考えるが、実際には水質汚染は前兆に過ぎず、事態は地下水位の低下、断水へと発展する。

水が止まる場面の描写は恐ろしい。

蛇口から落ちる透明なきれいな水を見て、秋津はホッと安心した。が、つかの間だった。

その水が見る見る細くなっていった。

そして数滴、ポタポタと落ちたかと思うと、まったく沈黙してしまった。

秋津は焦っていったん栓を閉め、ふたたび開いた。

まるで溜息のような、空気が抜ける音がした。

それきり水道の蛇口からはまったく水が出る気配もなかった。


水涸れや水汚染は、水を利用する生命体にとって死を意味する。これ以降、秋津はペットボトルの水に頼らざるを得なくなる。つまり水を生産する企業に命を握られたと言えなくもない。

日本人が本格的にペットボトルの水を買うようになったのは1990年代以降のこと。コンビニやドラッグストアで手軽に買えるようになって市場は拡大を続け、水道水の数百倍もする高価な水を飲む習慣がすっかり定着した。

当然生産量も伸びている。1982年度の国内生産量は8万7000キロリットル（輸入量163キロリットル）だったが、2021年度には415万4338キロリットル（輸入量は28万7611キロリットル）と40年間で約50倍になった（日本ミネラルウォーター協会）。

作品の舞台となった山梨県はミネラルウォーター生産量が全国一位だ。「八ヶ岳市内には、ミネラルウォーターを売り物としている大きな企業が、知っているだけでも五社ほどある。小さな規模の会社を入れたら、もっとあるだろう」という記述は山梨県の現状を表している。

「因果関係は証明できない」で片付けてはいけない

企業は水を無償で汲み上げ、製品を造って対価を得ているわけだが、地元住民とのトラブルも発生している。2021年、フランスで大手水企業の水源が枯渇した。周辺の川が干上がり、農業、養殖ができなくなった。周辺住民は、採水工場の過剰な取水が原因と主張したが、大手水企業は「因果関係は証明できない」と返答した。

本書のなかでさかんに繰り返されるフレーズだ。

〈シェリダン〉社の細野が〈カナディアン・ログ・ヴィレッジ〉の住民に水涸れを説明する際に「単刀直入に申しますと、弊社といたしましては、因果関係を認めるというわけにはいきません」と言う。

たしかに地下水は、川や湖沼の水と違って目に見えない。

川の場合、涸れたり汚れたりすると目視できる。干上がったり魚が大量に浮かび上がったりすると騒ぎになって、原因を究明しようとする。一方、地下水の枯渇や汚染は目に見えず進行し、ある日突然、実害となって襲ってくる。秋津が、

「水というものが、当たり前のように手に入るうちは、これほど危機的状況になるとは思ってもみなかった。水は無限の資源であり、蛇口をひねりさえすれば必ず出てくるはずだった」

と語る通りなのだ。

そもそも地下水の起源は大地に降り注いだ雨。雨は蒸発したり、地面に染み込んだり、山肌を流れたりする。降った雨が地面に染み込んだ瞬間から、その後の動きは見えなくなる。

富士山で考えてみよう。この独立峰には川がない。降った雨や雪どけ水は山体に吸い込まれ、周囲から湧き出してくる。山梨県側では忍野八海、静岡県側では柿田川湧水などがよく知られるところだろう。なかには駿河湾の海底から直接湧き出すものもあり、それが豊かな生態系を育む一因となっている。その一方で、富士五湖の水は富士山の山体を通過したものではないことが、最近の研究でわかっている。富士山の水にはバナジウムという物質を多く含むという特徴があるが、富士五湖にはそれがない。

このように地下水は地形や地質などに左右されながら複雑に動いている。

近年は地下水の動きを把握する技術も発展してきており、企業は解析、そして保全活動に力を注ぐべきだ。終幕で秋津が細野に詰め寄るように、（取水と水涸れの）「因果関係が証明できないなんていって目を逸らさず、そこに少しは責任を感じてもらいたい」というのは、まさにその通りである。

地下水利用の歴史

地下水は水質のよいものが多く、井戸があれば比較的簡単に汲み上げることができるので、昔から利用されてきた。弘法大師空海が井戸を掘り当てたという伝説が全国に残るが、その頃までに井戸掘りの技術が普及し、各地に井戸が広がっていったということだろう。

ところが近代以降、地下水の過剰な使用によって地盤沈下や塩水化が発生した。多くの生活用水は河川を利用した水道水へと移り変わったが、現在でも地下水は利用されている。水道の原水として自治体での利用、本書に登場するような個人や集落での利用などのほか、産業にも使われている。

企業が水を利用するというとミネラルウォーターや宅配水の製造がフォーカスされがち

だが、他の工業製品の製造にも水は欠かせない。２０２１年11月、熊本県に台湾の半導体大手ＴＳＭＣが進出すると発表された。進出先に熊本が選ばれた理由は、関連企業の集積、交通アクセスのよさはもちろんだが、半導体生産に欠かせない水資源が豊富なことにある。半導体生産には純度の高い水が大量に必要で、ＴＳＭＣのＣＳＲレポートによると２０２０年には19万３０００キロリットルの水を使用している。前述のミネラルウォーターや宅配水の量と比べるとその多さがわかるだろう。近年、台湾は水不足に苦しんでいる。２０２１年は主要なダムの貯水率が軒並み低下した。ＴＳＭＣは生産を続けるため、給水車を準備したり、農業用水を活用したりした。国策として半導体を製産するため農業が犠牲になった。安定的な生産のために水が必要で、今後、世界的に水不足が加速することを考えて、目をつけたのが熊本だった。外国企業が水を求めて日本に進出する動きは今後加速する可能性がある。

そもそも地下水は誰のものなのか

作品中にも登場するが、民法第２０７条には「土地の所有権は、法令の制限内において、その土地の上下に及ぶ」とある。法的には土地の所有者に、その地下にある地下水の利用権があると解釈できる。土地を所有すれば、地下水は自由に汲み上げることができる。

地下水は長らく「私のもの」と解釈されてきた。1896年の大審院の判決では、「地下水の使用権は土地所有者に付従するものであるから、土地所有者は自由に使用し得る」とされた。

だが、これは手掘り井戸で小規模な取水しかできなかった時代の話だ。揚水技術の発達した現代とは状況は明らかに違う。前述したように、地下水は地面の下にじっと止まっているものではない。所有外の土地から流れて、所有する土地を通過し、所有外の土地へと流れていく。だから土地所有者のものであるという考え方は、実態と違っている。たとえば飲料水メーカーの取水口があるとしよう。このメーカーは自分の土地の下にある自分の水を汲み上げているわけではなく、自分の土地の下を流れる地域の共有財産を汲み上げていると見るべきだ。

戦後になると、「私水論」を前提としながらも、公の立場から地下水の汲み上げや汚染を制限する考え方が登場してくる。昭和30年代には、地盤沈下問題を受け「工業用水法」、「ビル用水法」が、昭和40年代には「水質汚濁防止法」が制定された。ただし、これらは地盤沈下や水質汚染などを防止するもので、直接地下水を管理する法律ではなかった。昭和40年代後半の「地下水法案」は「公水論」をベースに提案された画期的なものだったが、地下水を利用する企業の反対などがあって成立しなかった。

水は国民共有の貴重な財産

2008年、超党派の国会議員、有識者、市民でつくる「水制度改革国民会議」が設立された。同会議は「新しい水循環社会の構築」を提案し、人だけでなく、生態系への影響も考慮に入れた制度やシステムを構築する方針を掲げた。このなかで地下水と水循環についても繰り返し議論された。地下水は他の水から独立して存在しているわけではない。水循環の一部として川、湖、湿地（田んぼも含む）などと水のやり取りをしている。地下水位が下がると川の水位も下がり、最終的には川が涸れたりすることからわかるように、地下水は地表水を下支えしているともいえる。

2011年1月には「水制度改革を求める国民大会」が開かれ、水循環基本法の早期制定の重要性が確認され、5月には草案が策定された。

ところが各省庁からは計百数十項目の「異論」が寄せられた。たとえば経済産業省は「地表水および地下水は、共に一体となって水循環を形成する公共の水資源である」との記述に異を唱えた。草案では、地下水を河川水と同様「公の水」と位置付けていたが、経産省は「既に地下水を使用している事業者などへの過剰な規制とならないよう配慮すべき」とした。

２０１４年に水循環基本法は成立するが、「水は国民共有の貴重な財産」と定めるなど理念法としての性格が強いものとなった。その後、２０２１年に同法は改正され、地下水の保全や活用に関する施策が水循環施策に含まれることが明記された。地下水マネジメントの法的根拠が明らかになり、国や市町村に対して必要な措置を講ずる努力義務を課している。

森林や田んぼを誰が保全するか

地球温暖化、気候変動が進み、世界各地で豪雨災害や旱魃が頻発している。そうしたなかで気温の上昇の影響を受けることの少ない地下水資源は貴重なものとなるだろう。

土地利用と地下水の質と量の問題は今後も大きな課題になる。降った雨が地下に浸透して地下水になるわけだが、日本では水田を通した地下水かん養や、灌漑施設を中心とした農村地域において水管理がなされてきた。しかし農家は減り耕作放棄地が増えている。

森林の保全も重要だ。作品のなかで、清二郎が「林業に活気があった頃はまだしも、今は落ち目もいいところだ。親やその前の代ぐれえまでなら山に価値があったかもしれんが、今の衆は興味もねえ。ただ、毎年のように税金を取られるし、代替わりとなりゃ、相続税まで持って行かれてお荷物になってるだけだ。ほっときゃ山は荒れるだから、管理費用だって莫迦にならねえ。そこに来て目の前に札束積まれたら、そりゃあ手放すさ」と言っている。かつてはコミュニティーのメンバーのほとんどが農業や林業に携わり仕事をしながら無意識に水を育んでいた。ところがこのしくみが崩れ、皆伐《かいばつ》されたまま放置された森林や耕作放棄地が広がる。今後、土地をどのように利用するか、誰が水を育むのかという問題が顕在化してくるだろう。

二〇一九年一一月　光文社刊

※この作品はフィクションであり、実在する人物・団体・事件などには一切関係がありません。

光文社文庫

サイレント・ブルー

著者 樋《ひ》口《ぐち》明《あき》雄《お》

2022年11月20日 初版1刷発行

発行者 鈴木広和
印刷 萩原印刷
製本 ナショナル製本

発行所 株式会社 光文社
〒112-8011 東京都文京区音羽1-16-6
電話 (03)5395-8149 編集部
8116 書籍販売部
8125 業務部

ISBN978-4-334-79445-3 Printed in Japan

組版 萩原印刷